When
the
Parhelic Ring
Appears

幻日之時

肆一

suncolor
三采文化

CONTENTS

SECTION 2

第二部

序章

二〇一二年，八月十九日。

「姊，你設那麼早的鬧鐘做什麼？」睡前，十二歲的林忻予拿起姊姊書桌上的鬧鐘問道，上面紅色指針指著六點鐘位置。

「臭金魚，你不要亂動我的東西。」十五歲的林忻晴穿著印有點點黃色太陽的睡衣、後腦上用一個太陽裝飾的髮圈綁著高馬尾，原本呆坐在床上若有所思，聞言立馬從床上跳起身，一把搶過鬧鐘。

忻予、忻予，唸起來就像是金魚，從小林忻予就這樣被叫大；而林忻晴的小名則是太陽。金魚及太陽，一個在海裡、一個在天空，看似毫不相干，但姊妹倆的感情卻是好得不得了。

「我有發現，你今天也是一大早就起床，然後跑出房間，昨天也是，」林忻予一臉好奇盯著林忻晴：「又不用上學，你跑去哪裡了？你有點怪怪喔，剛剛也一直在發呆……」

「要你管。」林忻晴把鬧鐘擺回原處，轉頭又躺回她的單人床上，雙眼直直盯著天花板看。

八月的夜晚溫度熱辣，電風扇在角落旋轉著，發出細微的機器聲響。

「姊，告訴我嘛，」林忻予親暱地挨到林忻晴的身邊，抱著她撒嬌：「告訴我嘛，拜託啦……」

「好擠喔，你回你的床上啦。」林忻晴用力想推開林忻予，但卻被加倍用力緊抱住。

「不然我送你的太陽髮圈我要討回來。」撒嬌不成，林忻予威嚇著。

「送人的哪有要回去的。」林忻晴拒絕。

「你告訴我，我就回去。」林忻予討價還價。

「好啦，你快放開我。」掙脫開妹妹，林忻晴坐起身說道：「我去三樓看幻日環啦。」

「幻日環？」林忻予跟著重複，猛地想起這幾天電視播放的新聞：「你是說天空會出現好幾個太陽那個嗎？」

「沒有好幾個，只有三個。」

「那我也要看。」林忻予語氣轉為興奮，轉身又抱住林忻晴並說道：「我也要看，可不可以？」

「你是睡懶魚，平常上課都起不了床了，怎麼可能那麼早起。」林忻晴再次推開她：

「你快回去你的床上啦。」

「那為什麼要一大早去看，我們下午再看啊。」林忻予不服氣地說。

「笨耶，清晨空氣比較好，比較容易看到。」

「那你叫我起床嘛，我真的會起床，真的啦。」林忻予耍著賴。「你同學不是叫妳什麼『正義使者』嗎？」

「才沒有！而且正義使者有負責叫人起床嗎？」林忻晴反駁著，因為個性充滿正義感，所以被同學取了這樣的稱號，只是沒想到林忻予也知道。

「你只要答應叫我起床，我這次真的會放開手，騙人是醜八怪。」林忻予討價還價。

「你說的喔。」

「對。」

「好，我只叫你一次，如果你不起床，我不會等你喔。」

「我會起床，你放心。」林忻予眼神肯定。

「那你快回去你的床上啦。」林忻晴再次推了推她。

「沒問題。」林忻予這才心甘情願鬆手離開，心滿意足地回到自己的床鋪。

嘟嘟嘟——嘟嘟嘟——

鬧鐘聲響起，林忻予翻個身把棉被拉到頭上，充耳不聞，打算繼續睡。

嘟嘟嘟——嘟嘟嘟——

「姊，鬧鐘響了。」鬧鐘聲持續響著，林忻予隔著棉被喊了一聲。

嘟嘟嘟——嘟嘟嘟——

「姊，你的鬧鐘……」

嘟嘟嘟——嘟嘟嘟——

又過了五秒，鬧鐘聲仍沒有停歇，林忻予終於受不了，從床上跳了起來按掉鬧鐘。

「姊，你還在睡喔，不是要看三個太陽嗎？」林忻予揉揉睡眼惺忪的雙眼，轉頭看向林忻晴的床鋪，發現上面已經沒有人影。

「騙人鬼，自己偷偷跑去看。」林忻予心生不悅，隨即推開房門衝上樓。

夏日的天亮得早，此時天空已經是一片明亮，有種很淡的青色暈染著金黃色調。不過頂樓並沒有看見林忻晴的身影，倒是由於清晨的塵埃較少，視線可以看得很遠。位於城市邊陲，舉目望去附近多半是三、四層樓高的房子，視野遼闊，不遠處還可以看到河道與綠地。

林忻予抬起頭環顧天空，頓時睜大了眼睛驚呼出：「有三個太陽！」

清晨，萬里無雲的天空上，出現了猶如發光燈泡的白金色太陽，耀眼而銳利，同時在它的外圍則繞著一圈同樣色調的光暈，像是戒指一般，而在光環的左右兩側也同樣高掛著太陽。

「真的有三顆太陽，姊姊沒有騙人。」

面對如此奇幻的景色，林忻予看得入迷。

「要趕快跟姊姊說。」好半晌後，她才猛地想起林忻晴，立刻轉身跑下樓。「沒有在頂樓的話，也不在二樓房間，那應該就是在一樓吧。」林忻予想。

快步衝下樓梯，此時全家人都還在睡夢中，母親一般會到六點半才起床準備早餐。林忻予盡可能不發出聲音。

林家的房子是一棟三層樓高的透天厝，以樓梯為中心，一樓前後有客廳與廚房、衛浴與一間小儲藏室；二樓共有三間房，依序是爸媽、兩姊妹的房間，最後面是爺爺奶奶的房間及衛浴；三樓則是一個大露台與神明廳，後方是作為儲藏室使用的廢棄房間，林忻晴最近一直吵著要母親趕快整理乾淨，等再過三週暑假結束、上了高中，她想要有自己獨立的房間。

步下一樓，不管是客廳或廚房都沒有開燈，一片漆黑，毫無人影的跡象。

「姊姊也不在樓下？」林忻予一邊疑惑一邊習慣性地往樓梯右側的客廳張望，發現鐵捲大門旁的側門被打開了，露出一條縫隙，外頭的光線灑了進來，原本漆黑的客廳呈現一種不真切的光影感。

「姊姊？你在這裡嗎？」

在這片朦朧的畫面之中，林忻予隱約感覺到客廳地板上擺放著某樣物品，模模糊糊、朦朦朧朧，她小心翼翼往前踏了幾步，伸手按下電燈開關。

喀答——

白花花的燈光先是閃爍了幾下，地板上的物品也像是電影畫面般閃過她的眼簾，林忻予感覺自己心跳開始劇烈跳動，撲通、撲通、撲通……

噔——

日光燈亮起。

「啊——」林忻予刺耳的尖叫聲劃破寧靜的清晨，她睜大的雙眼裡頭充滿恐懼。

地板上躺著一個人，雙腳筆直伸長、雙手擺在身體兩側，再往上，頭顱旁邊有成片的鮮紅色血液蔓延，鮮血暈染了身上的睡衣，把上頭原本淡淡的黃色點點塗抹得刺眼濃烈，而衣服上的圖案有點眼熟……那個人是——

林忻晴！

SECTION 1 /

第一部

01／你要好好長大

二〇二四年，七月十八日。

「許伯伯最近生意好嗎？」林忻予頭綁著俐落的馬尾、身穿著輕便的套裝，黑色的手提包放置在腳邊，提包上掛著一個金魚太陽的立體吊飾，她面露微笑詢問著面前這位年約七十的老先生。

「嗯。」許弘發出簡短的聲響，音量細微到不確定是否是在回應眼前的人，眼神也望著別處。

「您看起來氣色很好，前陣子手扭傷，現在有沒有舒服點？」林忻予沒感到灰心，依舊掛著笑容。

「嗯。」許弘依舊悶哼一聲。

見許弘沒有回應，林忻予稍微環顧了四周，此時她正坐在一間陳舊的雜貨店門口，一旁擺置著五顏六色的糖果與一串又一串的衛生紙，因為長時間日照的關係，上面印刷的圖案已經褪色。

這間燈光略微昏暗的小店，是許弘賴以為生的處所，但實際帶來的收入其實有限，多數還是得仰賴救助金。巷口不遠處就有一家明亮新穎的便利商店，類似這樣過時的雜貨店，除了少數一些老鄰居顧及交情會上門外，其餘時間都是門可羅雀。

二十四歲的林忻予，剛從大學畢業的她此時是一名社會工作人員，就是大家簡稱的「社工」，主要負責的是脆弱家庭服務，舉凡任何與家庭有關的急難變故協助，都隸屬她的工作範圍。

而眼前年邁的老先生，便是她服務的第一個案件，今天是定期的家庭訪問。

許弘原本一家五口同住，包含兒子、媳婦與兩個孫女，共同經營這家雜貨店，但在十二年前發生了一場變故，大孫女許家禎身亡，而後兒子與媳婦也遭逢意外，只剩下他與當時年僅十二歲的小孫女相依為命。

從那時候起，心家社會福利基金會就介入協助，後來經手人員轉換，最後才到了林忻予的手裡。與姊姊發生事故同樣的時間點，以及跟自己一樣年紀的孩子，林忻予時常覺得這是冥冥中的安排。

所謂的社會服務，其實是一條漫長的道路，那些創傷並非輕易能撫平，人心的微妙跟身體不同，並不是結了痂後掉落就痊癒，而是不間斷地在心中與自己拔河的過程。而正是社工需要做的事，協助他們走過這段不知道盡頭在哪裡的過渡期。

當年因為姊姊的驟逝，後來她的家庭變得四分五裂，那時候起，她的心也好像被剝落了一塊。殺害姊姊的凶手一直沒有找到，那個清晨始終歷歷在目，至今偶爾林忻予還會從噩夢中驚醒。

「怎麼沒看到家儒？」林忻予詢問著，那個年紀跟自己相同的女生。

「誰知道又跑去哪了？老是跟狐群狗黨鬼混、不務正業，整天跑來跑去……」聽到孫女的名字，許弘終於開了口，語氣盡是責難與不捨：「等下跟家禎一樣……」

「許伯伯不要這樣說，家儒是家儒，她們不一樣。」聽到許弘氣憤的話，林忻予連忙緩頰：「家儒會沒事的。」

「等我走了，她要怎麼辦……」

「許伯伯不要這樣說，剛才不是才說您氣色很好嗎？只要照醫師的話吃藥就可以活很久，放心啦。」林忻予瞥了一眼散落在桌上的藥包，連忙趁機囑咐：「上次醫師開的藥吃完了嗎？哪天要再去回診？」

「還有啦，沒事幹嘛跑醫院。沒生病都有病了。」

「藥還是要記得吃啦。」

「好啦、好啦，不要一直唸。」許弘有點不耐煩。

「好，那許伯伯我今天就先回去了，下個月再來看您。」

「嗯。」許弘揮了揮手示意，沒打算再多說話。

「許伯伯再見。」

離開許家，林忻予立刻收起微笑，面無表情地步向公車站，神情變得有點冷漠，與剛才判若兩人。

在等公車的空檔，她找了個陰涼處，拿出手提包裡的筆記本，簡單記錄下剛剛跟許弘的對話，以及當下感受到的氣氛與下一回家訪要注意的事項。迅速條列出幾個重點後，她掏出手帕輕輕按壓額頭與脖子上冒出的細微汗滴，提包上掛著的吊飾在陽光下反射著光亮，金魚與太陽的造型，一如她與姊姊的綽號，看著吊飾，林忻予的思緒飄回了過去。

二〇一二年，八月二十日。

林忻予站在姊姊的靈堂前不斷地掉著眼淚，姊姊的相片被一堆白色的花卉包圍住，周遭人潮來來往往，不時傳來「年紀還這麼小」、「怎麼會這樣」、「節哀順變」等話語。但林忻予只是直挺挺地站在靈堂前看著姊姊的相片掉眼淚，像是座石像。

「不要哭了，姊姊看到會難過的。」一名成年的女聲傳來，並用手掌輕輕撫摸林忻予的頭。

林忻予哭得更厲害了。

「這給你，就當作姊姊一直陪在你身邊。」女子遞過來一個物品，是一個上頭同時有著金魚與太陽的吊飾。

林忻予訝異地抬起頭，女子是一張自己沒見過的臉孔，但卻讓她感覺親切熟悉。

「姊姊會一直守護你的。」女子又說：「你要好好長大。」

當時林忻予哭著收下吊飾，而後它也真的陪伴了自己一路長大至今。

公車駛來，林忻予迅速甩掉回憶，上車後她拿起手機滑著今天的新聞片段，身為一名社工，她養成了隨時留意新聞的習慣。突然，一則新聞引起她的注意：

「這幾天的太陽跟平常的不太一樣，外圍出現了一圈光暈，再仔細看它的兩側疑似還有兩顆太陽，這樣的美景其實是一種大自然現象叫做『幻日環』，是一種罕見的景象，上次有這樣的景象已經是十二年前了。氣象局預報今年夏日特別乾燥，暑假期間都還有機會可以看到，大家出門時不妨多多留意天空……」

林忻予又想起了十二年前的那個清晨，頓時心中一沉，原本看似毫無情緒的臉頰輕微地抽動了起來，同樣是夏季、同樣是幻日環……一股濃厚的哀傷湧上來，她的眼眶立刻紅了起來。

林忻予趕緊甩甩頭，深呼吸了幾次調整情緒後，她抬起頭看向窗外，只有一個太陽高掛，並沒有三個太陽的蹤影。

公車到站後，林忻予熟稔地步向巷口的大廈，俐落地按了五樓的樓層：心家社會福利基金會，她所任職的地方。

叮──

電梯開啟，才踏進辦公室，林忻予就馬上被叫住。

「忻予，你現在有空嗎？要麻煩你跑一下派出所。」喊住她的是主管徐秀惠。

「發生什麼事了嗎？」林忻予立刻展露出微笑回應。

「江尚霖出事了，現在被帶到派出所。」

「尚霖？他很乖巧，怎麼會？」林忻予腦中立刻勾勒出一個年僅十六歲青少年的模樣，這也是她所負責的案件。

「聖三派出所聯繫不上他的媽媽，你跟尚霖感情很好，所以麻煩你先過去了解一下。」

徐秀惠邊說，雙手邊在手機上敲打著文字：「承辦警員名字傳給你了。對了，舊派出所準備拆除重建，現在暫時搬到隔壁大樓的三樓。」徐秀惠又叮嚀著。

「好，我馬上去。」林忻予確認收到訊息後點頭應允，還沒回到座位上，轉身又出門。

循著地址，林忻予來到聖三派出所。才剛步下計程車，夏日的熱氣又襲了上來，清晨的涼爽已經完全褪去，太陽高掛，刺眼而炙熱。

才正準備要踏進派出所，林忻予發現前方路口聚集了人潮在騷動著，人們紛紛舉起手機在拍攝著什麼。順著鏡頭，她緩緩仰起頭，先是用手擋住銳利的陽光，待比較適應光線後，才透過手指縫隙觀看。

幻日環。

如同十二年前的那天，那個同樣特別乾燥的夏日，天空再次出現了三個太陽與日暈。

「真的有三個太陽，好不可思議。」

「太陽的光暈好像戒指喔。」

「聽說要好多年才會出現，最近一次已經是十幾年前了……」

林忻予愣了一下，平靜的表情掀起了一點波瀾，幾秒後才從人聲裡回過神，轉身趕緊走進前方的大樓。

「怎麼都沒有人？」派出所櫃檯空無一人，就連後面的辦公區也很空曠，辦公桌上散落著一些簡單的文件與文具，角落則堆放著幾只箱子。
雖然有點疑惑，但想起江尚霖，林忻予仍是快步走向電梯位置，進入電梯後，迅速地在按鍵上按了五樓的樓層。
待電梯緩緩向上升起，林忻予才猛地想起方才主管說的話：「舊派出所暫時搬到隔壁大樓的三樓。」驚覺自己按錯了樓層，五樓是心家基金會的樓層，她被慣性制約了。
林忻予手忙腳亂趕緊再按下三樓的按鍵，但電梯已過該樓層，只好上去再下來。
「一定是幻日環搞得自己心神不寧。」林忻予喃喃自語。
叮——
電梯門在五樓開啟，眼前同樣是一片空曠、罕無人影，只有四堵灰白的牆，林忻予覺得奇怪：「難道是廢棄的樓層？」快速關上電梯門，又壓下「三」的按鍵，並確認這回沒有再搞錯樓層了。
電梯緩慢下降，即使肉眼看不到，但身體仍能感覺到重力向下的牽引。林忻予在腦海中想著江尚霖的事，沒有再多留意電梯行進狀況。
叮——
電梯門再度開啟，眼前出現的是一個昏暗的辦公室，日光燈不甚明亮，周圍擺滿了一列列的格架，上頭則陳列著一個又一個的紙箱與資料夾；在角落處同樣堆疊了幾只紙箱，與一台正播放著新聞的老舊電視機，中間則是擺了幾張桌子，桌上的檯燈光線暈黃，桌面上散落了一些文件。

「至少這裡看起來像是有人在工作。」林忻予心想，雖然仍是覺得奇怪，這跟她印象中的警員辦公室不同。

「有人在嗎？我是社工林忻予。」林忻予踏出電梯喊著，但沒有得到任何回應。

林忻予往前邁了幾步，探了探格架後方，試圖尋找可能隱匿在後方的人，但仍然沒有看到任何一個人影。正心想著「是不是自己跑錯地方？」準備轉身離開時，突然視線被前方的一面白板吸引住，上頭寫著「許家禎」這個熟悉的名字以及釘有她的相片。

「這不是許伯伯的孫女嗎？」

林忻予疑惑地看著白板上的名字，再走近一看，發現上頭不只是許家禎，也出現了許弘以及其他一些人名與相片，而在人名與人名之間，則用直線勾勒出了關係圖，像是懸疑電影裡頭常會出現的偵探牆。

這些人名與相片林忻予再熟悉不過了，他們都是許家禎事件的相關人員。當初接手許弘的案子時，她將資料讀得滾瓜爛熟，加上是服務的第一個案件，印象非常深刻。

「為什麼有這個？」林忻予面露疑惑。

十二年前，警察因為攔檢遭到車輛衝撞且逃逸，當時警察在追捕過程中開槍示警，意外射傷年僅十七的駕駛吳冠綸，隨後吳家召開記者會控訴警員執法過當請求國賠。

沒想到隔天事情迎來反轉，警檢在吳冠綸的車內發現數週前被通報失蹤的許家禎手機，但他卻矢口否認自己認識許姓少女。又過了兩天，隨著吳家的記者會發布，鋪天蓋地的新聞報導後，出現另一名羅姓少女指證吳冠綸綁架了自己的好友許家禎。

原本的肇逃事件，到後來演變成一樁綁架案，最後更成了殘忍的凶殺案。原來吳冠綸求愛不成，惱羞之餘殺了年僅十五歲的許家禎，並拋屍在太江橋頭。

新聞鬧得轟轟烈烈，連當時才國小六年級的林忻予都對這則新聞還留有印象。而在這事件後的一個月，姊姊也遭逢不測。

那年的夏天像是一把利刀，劃開了林忻予的童年，某部分的自己，似乎也跟著留在了那個時候，她永遠忘不了。

「案件不是早就在十二年前就結束了嗎？」

林忻予看著偵探牆上那些熟悉的名字，指尖滑過釘在板子上的資料，赫然發現上頭的資料並不完整，只有到七月十七日，並沒有記錄到之後兩天羅姓少女的出現與發現許家禎屍體的事情。

或許是因為跟這個案件的種種緣分，在情緒的驅動之下，林忻予拿起麥克筆在板子上寫下：

七月十八日，羅文君出面。

七月十九日，太江橋頭發現許家禎屍體。

「你是誰？」突然一個男聲從背後傳來，語氣不甚和善。

林忻予受到驚嚇趕緊回頭，出聲的是一位年紀與自己相仿的男子，身穿著警服，耳際夾著一根香菸。他邊說邊逼近，身上飄來淡淡的菸草味，胸口掛著的名牌上寫著：張晏。

「張警員是嗎？你好，我叫林忻予，是負責江尚霖的社工，我來……」林忻予拿出名片，接著翻出手機，試圖從主管之前傳的訊息裡找出承辦警員名字。由於慌亂，手機不慎掉落地面滑進桌底，她趕緊蹲下在地上摸索尋找著。

「你他媽的在做什麼？」張晏看了一眼名片後，隨意丟到桌上，不理睬林忻予，並迅速走到偵探牆前，雙眼快速掃過白板：「你是不是亂動了什麼？」

「我？」林忻予一時無法意會過來，半晌才明白他的意思，她撿起手機發現螢幕摔出了一道裂痕，接著起身並解釋道：「對不起，我想說你漏寫了資料，幫你補上了，我剛好也是負責這案件……」

「你寫了什麼？」沒等林忻予說完話，張晏立刻插嘴道，臉上寫滿盛怒。

「就是之後發生的事……」林忻予怯怯地指著板子上新添加的兩行字。

張晏看了一眼，發出一聲冷哼，迅速將剛剛她新寫上的兩行字擦掉。

「你這個人怎麼這麼沒有禮貌？」林忻予被張晏粗魯的言行惹得不快，但是表情依舊冷靜。

「操，你惡人先告狀耶，沒禮貌的是你，未經同意就在別人的板子上亂寫。」

「什麼亂寫？那是真的，不信你去調閱資料，都有寫。」

「少在那邊胡說八道，今天才七月十八日，哪會知道明天發生的事？」張晏不客氣地反駁：「何況今天也沒有出現你寫的那個羅什麼的人啊，不是亂寫是什麼？」

「羅文君。」林忻予再次重複名字，語氣堅定地說：「什麼明天，那已經發生過了，七月十九日會發現許家禎的屍體！」

「你是會預言喔？還是會算命？」張晏一臉訕笑說：「有病就去看醫師，別來警局胡鬧，快走。」

「我不是來胡鬧，我剛剛說了，我是來找……」林忻予慌亂地看著手機，卻發現手機由於剛剛的摔落地面似乎故障，螢幕全黑。她努力思索著名字，好半晌終於記起：「我是來找……黃士修警員。」

「沒有這個人，」張晏果斷回覆：「你跑錯地方了。」

「黃士修。」林忻予再次重複了人名，接著又反問：「這裡不是三樓？」

「這裡是地下二樓，而且三樓只是文件室，不會有人。」張晏邊說邊揮手要她趕緊離開，自己則轉身研究起偵探牆，不打算再搭理。

「真的嗎？對不起。」林忻予此時才想起主管說的「派出所現在暫時搬到隔壁的大樓裡」，沒想到真的是自己搞錯，只好連忙道歉趕緊轉身再次上樓。

步入電梯，門扉閉起時，她再次看了張晏一眼，小聲抱怨著：「好沒禮貌的人。」等到回過神時，林忻予才發現自己再度下意識地壓了五樓的按鍵，無奈電梯已經攀向二樓，只好上去再下來。

回到一樓，步出大門，路口依舊聚集了人潮在拍攝幻日環。

林忻予左右張望，此時才發現位在這棟舊大廈右側的大樓，正面掛著一張牌子寫著：板橋分局聖三派出所。

快速走進新大樓，一樓處設置了一個臨時的服務櫃檯，櫃檯警員指了一側電梯的位置，示意警局辦公的地點在三樓。

叮——

電梯門一開，林忻予就看見十六歲的江尚霖正坐在一旁的椅子上，口中正喃喃自語：

「他們是壞人、他們是壞人……」

「尚霖，你還好嗎？」林忻予趕緊趨前蹲下關心，確認他身上沒有什麼傷痕才鬆口氣，接著問道：「發生什麼事了？」

「你是林忻予社工嗎？」突然旁邊傳來男聲：「我是黃士修警員。」

「我是。黃警員你好，發生什麼事了嗎？」林忻予站起身詢問著。

「剛剛有人通報他拿著棍子在追趕幾個青少年，疑似要打人，雖然沒有人受傷，但問他話也說不清，所以才先暫時帶回派出所。」黃士修又問道：「但他……」

「尚霖是一位自閉兒，不過智力方面沒問題，只是人際互動跟表達能力比較差而已。」猜到警員的疑問，林忻予立刻解釋道。

「平常會有暴力行為？」

「不會，尚霖是個溫和的孩子，不會傷害人的，一定是發生什麼事了。」林忻予澄清著，接著轉頭詢問江尚霖：「尚霖，告訴金魚姊姊發生了什麼事？」

「他們是壞人、他們是壞人……」江尚霖仍是重複這句話，視線盯著地板。

「尚霖看著我，」林忻予面露微笑，耐心地詢問著：「為什麼他們是壞人？他們做了什麼嗎？」

「他們丟貓、丟貓，拿石頭，」江尚霖抬起頭看了林忻予一眼說道，隨即視線又移到地板上：「他們是壞人、他們是壞人……」

「你的意思是，那些少年拿石頭丟貓，你很生氣，只是想趕走他們，對嗎？」林忻予重新組合江尚霖的話語，再次向他確認。

「對，他們是壞人、他們是壞人……」江尚霖用力地點點頭。

「林姊姊知道了，但拿棍子追人是不對的，以後不可以這樣做，知道嗎？」

「喔，拿棍子不對、拿棍子不對……」

看到江尚霖的回應後，林忻予才安心地起身向警察說明。

「我都聽到了，那沒事了，簽個名他就可以回家了。」黃士修了解詳情後，也沒再多為難。

「尚霖、林小姐。」才步出派出所，就看到江尚霖的母親謝芷瑜急忙趕來。

「江媽媽您好。」

「林小姐，麻煩你了，真不好意思。」謝芷瑜連忙道著歉，雖然已經年屆中年，但氣色紅潤，整個人有種祥和溫柔的氣質。

「不會的，本來就是我該做的事。」

江尚霖是由謝芷瑜獨自扶養長大，十二年前她的丈夫因為被指控殺人而入監。不久後，謝芷瑜便申請了離婚，帶著小孩搬離原本住處重新開始生活，現在在一家科技公司擔任會計，雖然經濟不寬裕，但母子感情深厚。
「多虧了有你幫忙，謝謝。」謝芷瑜在了解經過後，便先行將江尚霖帶回家。
目送他們離開後，林忻予轉身準備前往公車站，卻在不遠處看到一名頭戴鴨舌帽的男子從派出所舊大樓的方向走來，身影有點眼熟。
「黃介翰。」林忻予喊叫出聲。
男子聽到聲音愣了一下，隨即快步跑了過來，表情又驚又喜：「林忻予？」
「真的是你？」林忻予依舊覺得不可思議，他們倆小時候是鄰居兼玩伴，但在上國中後，黃介翰一家便搬走，從此斷了聯繫。
「好久不見，沒想到會在這裡遇見你。」黃介翰開心回應，接著又問道：「你怎麼會來這裡？」
「我現在是社工，剛好有需要服務的案件。那你呢？怎麼會來這裡？」
「我現在是刑警啦，來辦事的。」黃介翰露出驕傲的神情。
「哇，沒想到你現在是警察，好厲害。」林忻予稱讚著，隨即又笑問：「你剛剛是不是也跑錯地方？」
「你也是？」黃介翰笑道。
「對啊，還莫名其妙跑到別人辦公室。」

「辦公室？你是不是跑到另一個時空啦？」黃介翰笑道，從小他就很迷靈異奇幻的事，接著又解釋說：「那棟大樓年代久遠，不久後就要拆掉重蓋了，所以派出所才會暫時搬到新大樓去，不然哪有派出所在樓上的。」

「說的也是。」林忻予點點頭又問：「我們多久沒見了？」

「超過十年了，自從……」黃介翰將原本要說的話吞進口裡。

「自從我姊姊過世後沒多久，對吧？」林忻予露出一絲苦笑。

「嗯，下個月剛好就是忻晴姊的忌日，對吧？」

林忻予沒想到黃介翰還記得自己姊姊的名字，當時他們的感情很好，她跟黃介翰是同學，而姊姊和他哥哥黃介棠也是，四人有時會玩在一起。在姊姊的靈堂上，他們兩人也都有來上香，其間黃介翰還哭得很慘。

「八月十九日。」林忻予回道，跟著也問起了他哥哥：「對了，介棠哥好嗎？聽說他後來去了國外唸書？」

「嗯，不錯啦。」黃介翰笑著道，沒打算多做回應，立刻又說：「給我你的電話，改天我們出來吃飯。」

「好，那你趕緊去忙。」林忻予拿出手機，發現原本全黑屏的手機，此時已經恢復正常使用。

兩人交換聯絡方式後，揮揮手道別，前方路口依舊擠滿了觀看幻日環的人。

二〇一二年，七月十八日。

「說什麼鬼話，什麼明天會發現屍體，以為自己能看見未來喔。」林忻予離開後，張晏冷哼了一聲，繼續認真盯著偵探牆看，他從耳際取下香菸在指腹間輕輕搓揉著，沒有點燃，淡淡的菸草味道飄散開來。

吳冠綸被捕至今已經過了三天，在他的車上發現許家禎的手機也已經兩天了，但吳冠綸始終否認，到現在索性乾脆閉不開口。監視器雖然有拍到他與許家禎一起出現的畫面，卻沒有更多證據，案子一直苦無進展。

「他媽的，人的失蹤就是跟他有關！」張晏咒罵了一聲，氣憤地拍了一下偵探牆，由於劇烈晃動，筆槽內的麥克筆跳了出去，應聲掉落地板，滾進桌下。「不順的時候，做什麼都倒霉。」張晏再次咒罵，順手將香菸掛回耳際，蹲下屈身將手伸進桌下打撈著。

三天前，張晏在追查另一個搶案嫌犯時，意外看見被通報失竊的車輛，駕駛正是吳冠綸。他迅速通報並打算攔檢，沒想到對方見到自己不僅沒停下，反而加速行駛，一路差點撞上行人，險象環生。追了幾條街後，見甩不掉自己，於是變本加厲直接衝撞了過來。

砰——

張晏在一陣閃避之後，還是摔了車，情急之下，只好開槍示警。

但沒想到原本瞄準車輪的子彈卻彈飛，意外射傷吳冠綸。之後還鬧上新聞，在一片輿論譴責之下，他被調離參與該案件，現在只能自己偷偷躲在地下室的資料室裡頭研究。

「那張臉一看就不是什麼好東西。」

張晏持續咒罵，同時在桌下撈到了物品，但取出後卻是一個掛有金魚太陽的吊飾。正當他在疑惑時，樓梯傳來了急促的腳步聲。

「晏哥，出大事了！」下樓的是同仁李明材。

「天塌下來了？」張晏抬起頭，隨手將吊飾丟在桌上，打算繼續找筆。

「出現指證吳冠綸的人了！」李明材大口喘著氣，一股勁地說完話：「一位叫羅文君的同學來報案，她說是許家禎的好朋友，現在人正在所內。」

「操，怎麼不早說！」聞言張晏立刻跳了起來，顧不得什麼麥克筆，火速衝上樓。

偵訊室。

一位臉龐稚嫩的少女正坐在裡頭，她的對面則是另一位刑警，昏暗狹小的空間內，只有一盞燈從頂上打下，像是一道聖光。

「現在情況怎麼了？」張晏衝進偵訊室另一側，隔著大面單向透視玻璃，急急問著。

「長官不是要你別管這案子？」小隊長王凱回答，眼睛瞄了隨後進門的李明材，明白是怎麼一回事，於是又說：「靜靜聽就好，不要多嘴。」

張晏點點頭，屏氣凝神地看著偵訊室內的動靜，香菸在他手上不斷旋轉搓揉。

「同學，請再說一次你的名字？」刑警問著。

「我叫羅文君。」

「羅文君同學，你說你是許家禎的朋友，是嗎？」

「嗯，對。」羅文君神情有點緊張，指尖因為用力扯著裙子而泛白。

「麻煩你再重複一次剛剛在外面說的話？」

羅文君點了點頭，說起那天發生的事：

「我跟吳冠綸是鄰居，國小、國中都是同校，上高中後就不是了，但一直有聯絡。那天我心情不好，家禎說她也是，於是我們就一起去逛街。」

「那天是幾月幾號？」刑警反問。

「那天是……六月二十九日，暑假的第一天。」羅文君回想著。

「你跟許家禎也是國中同學，她也認識吳冠綸嗎？」
「不是，許家禎是我補習班同學，他們不認識。那天才第一次見面，我們是在逛街時，偶然遇見的。」回憶像泉水般湧了出來，羅文君接著又說：「吳冠綸那時候在夾娃娃，剛好家禎也喜歡，於是他就提議要帶我們去看他的戰利品。」
「所以你們就去了吳冠綸家？」
「不是，」羅文君搖了搖頭：「他說他娃娃很多，因為會被媽媽罵，所以擺在叔叔家。」
「你還記得叔叔家在哪嗎？」
「不記得，他帶著我們走很多小巷，只記得在河堤邊，是一間很老的房子，沒有電梯。」
「然後呢？」刑警邊記錄邊詢問。
「然後他帶我們上了三樓還是四樓，進去後裡面什麼都沒有，很髒、很奇怪。但吳冠綸說他的娃娃就在其中一間房間內，說要先帶我過去看，等下才換家禎，但我一進房間他就把我打暈了。」
「打暈？用什麼？」
「我不知道，可能是旁邊的棍子吧。」羅文君身體開始不自主地顫抖起來。

「同學，你還好嗎？」刑警見狀關心著，擔心她承受不了：「要不要休息一下？」

「不用，我想趕快找到家禎。」羅文君握緊擺在膝上的手，語氣堅定，接著又說：「等我醒來，發現手腳都被綁住了，但隔壁房間傳來尖叫聲，那是家禎的聲音，我覺得很害怕。」

偵訊室的另一頭，所有人屏氣凝神地聽著，一片靜默，皆震驚於這突如其來的訊息。

「我一直叫她的名字，但她都沒有回應。不知道過了多久，聲音沒有了，變得很安靜。」羅文君不斷訴說當天的遭遇：「然後，有人打開我的房門，是吳冠綸。我一直問他『家禎在哪裡？』但他都不回答我。」

「那最後你怎麼離開那裡的？」刑警詢問著。

「吳冠綸讓我走的。」

刑警面露訝異與疑惑。

「我一直求他、一直求，說我們從小一起長大，不要殺我……最後他才跟我說『如果你不想變得跟你朋友一樣的話，就什麼都不要說出去』。」羅文君越說臉色越蒼白，接著哭了起來：「他的表情很恐怖，我就趕快跑走了，我很害怕……」偵訊室迴盪著低嗚。

刑警遞上面紙安慰著羅文君，一邊回頭望著單向透視玻璃另一側的人，輕輕點了點頭，示意他們可以往下行動了。

現場一陣騷動，眾人紛紛匆忙離開，張晏也想跟上去，卻被王凱拉住了手：「沒你的事。」

「凱哥……」張晏求情著。

「我會第一時間讓你知道後續，我答應你這件事。」王凱語氣堅定，話畢逕自離開，留下張晏一個人在昏暗的偵訊室。

二〇二四年，七月十八日。

外面天色漸暗，夏日的熱氣也稍稍降了下來，地平線被染上一片橘黃顏色，街燈紛紛亮起，往上延伸隱約可以看到點點的星星。

今天的天氣真好。

林忻予坐在辦公桌前，將探訪的紀錄寫完存入電腦中，終於完成了今天該做的事。她轉了轉僵硬的肩膀，看著桌上那張跟姊姊的合照，眼中閃過一陣哀傷，「如果姊姊還在的話，是不是一切都不一樣了？我好想你。」不過沒多久，隨即又恢復往常面無表情的模樣。

「今天辛苦你了，突然要你跑一趟。」主管徐秀惠出現在她的桌前，遞上一罐果汁說道：「你一個人的時候，真的很常面無表情。」

「對不起……」林忻予拍了拍臉頰迅速掛起微笑回應。

「沒關係的，」徐秀惠並不真的指責，反而是帶點戲謔的口吻：「不過你沒發現嗎？當你獨自一個人的時候，時常是感受不到情緒，怎麼說呢……」

一直以來，林忻予都知道自己偶爾會被說是臭臉，但沒想到這麼嚴重。

「就像是……」徐秀惠頓了頓，似乎在想貼切的形容詞：「就像是你把情緒統統都裝進一個罐子裡，然後關了起來一樣。」

「我會多留意。」林忻予連忙道歉。

「其實當初你來面試的時候，我曾經懷疑你是否能夠勝任這個工作？」徐秀惠笑著搖了搖頭說道。

「我怎麼了嗎？」林忻予聞言有點驚訝，這些話是她進基金會一年多來，第一次聽到。

「當初要面試你的時候，我曾從會議室外偷偷觀察過你，社工是很辛苦的工作，必須對人保有關懷才行。」徐秀惠腦中浮現當時的畫面，繼續說道：「但那時候坐在會議室的你，卻是面無表情，甚至有點冷漠……就跟你剛才獨處的時候一樣。」

「但人不可能隨時都笑著嘛。」林忻予解釋著。

「當然無法，只要是人都會有情緒，但你的問題是：沒有情緒。」

徐秀惠的話，讓林忻予無法反駁。

「但在面試過程中，你說了一句話讓我改觀。」徐秀惠接著說。

「是什麼話？」林忻予也很好奇。

「你說『社工並不是保姆、也不是便利商店，而是橋樑。承接著受過傷的人回歸正常日子的橋樑』。」徐秀惠微笑道：「雖然說社工必須對人關懷，但過程中若過分給予或是把自己情緒也帶入個案裡的話，最後會讓兩邊都受傷。我做社工這麼多年，看過太多原本滿懷熱情，最後卻負傷逃離的人。所以，我覺得你應該適合這份工作。」

「我很謝謝秀惠姐讓我進來心家。」林忻予真心感謝著，腦中閃過了父親的吼叫、母親的哭泣畫面。

因為自己也經歷過傷痛，當時受到很多人的幫忙，於是長大後才會選擇投入社會工作，其實也是為了修補自己的創傷。

「對了，尚霖那邊還好嗎？」徐秀惠問道。

「尚霖沒事，他媽媽後來也來接他了。」

「沒事就好，還不下班？」

「差不多了，剛剛在整理家訪紀錄。」

「那我先走了，早點下班。」徐秀惠揮了揮手，步出辦公室。

待主管離開，林忻予再次確認家訪紀錄無誤後，也拿起手提包準備離開，卻發現掛在提包旁的金魚太陽吊飾不見了。她焦急地翻著桌面、檢查地面，卻怎麼都遍尋不著。

會是掉在哪裡？林忻予努力回想今天的行程，最後一次看到它是在家訪完許伯伯之後，接著她就回到基金會，再趕去處理尚霖的事，午後回到基金會後就沒有再外出了。

「派出所！」林忻予猛地想起，今天在那個不是派出所的派出所時，手機曾不慎掉到地上，那時自己蹲下身尋找，一定是那時候掉的。

林忻予看著窗外的天色，決定明天再去一趟那個奇怪的辦公室。

二〇一二年，七月十八日。

「他還是沒有承認？」

時間已經接近午夜，張晏在派出所地下二樓昏暗的空間裡，不斷地來回踱步，燈光隨著他的身影閃爍，像是一部默劇場景。他指腹不斷搓揉著香菸，忍不住又傳了訊息出去。吳冠綸的偵訊從傍晚一直持續到現在，即使羅文君已經出面指認，他仍是不肯鬆口，一直在跟警方打迷糊。

「說了沒？」張晏盯著手機螢幕，幾秒後發現已讀未回，忍不住再傳了一次。

「晏哥，你這樣一直傳訊息我無法專心，有消息一定第一時間跟你說啦，好不好？」那頭的李明材終於忍不住回了訊息。

「都有人出面指認了，還想耍賴是不是！」張晏咒罵一聲，因為這個案子，他被吳冠綸那傢伙搞得很慘，現在終於有機會可以一吐怨氣了。

他視線望向偵探牆，上頭許家禎在相片中笑容可掬，「你放心，我會找到你的。」張晏對著相片喃喃自語著，眼睛突然瞥到旁邊擦拭不甚乾淨的殘破字跡，突然想起今天下午遇到的那名奇怪女子，那個神情讓人讀不出情緒的女子。

「七月十九日會發現許家禎的屍體。」她這樣說。

張晏睜大眼睛，這才記憶起羅文君的事她說對了，她怎麼會知道？是巧合吧？但連人名都一樣，未免太誇張。

「不可能吧、怎麼可能……」張晏用力抓著頭皮，想要找到合理的解釋，越想越煩躁：「搞什麼鬼啊！」

張晏視線又回到偵探牆，試圖用上面的文字讓自己恢復理智，說服自己一切只是巧合。但越是這樣想，他的視線越是被牆上面模糊的字跡給吸引過去，也越想要看清楚上面寫的訊息是什麼？

「太虹……橋？大功橋？大江橋？……」張晏試圖還原上面的字句，接著又情緒激動地吼叫了出來：「不對啊，沒有這些橋啊，操，我在做什麼！」由於身體大幅擺動，夾在耳後上的香菸彈飛了出去。

「到底今天我要趴在這地板幾次。」張晏再次低下身，正當手要撿起香菸時，腦中突然閃過一個自己再熟悉不過的地名。

「太江橋，是太江橋！」張晏跳了起來，一把抓起車鑰匙衝了出去。

「媽的，不管了。」

張晏以最快速度抵達太江橋。

盛夏的夜晚氣溫依舊居高不下，即使河邊有陣陣微風，但依舊叫人汗流浹背。由於接近午夜，橋上的車輛與行人都不多。

迅速停好車子，當張晏準備步下河堤時，意外發現橋中央處佇立著一位身穿白衣的少年，一動也不動地站在橋上，似乎若有所思。

「媽的，要不是農曆七月還沒到，還以為看到好兄弟。」張晏咒罵著，一邊快步走下堤防，但心裡頭還是對半夜站在橋邊的那位少年感到在意，不時頻頻回頭看。

河邊芒草瀰漫，因為擺盪摩擦而發出了沙沙的聲音，風也在耳邊颯颯作響，他一邊撥開比他身形還高的芒草，一邊試圖尋找許家禎的屍體。

「這是要怎麼找？我在整自己嗎？」面對茫茫草海，張晏像是無頭蒼蠅般亂竄。

正當張晏開始對自己的行為感到懊悔時，橋上突然傳來一陣騷動。他抬起頭向上看，看見原本站在橋上的少年不知道何時已經攀爬到欄杆上，路過的車輛紛紛停了下來勸阻著，難道……張晏心中冒出不祥的預感。

「喂，你在做什麼？你快下來，不要——」張晏用盡全身力氣大喊，一邊撥開芒草往橋上奔跑過去。可是話還沒有說完，隨即聽到物體落水的巨大聲響。

撲通——

少年跳河了！

張晏見狀隨即也跟著跳下水，他雙眼緊盯著少年落水的位置，張開雙手奮力划著水、腳掌也跟著劇烈擺動，張晏大口地吸氣、閉氣，再吸氣、再閉氣……不斷重複著，河面濺起一道長長的白色水花，像是一把刀割開了漆黑的夜晚。

所幸甲水溪雖深但水流不算湍急，張晏很快就游抵少年所在之處，此時少年身體已經逐漸往下沉、一動也不動。張晏大吸了一口氣後潛入水中，雙手撈到少年的膝蓋並握住，迅速將他的身體旋轉一百八十度並向上托起，最後再扣住他的胸口往河岸邊帶。

少年已經沒有呼吸。

上岸後，張晏迅速施行心肺復甦術，他雙手交疊奮力按壓著少年的胸膛，口中叨唸著數字：一、二、三、四……少年纖細的胸膛隨著按壓劇烈地起伏，再經過數次的胸部按壓與人工呼吸後，終於，一道如湧泉般的河水自少年口中吐了出來。

咳咳——咳咳——

伴隨著少年不間斷的咳嗽聲，張晏才鬆了一口氣癱坐在旁邊，此時也終於稍微看清少年的面貌，是一張蒼白清秀的臉龐，而他右臉眼尾下方有個淡褐色叉字的胎記，特別引人注意。

「你還這麼年輕，幹嘛想不開？」張晏問著少年。

但少年沒有打算回答，踉蹌起身逕自就要離開。

「喂，不要走，你還要跟我去警局一趟……」張晏一身狼狽地想要抓住少年，隨即被甩開。

當張晏正準備起身追上去時，視線順著少年掙脫的方向，隱隱約約看見一抹黑影……

沙沙——

在成片纖細厚重的芒草，隨風擺盪的間隙與間隙中……

沙沙——

忽隱忽現……

沙沙——

有一雙腳靜靜地擺放在沙地上。

沙沙——

張晏認得腳上那雙原本該是粉色，但此時已經灰濛濛的運動鞋，在他的偵探牆上相片裡也有同樣的鞋款，而鞋的主人正是——許家禎。

張晏滿臉震驚，張大嘴巴卻吐不出任何一句話，水滴不斷順著頭髮滑落他的臉龐，在炙熱的夏夜此刻卻感到異常寒冷。他低下頭看了看手錶，上頭顯示著：十二點十一分。

已經是七月十九日。

張晏癱坐在河岸上，抓起手機打了電話到警局，不久後，警笛聲從四面八方傳來。

二〇二四年，七月十九日。

「你一直哭，太陽就能活過來嗎？」父親吼叫著，滿臉因為怒氣而漲紅。

「嗚……嗚……太陽啊，我的女兒啊，嗚……」母親只是掩面哭泣。

「就說不要再哭了，聽到沒有！」父親將手中的杯子摔出，發出劇烈的聲響。

「嗚……嗚……」母親只是哭得更加嚴重。

「這個家我待不下去了。」父親丟下這一句話，轉身步出家門。

「爸爸不要丟下我……」

林忻予自睡夢中驚醒，又做了兒時的夢。她拍拍臉頰沒多做思考，看了時鐘，隨即起身盥洗，接著開始準備早餐，騰騰的熱氣自鍋中升上來。

叩叩。

「媽，吃早餐了。」林忻予輕敲著母親的房門，推開房門，母親王瑞芬已經身穿外出服坐在床沿，也不知道在那裡坐了多久時間。

自從姊姊過世之後，家裡跟著分崩離析，原本和睦的一家人，最後父母離異，那棟被認為不祥的房子也以低價賣出，他們搬離了傷心地。

接著父親在幾年前再婚，而母親則因為傷心身體變得益發虛弱，最後只好辭去了原本的會計工作，改去附近小吃店中午繁忙時間短短幾小時的打工，雖然偶爾會發呆，但所幸並無大礙，母女的感情依舊融洽。

「金魚啊，你今天好像起得比較早？」王瑞芬沒回答反問道，削瘦的臉龐勉強擠出一絲微笑。

「等下有事要早點出門。」林忻予拿起梳子替母親梳著頭髮，順好綁上髮圈後，接著才攙起母親往餐廳走，又說：「今天身體還好嗎？」

「嗯，天氣熱身體反而比較舒服。」王瑞芬在餐桌旁坐下，桌上是簡單的清粥與一些小菜。林忻予盛了一碗粥遞到母親面前。

「媽，吃完碗筷放洗碗槽就好，我回來再洗，你吃完休息下，晚點再出門工作。」林忻予邊說著，拿著手提包就要出門。

「你不吃嗎？」

「我到公司簡單買點東西吃就好。」

「對了，害姊姊的凶手找到了嗎？」王瑞芬突然這樣問。

「我會跟承辦警員聯繫問看看。」林忻予溫柔地笑著回答，接著說：「那我先出門了。」

王瑞芬聽了沒回應，緩慢地吃起清粥。

關上門後，林忻予隨即又恢復往常平靜的神情。

這是她的日常，時間是以切割的方式進行著：家裡與家以外，母親的時間像是一直停滯在十二年前那一天，而她收起情緒，成了照顧者。

或許某種程度來說，對林忻予也是一樣，她的某部分也留在了那時，那個劃破她童年的夏日，天空有著幻日環的那一天。

噹鈴——

「這個月的錢我匯過去了。」是父親林世祥傳來的訊息，附了張轉帳證明的截圖。

「謝謝。」林忻予心中百感交集，簡單回了訊息。

在父母離婚之後，因為母親的身體狀況，她選擇了與母親同住，與父親漸行漸遠，特別在父親再婚後更是如此，現在只剩下每個月支付生活費的關係。在林忻予的心裡，隱隱無法原諒自己過著幸福生活的父親。

公車駛來，林忻予跳上前往聖三派出所方向的公車，打算在上班前先去找昨天弄丟的吊飾。

照慣例，林忻予在車上滑著手機觀看新聞，她想起昨天的幻日環景象，抬頭看了天空，萬里無雲的天空上只有一顆太陽。

到站後，林忻予抬頭仔細看了昨天來過的大樓，外觀看起來確實有點殘破，陳舊的姿態強烈。

「昨天怎麼沒注意到？」林忻予自言自語，隨即邊走進大樓，一樓同樣空曠。

這次她沒搭電梯，快速地步往地下二樓，但一抵達立刻發現已經搬空。不過一天的時間，原本擺滿資料與層架的空間，在昏暗的光線下，此時只剩下幾個箱子堆疊在角落。

雖然抱持著疑惑，但林忻予沒多做思考，隨即走向聖三派出所的臨時辦公處。

「請問，派出所舊大樓的地下二樓，昨天是誰在那邊上班？」林忻予立刻詢問位於一樓臨時櫃檯的警員。

「舊大樓？那邊早就沒人在上班啦，準備要拆掉蓋新大樓了。」櫃檯警員這樣回，語氣絲毫沒有任何猶豫。

「但我昨天在那邊遇到有人在辦公，」林忻予努力從腦中撈出昨天遇到的警員名字，半晌後才終於記起：「一位叫張晏的警員。」

「張晏？我們沒有這個人啊，小姐你是不是搞錯了？你要不要再去確認一下地點？」

雖然很確定自己沒有記錯地點，但在警員堅持沒有「張晏」這個人的情況下，林忻予也只能離開。

「你是不是跑到另一個時空啦？」

林忻予腦中突然浮現黃介翰說的話，她邊走邊想，怎麼樣都覺得太荒唐，但昨天明明去過位於地下樓的辦公室沒錯，那不是做夢。林忻予用指腹摸了摸昨天因為摔到地板上，手機螢幕上輕微的裂痕，再次確認了自己是真的去過那間辦公室。

「難道真的是跑錯地方？不對啊，舊的派出所只有那棟而已。」林忻予一邊疑惑著，一邊步出新大樓。

她努力思考著，同時試圖在腦中重新演練一次昨天上午的情境，想釐清是否自己記錯或是遺漏了什麼？

「是電梯！那時候我是搭電梯下樓的。」突然，林忻予想起了差異，再次奔向舊大樓。就算另一個時空也罷，林忻予都想證實自己並不是在做夢，想找回那個陪伴自己長大的金魚太陽吊飾。

叮——

電梯門開啟，林忻予手指微微顫抖地壓下B2的按鍵，面板橘燈亮起，電梯緩緩下降，B1、B2……她的額頭冒著汗、心臟狂跳。

叮——

電梯門再度開啟，但眼前的畫面卻讓林忻予詫異不已，同時一股沮喪之情也隨之襲來，在她前方的空間，依舊是一片陰暗空曠。她只得無奈地再次上樓，心中開始質疑自己是否真的記錯了地點？還是天氣太熱，自己被曬昏頭了？

再次踏出舊大樓，刺眼的陽光立即襲來，同時路口傳來陣陣騷動，幾個行人聚集在前方路口，紛紛舉起手機對著天空照相。

林忻予緩緩抬起頭，隨即看見幻日環高掛在天空。

人群、幻日環……這樣畫面讓她感到熟悉，昨天也見過類似的景象……林忻予腦中再次靈光閃過、又記起了什麼，轉身又一次跑入舊大樓。

「昨天我先按了五樓的樓層，然後再按了三樓，結果抵達的樓層卻是地下二樓。」

林忻予猛地記起這件事，這會不會是抵達「那個地方」的另一個必要條件？她再次返回舊大樓電梯，果斷壓了五樓的樓層，抵達五樓後，深吸了一口氣，接著按下三樓的樓層，電梯開始下降……

叮——

彷彿過了一世紀這麼久，電梯門終於緩緩開啟，淡淡的暈黃光線射入細細的門縫，耳邊也傳來電視台播報新聞的細微聲音，還有一股很淡很淡的菸草味。

「你終於出現了。」電梯門完全開啟，張晏正站在偵探牆前、手上正拿著香菸搓揉著，臉上還是掛著一副吊兒郎當的神情，吐出這句話。

林忻予揉揉眼睛，確定自己沒有眼花。

「這是你掉的吧？」接著他另一隻手拿出了金魚太陽的吊飾，然後又說：「我等了你一個晚上。」

02／有些東西怎樣都不會改變

二〇一二年，七月十四日。

叮鈴——

「歡迎光臨。」寶金珠寶銀樓老闆微笑招呼著進門的客人，並詢問：「請問大哥想要看什麼呢？戒指？項鍊？」

江海棋沒有搭理老闆，壓了壓頭上的鴨舌帽逕自瞄了銀樓一圈，小小的銀樓約莫不到十坪大的空間，除了擺滿金飾的櫃檯外，只有一張辦公桌，牆上還掛著本日金價的牌子與監視器。

雖然已經是夜晚時分，但由於玻璃與金屬的折射，整個空間反而呈現一種金花花的模糊明亮感。

「戒指，要送阮某。」晃了一圈後，江海棋將身體靠在櫃檯上說道。

「大哥真是疼太太，戒指在這邊。」銀樓老闆笑著說，並指著櫃檯上那整齊排列在紅色絨布盤上的一枚枚戒指說道：「要什麼款式呢？我們什麼款式都有，還是要多重的？」

「這咧媠，」江海棋仔細端詳著戒指並稱讚著其中一枚，半晌後，又指著另一枚這樣說，隨即又改口道：「這咧嘛是媠，老闆我會當攏看覓謀？」

「會使、會使，送太太的禮物當然要慎重。」銀樓老闆夾雜著不流利的台語，邊從櫃檯裡拿出一盤戒指，打算讓江海棋挑選。

「這咧有媠內。」江海棋拿起其中一只戒指端詳，再次發出讚美。

「大哥你仔細看，上面的雕花很精細，相信太太一定會喜歡。」

「這咧嘛是。」江海棋又拿起另一只戒指，眼神閃著興奮的光芒。

「大哥眼光真好，挑的都是店裡最好看的戒指。」銀樓老闆陪笑著。

「這咧偌濟錢？」江海棋終於挑定，問著價錢。

「這個啊……」銀樓老闆聞言趕緊拿出計算機按壓著，嘴角掛不住笑意，「這個戒指一．三錢，算下來是七千一。」語畢才抬起頭，隨即眼睛感受到一股熱辣襲來。

嘶——

江海棋拿起預藏好的辣椒水，朝著銀樓老闆的臉胡亂噴一通。

「啊，好痛！我的眼睛……」銀樓老闆發出痛叫聲，不斷用手揉著雙眼。

趁著銀樓老闆視線尚未恢復的空檔，江海棋一把捉起桌上的戒指盤，迅速往門外衝，消失在夜色之中，尖銳的防盜警鈴聲在他身後跟著大作。

鈴——鈴——

幾分鐘後，張晏與李明材趕到現場。

「老闆你還好嗎？有沒有受傷？」李明材關心著雙眼紅腫的銀樓老闆，他的妻子正拿著清水在一旁幫他沖洗眼睛。

「我沒事，應該是辣椒水。」

「監視器畫面在哪？」張晏巡視了周圍，發現沒有毀損的痕跡，隨即看了牆上的監視器問道。

「後面房間。」銀樓老闆指了指辦公桌後面的位置。

老闆娘領著他們來到後面的房間，擺滿雜物的小空間角落有一台電腦，螢幕上正顯示著銀樓內的景象。

李明材熟稔地操作著鍵盤，很快便找到幾分鐘前的畫面，由於嫌犯戴著鴨舌帽並刻意壓低帽簷所以看不清楚五官。

不過短短幾分鐘的畫面，李明材不斷來回播放，試圖找到嫌犯樣貌清楚的畫面。

「這裡。」張晏喊了一聲。

李明材迅速按下暫停鍵，並以慢速回放。在嫌犯噴完辣椒水、拿起戒指盤時，有一瞬間抬起了頭。

監視器的畫面有點模糊，張晏努力想看清楚上面的臉孔，瞧著、瞧著，畫面裡的人物益發清晰了起來——這個人他認識！

「怎麼會？……」張晏喃喃自語。

「你認識？」李明材問道。

「嗯，一個朋友。」

稍晚。

張晏來到一處舊公寓前，他站在對面街燈下，一手拿著雞精禮盒、另一手指尖搓揉著一根沒點著的香菸。他抬起頭靜靜望著四樓的公寓，磚紅色磁磚有點斑駁，幾棵植物從陽台的欄杆探出，是那種隨處可見的老房子。

望著透出燈光的窗戶，張晏腦中閃過幾年前的一些畫面：

「阿晏，我要結婚了……」明明說著幸福的話語，但女子卻紅了眼眶。「他對我很好，家裡也經營一家小公司，我會很幸福的。」

十八歲的張晏身穿著警察專科學校的制服，低著頭不說話，但指節卻因為用力緊握而泛白。

「對不起，我好累……嗚……」女子握住張晏的手，最後這樣說道：「你也要幸福，知道嗎？」

「嗯。」張晏仍是低著頭，但眼淚再也忍不住掉了出來。

不知道看了多久，張晏終於從回憶裡醒來，接著將香菸塞回耳際，走到公寓前按下門鈴，他的影子在昏黃的街燈下擺動著，像是隻飛舞的蛾。

嘟——

「你好，請問是誰？」對講機傳來一個成年女子的聲音。

「芷瑜姐是我，阿晏。」

「阿晏？怎麼這麼晚還過來？有事嗎？」

「我可以上去嗎？」

「我幫你開門。」

張晏迅速步上四樓，大門已經開啟，他推開門走進去，看見謝芷瑜正坐在沙發上摺著衣服。

不過才幾年的時間，她原本圓潤的臉龐已經削瘦不少，當初明明說會過上幸福日子的，現在只能慘澹生活。

「不好意思，這麼晚來打擾。」張晏將雞精放置桌上，跟著坐下幫忙摺起衣服。

「下次不要再帶東西來了，都說幾次了。」謝芷瑜輕聲責罵道，但沒有制止摺衣服的行為。

「是給小霖喝的，又不是給你，臭美咧。」張晏笑道，又說：「他呢？怎麼沒看到？」

「都幾點了，他早就睡了，我才有時間做這些家事。」謝芷瑜看了一眼禮盒上大大的「雞精」二字，輕聲笑道：「小霖會喝這個才怪。」

「哈哈哈，」張晏跟著笑了出來，接著小心翼翼地問：「那小棋哥呢？」

謝芷瑜沉默地摺著衣服，靜默了好幾秒後才終於說：「他不要回來還比較清靜。」

「好幾天沒回來了？」張晏進一步追問著。

「嗯，」謝芷瑜嘆了口氣道：「自從公司倒了之後就這樣，說這裡是家，還比較像他的旅館。只要他不要跟我要錢就好。」

「芷瑜姐……」

「沒事的，不用可憐我，我現在只希望小霖能健康長大就好，其餘都不重要。」謝芷瑜邊說，邊將已經摺好的衣服做歸類又說道：「對了，你今天來應該有事吧？」

「對的，是……」

「是關於江海棋，對嗎？」謝芷瑜直覺敏銳。

「嗯，是這樣的……」張晏語氣吞吞吐吐。

「你說，沒關係。」

「那個，今天發生了銀樓搶案，警方目前懷疑是小棋哥，」張晏有點支支吾吾，立刻又補上幾句：「但還沒有確定啦，只是有嫌疑而已啦……」

「他如果有回來我會通報。」謝芷瑜低著頭說話，眼淚不小心滴到摺好的衣服上，她趕緊擦掉淚水，起身將衣服拿進房間。

「好的，謝謝芷瑜姐，可能不是小棋哥啦，你不用太緊張……」張晏安慰著，話越說越感到心虛，於是安靜了下來。

再出來時，謝芷瑜看見張晏正在發呆，手上拿著一根沒點燃的香菸，於是說：

「把菸戒了吧。」

「我沒有抽菸啦，只是拿在手上。」張晏連忙解釋。

「那是七星，對吧？」謝芷瑜說道：「你哥抽的牌子。」

「不好意思，習慣了。」張晏突然覺得有點尷尬，隨即如同本能反應一樣順手將菸塞回耳際上，然後趕緊說道：「那沒事我就先走了，就麻煩……」

「嗯，我會通報的，放心。」謝芷瑜知道張晏想要說些什麼，幫他接上話。
「謝謝芷瑜姐。」張晏不好意思地搔了搔後腦，轉身離開公寓。
「記得戒菸。」張晏闔上門之際，又聽到謝芷瑜喊了一聲。

二〇二四年，七月十九日。

一推開門，黃介翰便看到母親正替坐在輪椅上的父親擦拭著手指，他的指尖夾著一根白紙捲成的柱狀物。
「呃嗚……介……介……」父親黃朝鈞看到他，喉嚨用力想要說些什麼，但卻只有嗚嗚的聲音。
「回來啦？」母親廖雅玉笑說，「高雄很熱，快進來，冰箱裡有麥茶。」
「台北也很熱，差不多啦。」黃介翰說，邊拿出麥茶倒在杯子裡，迅速喝了一杯，「夏天還是喝麥茶最解渴了。」
「喝慢一點，一口氣喝下那麼多冰的，等下腸胃不舒服。」

「爸還好嗎？」黃介翰點點頭，接著又問道：「菸癮還是戒不掉？」

「抽了一輩子的菸要戒掉太難，但現在的身體哪能抽菸，用紙捲一捲夾在手上就好……」廖雅玉淡淡地說著，沒什麼情緒，起身將毛巾掛回浴室，又邊說：「醫生說好不起來了，雖然行動不便也不太能說話，不過意識倒還算清楚。」

「辛苦媽了。」

「習慣就好。」廖雅玉說。

年屆中年的廖雅玉，看起來氣色不錯，倒是身旁的黃朝鈞看起來比她蒼老許多，原本兩個人的年紀就相差不少，現在因為中風，使得兩個人的視覺差距更加明顯。

很少人知道，黃介翰與黃介棠其實是同母異父的兄弟，當年廖雅玉因為懷孕結了婚，但隔年丈夫就因意外去世，才二十一歲的她獨自帶著一個孩子生活；後來在朋友的介紹之下，認識了大自己十二歲的黃朝鈞，男方經濟穩定，兩人便很快結了婚，男方也收養了黃介棠，兩年後又生下了黃介翰。

「媽，你知道我前陣子遇到了誰嗎？」黃介翰問道。

「誰？」廖雅玉搖了搖頭。

「林忻予，你還記得嗎？小時候我們的鄰居，住在斜對面。」

「金魚嗎？她還有個姊姊……」廖雅玉很快就想起那個活潑的小女孩，但馬上又察覺自己提了不該提的事，趕緊改口說：「我記得你們常玩在一起，你們是同學，對吧？」

「對，是不是很巧？」

「哎啊，我們搬離台北算一算也十幾年了……她還好嗎？」

「她現在是一名社工師。」

「哇，好厲害啊，要不是住得遠，不然就可以找她來家裡吃飯。」

「媽，我在想，要不要把你們接到台北一起住？」順著話題，黃介翰這樣說道。

「不用啦，鄰居朋友都在這裡，不想搬到一個陌生的地方生活。」

「但……」

「我們在這邊很好，你有空多回來看我們就好，不用擔心。」廖雅玉笑說：「你好好工作就好，最近忙嗎？不是說有個什麼新專案在進行？」

「嗯，一個跟宗教有關的案子，大家都很努力。」黃介翰回應著，又說：「我這麼大了，會照顧自己，放心。」

「那就好，看到你現在很好讓我放心不少，」廖雅玉說著，突然有點吞吞吐吐，幾秒後才又說：「……不知道你哥現在怎麼樣了？」

「他也應該很好啦，不用擔心啦。」看著母親憂慮的神情，黃介翰也只能這樣安慰著。

「呵呵。」廖雅玉拍著黃介翰的手，沒再多說什麼。

二〇一二年，七月十九日。

「那是我的吊飾，謝謝你幫我找到。」電梯門一開啟，林忻予迅速衝到張晏面前，伸手欲將吊飾取回。

沒想到張晏跟著一個抽手，似乎不打算交出。

「這是我的，請還我，謝謝。」林忻予板著一張臉。

張晏意味深長地看著眼前的女子，自從昨晚如她所言發現許家禎屍體後，張晏一早就趕回派出所，東翻西找，終於在桌上的眾多文件裡，找到林忻予昨天留下的名片，上頭寫著「心家社會福利基金會」。

待上班時間一到，張晏便趕緊撥了電話過去，對方卻說沒有這個人，這證明了林忻予是個不折不扣的騙子。可是她又是怎麼知道吳冠綸棄屍地點的？難道是共犯？但就羅文君的說法並沒有其他人在場。

「請不要盯著我看，把吊飾還我。」林忻予再重申一次，被看得很不自在。

「你怎麼會知道許家禎命案的事？」張晏終於問。

「大家都知道，新聞有寫。」林忻予伸手想拿吊飾，再次被張晏閃過。

「早報剛剛才出來，你怎麼可能會昨天就看到？你是不是隱瞞了什麼？」張晏大聲質問著。

「什麼剛剛出來，那都是十幾年前的事了，你是不是時空錯亂？」林忻予回嘴，同時也記起剛剛搭電梯的奇特經驗，難道……隨即又甩頭否定，不可能有這麼荒謬的事。

「今天的頭條。」張晏丟了張報紙過來，上頭標題斗大寫著：「終於找到！許姓女學生屍體於太江橋邊發現」。

林忻予拿起報紙閱讀，確認了上面的日期是：二〇一二年，七月十九日，但對這一切她還是不可置信，隨即回道：「無聊，不要拿張舊報紙來騙我。」

張晏只是撇了嘴冷哼一聲，接著拿起遙控器對著電視開始轉台。

「就在今天凌晨十二點多，於太江橋河畔，發現了失蹤多日的許姓女學生……」

「今天對許姓父母來說，可能是傷心的一天，尋找多日的愛女變成一具冰冷的……」

「張姓巡警經過太江橋時，拯救了一位企圖投河的少年，卻也意外發現屍體……」

張晏切換著各大新聞台，播送的都是許家禎的新聞。林忻予一把搶過遙控器不斷地轉台，結果仍是一樣，她呆站在原地，一句話也說不出來。

「無話可說了吧？」張晏一臉洋洋得意。

「現在是幾年？」林忻予顫抖地問著，腦中一片空白。

「二〇一二年啊，你剛剛不是看到報紙了？」

「怎麼可能？現在明明是二〇二四年，」林忻予反駁，隨即想起什麼，立即拿出手機說道：「你看、你看，這是最新款的手機，第十五代。」

「這不能證明什麼吧。」張晏不置可否地回她。

「日期，手機上會顯示日期對吧？」林忻予手忙腳亂地想要點開手機螢幕，卻發現螢幕始終一片黑，無論怎樣都無法開機：「怎麼會這樣？」

「說，你是怎麼知道許家禎屍體會在太江橋？」張晏不理睬，起身逼近林忻予，他大大的身影籠罩著她。

「我是看報紙寫的，真的。」林忻予一臉誠懇地說，神情有點不知所措。

張晏雙眼直視著林忻予，試圖從裡頭看到一絲動搖，但她絲毫沒有退縮，於是又問：

「你說你是從何時來的？」

「二〇二四。」林忻予急急地回。

「所以是來自未來的意思嘍？」張晏挑著眉。

「不是未來，現在就是二〇二四……」林忻予聲音越來越小聲。

「好，那你怎麼來的？」

「電梯，是電梯的關係。」林忻予如實地說著自己來到這裡的過程，才意識到電梯可能是關鍵。

「操，你是說小時候聽到什麼電梯會穿梭到另一個時空是真的喔？騙我三歲小孩？」

「我沒有說謊，我原本是要搭電梯上樓……結果就到這裡。我沒有騙人。」林忻予再一次重申自己的經歷，頓時也想到了另一個可能：「幻日環，還有這兩天出現的幻日環景象。」

「什麼幻日環？」

「就是天空出現三個太陽。」

「喔，你說那個喔。」

「你也有看到？」

「這幾天都有啊，大家都在看，」張晏撇了撇嘴說道：「太陽有什麼好看的……」

「所以是電梯加上幻日環，因此……扭曲了時空？……」林忻予喃喃自語道，語氣仍是充滿不確定，她依舊覺得這只是一個整人的惡作劇。

「好，就當我信你，你是真的來自二〇二四年，既然是來自未來，那一定知道接下來會發生的事吧？」頓了頓，張晏又說道：「吳冠綸什麼時候會認罪？」

「七月十九，跟發現屍體的同一天。」林忻予語氣肯定。

「今天是吧？」張晏露出一副看好戲的神情，又說道：「我就……」

鈴——鈴——

話還沒說完，張晏的手機便響了起來，來電者是李明材，他迅速地接起電話說：「喂，我在忙啦，有屁快放。」

只聽到電話那頭傳來悶悶的說話聲音，林忻予聽不清楚內容。

半晌後，張晏的表情由輕佻轉為驚訝，接著抬起頭張大雙眼看向林忻予。

「那她們呢？她們在哪裡？」掛掉電話後，張晏急急地拿起報紙，翻過另一面，指著上面的其中一則新聞問道，斗大標題寫著：

走出電梯秒蒸發！新北詹姓母女離奇消失在電梯。

「這個……」林忻予看著新聞標題，約略讀了一下內容，緩緩搖了搖頭說：「我不知道……」

「嘖，」張晏冷哼一聲說道：「所以許家禎是你瞎矇到的，什麼二〇二四年，鬼扯。」
「你不信就算了，把吊飾還給我總可以吧。」林忻予再次想搶回吊飾。
正當張晏準備遞出吊飾時，突然像是想到什麼似的，又將手抽了回來。
「你做什麼？請還給我。」林忻予氣急敗壞。
「這樣吧，那我再給你一次機會，不要說我誣賴你。」張晏撇著嘴，隨即將自己隨身的小筆記本翻到其中一頁後，丟到她面前說道：「只要能說出他在哪裡？我就會相信你。」
林忻予用狐疑的表情盯著張晏，雖然他的神情有點吊兒郎當，但看起來卻是無比認真。無奈之下，她只好拿起筆記本，只見裡頭寫滿許多名字、詞彙以及夾有剪報，看起來是他的辦案紀錄。
原本林忻予只是想打發掉張晏，卻沒想到竟在上頭看到有點熟悉的名字，同時還夾著一張小小的剪報，標題寫著：

搶銀樓慣犯，歹徒噴辣椒水奪金逃逸警察全力追緝。

「江海棋？」林忻予看著上面的名字，覺得似曾相識，思索幾秒後終於驚叫出聲：「是尚霖的爸爸。」

「你怎麼知道他兒子的名字？」張晏訝異地抽回筆記本，確認上頭並沒有提到江尚霖的名字，更遑論他們的關係。

「他兒子患有自閉症，對吧？」林忻予再次確認。

「對……」她的話再次讓張晏瞠目結舌，他望著眼前的女子，未免太多巧合，難道那些電梯、幻日環等荒謬的說法是真的？

自從七月十六號發生搶案後，連著好幾天他與李明材都奔波於各賭場，不斷打聽江海棋的蹤跡，但什麼消息都沒有得到。就在打探的過程中，發生了吳冠綸事件，因此中斷了尋找。

「七月三十一日。」林忻予接著又這樣說。

「什麼？」

「這天江海棋晚上會回家。」

「你確定？」

「這是他提出的不在場證明。」林忻予語氣肯定說道：「如果他不在家，就表示他犯下了殺人案。」

「什麼殺人案？我說的是銀樓搶案耶，哪來的殺人？」張晏漲紅著臉，隨即又想到什麼，再次露出驚訝的神情，他終於懂了林忻予的話，接著急急地問道：「操，這天會發生殺人案？」

「有一名計程車司機被殺，目擊證人指證江海棋就是兇手，但他提出的不在場證明只有妻子，法官最後不採納，因此被判了殺人罪，處無期徒刑。」林忻予努力記憶起案件的細節，在承接案子之前，她都會盡可能閱讀相關資料。

「關一輩子喔，那芷瑜姐跟小霖怎辦？」

「芷瑜姐？」林忻予納悶如此親暱的稱呼，於是問道：「你們認識？」

「在哪裡？」張晏沒回答她的問題，反而丟出新的問題。

「什麼在哪裡？」

「當然是發生殺人案的地點在哪？不然是什麼？」張晏露出不可思議的表情，一邊拿起筆準備記錄：「還有時間，對，時間地點都要知道。」

「長林路。」林忻予努力思索著。

「長林路那麼長欸，靠哪？」

「我不知道……」

「那時間呢？時間總知道吧？」

「我記得是晚上……」

「晚上？八、九點？還是十一、十二點？」張晏逼問著：「講這麼籠統要怎麼找？」

「大概十一、二點左右，我只記得這麼多。」林忻予語氣略帶歉意。

「好，七月三十一日，長林路，晚上十一、十二點。」

「或是十點。」林忻予又補充。

「媽的，那我不就整個晚上一直在外面轉？」張晏不耐煩地闔上筆記本，取下耳際上的香菸在手上輕輕撚揉著。

「那吊飾可以還我了吧？」林忻予伸手就要去取回。

「謝謝你的配合，林小姐。」張晏將吊飾遞回給她，臉上還是一臉吊兒郎當。

「林忻予，我的名字是：林忻予。」林忻予拿回吊飾，語氣略帶憤怒地說。

「終於有點情緒嘍，我還以為你是機器人，都冷冰冰的。」張晏取笑著。

「幼稚。」林忻予丟下這句話，轉身搭上電梯頭也不回地離開。

電梯緩緩向上，林忻予看著手中金魚太陽的吊飾發起呆，它們在日光燈下閃耀著七彩的光亮，她仍然不確定方才到底發生了什麼事？

在地下室的張晏，則是坐在辦公桌前對著手中筆記本上的日期發愣。

二〇二四年，七月二十日。

林忻予撐著傘站在聖三派出所舊大樓門前，愣愣地發呆，斗大的雨滴不斷拍打在傘布上，發出噠噠的聲響。

「昨天發生的事是一場惡作劇吧？」林忻予望著濕淋淋的樓房喃喃自語著。

至今她仍覺得張晏的話只是在演戲，故意在整她的，什麼回到過去，都是假的，世界上怎麼可能有這樣的事？於是她今天再次來到舊大樓，想要再試一次。

自十二年前姊姊身亡後，林忻予總不時想著，要是能回到過去，是不是就能拯救她了？而自己的家就會恢復原本的和樂。是否就因為這樣的意念太強烈了，所以才讓這樣荒謬的說法在心裡扎根。雖然理智上她明白什麼穿越並不存在，但在情感上她又期望是真的能夠回到過去，再如何不可思議都沒關係，只要能救活姊姊。

林忻予深深吸了一口氣，步向電梯，依照上次成功的順序先按了五樓，接著再三樓。

叮——

電梯門打開，映入眼簾的是一片黑暗。

「果然沒有，我是不是真的把夢境當真了？」林忻予分不清自己是沮喪還是開心。

正要踏出舊大樓時，迎面而來幾位穿著工程服的男子，還有一位穿著道服的道士。

正當林忻予在疑惑時，聽到了道士講的話：

「這棟大樓的風水很不好，當初要蓋的時候沒有找人看過嗎？特別是這邊……」道士邊拿著羅盤邊走向電梯的位置，指針在羅盤上胡亂地旋轉著，又說：「這區氣場很混亂，是所謂的『陰陽交界』……」

道士的話引起了林忻予的好奇，她默默跟在他們身後聽著。

「有辦法避掉嗎？」工程服男子問道，「我們蓋新大樓時，可以規劃。」

「這個嘛……可以試試避開，」道士拿著羅盤不斷在屋內走動，終於在屋內的深處位置又說：「有了，後面這裡比較好，人可以在這裡出入、電梯也可以蓋在這裡，這樣就可以避開。」

「師傅啊，這樣不行啦，哪有大門口在後面的，你再想想別的辦法……」工程服男子有點焦急，「還是把電梯從原本位置移到對面呢？這樣如何？」

「不是單純位置的問題，是方位與氣場。」

「還是您寫幾張符讓我們貼？或是不是有什麼八卦鏡嗎？掛那個呢？」工程服男子面露討好的笑。

「是可以試試把符貼在四周，不過怕是沒什麼效，太混亂了、太混亂了，怕壓不住。」

「師父說的是，就這樣辦、就這樣辦。」工程服男子一副終於交差了事的神情。

林忻予一直偷偷跟著，待道士準備離開時，一把抓住他問道：

「師傅，你說『陰陽交界』是什麼意思？」

「就是人家說會不小心到『另一個地方』那種。」

「你是說會穿越到……陰間？」

「我沒有說是陰間，這棟大樓的風水很奇特，不是單純的陰，而是混亂……『另一個地方』說的就是一個不屬於現在的地方。」道士頓了頓，又說：「你沒事少來這裡，特別是這棟大樓現在沒有人氣，更危險。」

語畢，道士便撐著傘消失在大雨中。

道士離開後，林忻予不斷思考著他剛才說的話，她看著眼前的電梯，呆站在原地。

二〇一二年，七月二十日。

張晏走在狹小的巷弄中，熟稔地穿過幾條小巷，步上一間舊華廈的二樓。

打開門，是一間狹小的套房，屋內布置簡陋，只有一張床、一張小沙發、冰箱與書桌，房間角落還堆著一些沒打開過的紙箱，唯一能夠證明生活痕跡的就是凌亂的床鋪以及牆角的一堆啤酒罐。

張晏隨意將提包丟到地上，打開冰箱拿了罐啤酒，咕嚕咕嚕地灌下；接著他打開桌燈，將方向打往一旁的牆面，貼滿相片與資料的牆面此時才展露出來。

張晏走到牆前方盯著發呆，眼神充滿痛苦。

每天，這些資料都像是發出聲音一樣在喧譁著，不斷刺痛他的心臟。

不知道過了多久，張晏將桌燈關掉，倒頭就睡。

二〇二四年，七月三十一日。

噹鈴——

剛家訪完的林忻予回到心家基金會，氣溫炎熱，額頭上冒著細細的汗珠。還來不及擦汗，剛坐到位置上，手機就傳來訊息聲，點開一看，是黃介翰傳來的訊息。

「晚上有沒有空？要不要吃個飯？」文末還附上一個笑臉。

「好啊，約哪？你決定即可。」林忻予迅速回著。

幾分鐘後，黃介翰傳來了一家餐廳地址，時間是晚上七點，文末又是一個笑臉。

「收到，晚上見。」

回完訊息，林忻予準備從提包裡拿出記事本，想把剛才家訪的資料登錄到電腦上，她翻開包包，視線被提包上的吊飾吸引，有點分了神。

今天是七月三十一日，十二年前的同一天，就是江海棋殺人案發生的時間。

林忻予有點心神不寧，縱然與張晏說話的情境清晰立體，但她始終懷疑一切只是一場因為自己的執念而產生的夢。

「『另一個地方』說的就是一個不屬於現在的地方。」

林忻予再次想起了上次道士說的話，手指輕輕撫摸著金魚太陽的吊飾，隨即鼻腔傳來了淡淡的菸草味。

「這味道……？」林忻予立即想起這菸草味是那間神祕的地下二樓辦公室與張晏身上的味道，這就是自己去過那裡的證明。

難道自己真的回到了二〇一二？但為什麼後來再去卻無法成功？林忻予陷入沉思。

「哇，今天又出現了？好漂亮喔。」

「沒想到在辦公室也能看到。」

辦公室內突然傳來一陣騷動，大家紛紛聚集到窗邊觀看。

林忻予從思緒中醒來，跟著抬起頭發現，窗外正掛著耀眼奪目的幻日環。隔了快兩週，今天再次出現。

呆愣了幾秒鐘，林忻予像是明白了什麼似的，趕緊拿起手機，傳了訊息給黃介翰。

「抱歉，可以改約八點嗎？」

「沒問題。」黃介翰很快便回覆訊息。

六點半。

下班時間一到，林忻予便迅速收拾好桌面離開辦公室。她跳上往聖三派出所的公車，想要再去做一次確認。

「是否幻日環是開啟通道的鑰匙，要在它出現的日子，才可以通到另一個時空？」林忻予不斷思索著各種可能。

再次回到熟悉的電梯，林忻予深吸口氣，先是按下了五樓，電梯向上、開啟；接著三樓、電梯門闔上、向下……她的心臟狂跳，前來的路上林忻予在心裡不斷模擬著各種可能，但無論是哪一種，都需要親自驗證過才能確認。

叮——

電梯門開啟，眼前是一片漆黑的荒廢空間，林忻予抬頭看了面板，顯示了三樓的位置，她失落地再次關上電梯門。

「一切果然是我做的夢而已。」林忻予嘆了口氣，沮喪地步出大樓。

「林忻予。」

突然被叫住，林忻予抬起頭，發現是黃介翰。

「怎麼老是在這裡遇見你？」黃介翰取笑著她：「又跑錯地方？還是又跑到另外一個時空了？」

「沒有啦，怎麼可能。」林忻予故作輕鬆笑回，反問：「你才是怎麼又在這裡出現？這裡不是你的轄區吧？」

「我喔，最近成立了一個新專案需要一個辦案的地方，新大樓空間比較多，所以就過來這邊了。」

「所以你以後都會在這裡？」

「暫時啦，不知道多久。」黃介翰邊說邊掏出車鑰匙，領著林忻予到一輛黑色豐田汽車旁，「剛好遇到你，可以一起過去餐廳，上車吧。」

二〇一二年，七月三十一日。

「是不是兄弟？就看這一次。」張晏對著面前的李明材口沫橫飛。

夜色低垂，此時已經是晚上九點，他們兩人正坐在江海棋住家門前的車內，張晏努力試圖說服李明材。

其實他們兩個人年紀相仿，張晏只比李明材略大幾個月而已，也是同期一起進警局，照理說應該是平輩。但由於從小一起長大，在成長過程中瘦小的李明材每次被欺負，都是張晏替他出頭，最後成了比血緣關係還濃的兄弟。

「不是啊，晏哥，你沒頭沒腦地把我載來這裡就要我蹲點，怎麼樣都不合理吧？」李明材一臉為難。

「就說是有祕密線人舉報啊，江海棋今晚會回家，不是一直抓不到他？」

「那你幹嘛不自己蹲……」

「想不想抓到他？就問一句想不想？」

「想是想啊，但我每次挺你最後都被長官叮得滿頭包。」李明材忍不住抱怨著。

「我就是知道，所以才要讓你立功啊，」張晏認真地說服著：「幫你增加業績啊。」

「既然這麼好康，那你自己蹲啊。」

「操，就說是要幫你，聽不懂嗎？」張晏忍不住爆了粗口，隨即又說：「我有其他事啦。」

「果然是這樣……」李明材音量大了起來。

「你小聲點，」張晏連忙制止，又說：「就信我這一次嘛，兄弟哪會害你，是不是？」

「晏哥……」

「好啦，就這樣說定了，有事我們再電話聯繫。」張晏邊說邊把李明材趕下車，接著又補充了一句：「在樓下堵，不要讓他上樓。」

「為什麼啦？這麼麻煩……」

「不要驚動他的家人啦，笨。」語畢張晏隨即關上車門，臨走前還丟下一句「不要被發現了」後便驅車離去。

「最好就不要騙我。」李明材站在原地自言自語，等到車輛消失在視線後，趕緊找了個陰暗處躲了起來。

二〇二四年，七月三十一日。

黃介翰帶著林忻予來到一家義大利小酒館。

一推開門，裡頭熱鬧的氣氛強烈，充斥著歡笑聲與玻璃杯碰撞的聲音，店內全是紅磚色調，木質桌椅與地板，牆上掛著幾幅義大利鄉間的風景畫，餐廳不是很高級的那種，反而洋溢著一股鄉村風情。

「我記得你以前喜歡吃披薩。」入座後，黃介翰說。

「現在也還是，有些習慣永遠不會改變。」林忻予微笑回：「不過現在比較少機會吃。」

「那今天就來大吃特吃。」黃介翰邊說邊翻開著菜單，「你想吃什麼口味的？」

「瑪格麗特。」幾乎不用猶豫，林忻予立即脫口而出。

「這麼單調？」黃介翰故意調侃她，接著又說：「那我點一個麵跟幾個小點，然後分著吃，可以嗎？」

「沒問題。」

黃介翰迅速點完餐，不消幾分鐘，菜就上桌。

兩人邊吃邊聊天，即使已經十年沒見，但那種生疏的感覺卻很快就消失，小時候的回憶也都湧了上來。

「還記得我們小時候常去的祕密基地嗎？」林忻予問。

「你說堤防邊的樹林嗎？那個專屬於我們兩個的地方嗎？當然記得。」黃介翰腦中也浮現出兒時的畫面，「我們還在那邊埋時光蛋咧。」

小時候他們居住的地方附近就是河堤，沿著堤防有長長的步道與綠地，還有成片的樹林，其中有一棵樹特別奇怪，樹幹上像是長了兩顆眼睛，於是兩人就把這棵樹當作是他們的祕密基地，不時跑去樹林玩。

「我現在有時候還是會過去那邊走走，真懷念小時候的時光。」

「那個地方還在？」

「對啊，有些東西變了，但有些好像怎樣都不會改變……」林忻予突然感嘆起來，「時間真的是可怕的東西。」

「你幹嘛啊，你才幾歲，我們同年好嗎？不要把我說老了。」面對林忻予老人般的語調，黃介翰趕緊撇清。

「不過你好像都沒變，你以前就很愛笑。」

「哪有人能不變的，」黃介翰眼神閃爍著，接著又說：「倒是你變得不愛笑了。」

「真糟糕，最近好幾個人跟我說一樣的話，我應該多留意了。」林忻予用手拍了拍臉頰，試圖提振精神。

「一個人照顧媽媽很辛苦吧？」黃介翰突然這樣問。

「你聽說啦？」林忻予有點意外，畢竟很久沒聯絡了。

「你不要罵我喔，」黃介翰雙手合十，以小狗眼的神情看著林忻予說道：「其實我查閱了跟你有關的資料，對不起。」

「喂，這是隱私吧。」林忻予表情微慍。

「我知道，對不起，」黃介翰再次道歉，「因為前幾天遇到你之後，我實在太好奇你後來怎麼樣了……真的對不起，下不為例。」

「為什麼不直接問我就好？」

「有些事你無法確定方不方便問。」黃介翰眼神誠懇。

「喔。」林忻予突然明白了他的意思，接著又說：「那為什麼現在又提起？」

「因為我知道你現在過得不錯，雖然照顧媽媽很辛苦，但怎麼說……看了資料後，好像就可以明白你為什麼變得不愛笑，可是同時也覺得你很堅強，總之就是現在很好啦。」

「哈，你都這麼說了，這次就原諒你。」林忻予終於露出微笑，然後又問道：「那你呢？我沒有你的資料可以調閱，要麻煩你跟我說。」

「我啊……」黃介翰瞇著眼睛神情若有所思，開始回憶從前。

黃介翰說，上國中後，他們全家就搬到了高雄，剛開始覺得天氣很熱有點受不了，後來就習慣了；之後為了替家裡分擔開銷因此選擇讀警察大學，畢業後便考上了刑警，這幾年爸爸生病中風了，全由母親一個人照顧，最近有在考慮把他們接上來台北。

「我都不知道黃伯伯的事，抱歉……」

「你怎麼可能會知道，幹嘛道歉啊。」

「不過，你很過分耶，怎麼漏掉了介棠哥？」

「喔，哥哥去國外唸書後，就很少回來了。」

「當初聽到他要出國唸書，我還嚇了一跳，從來都沒有聽你們說過。」林忻予依稀記得過往一起玩鬧的畫面。

「我也覺得很突然，但我媽就說哥哥喜歡畫畫，去國外唸書比較適合之類的。」黃介翰說，隨即又趕快再補充：「喂、喂，不是說不要把我歸到你的老人國嗎？幹嘛跟你一起話當年啊。」

「不然你說說什麼有趣的東西來聽聽？」

「男朋友？」黃介翰眨著眼問道。

「剛分手。」林忻予如實回覆，又反問：「女朋友？」

「也剛分手。」

「哈哈哈，我們不僅是老人，還同病相憐。」林忻予笑了出來。

「呸呸呸，誰跟你同病相憐……」黃介翰作勢別過臉吐口水，隨即拿出手機說道：

「你看，我今天拍到的，很美吧。」

林忻予湊近一看，發現是幻日環的相片。

「很誇張吧，三個太陽耶，據說上次有這樣的景象已經是十二年前了。」黃介翰沾沾自喜，顯然很滿意自己拍的相片。

「十二年前……」林忻予的腦袋突然被這句話猛敲了一下，想起張晏曾經說過的話：

「這幾天都有啊，大家都在看，太陽有什麼好看的……」

她突然意識到，或許穿越的條件是：必須在兩個時間點的同一天都出現幻日環才行！

林忻予終於搞懂為什麼即使今日的天空出現了幻日環，電梯卻依舊無法抵達地下二樓辦公室的原因，心中再次燃起了一線希望。

「在發什麼呆？」

「沒事，突然想起一件事而已。」

「啊，已經十點多了，」黃介翰突然驚覺道，又說：「對不起，我明天還要早起有約，所以該走了，我送你回去。」

「這麼晚了？我也是該回去了，免得我媽擔心。」林忻予也從思緒裡醒來，跟著起身離開餐廳。

二〇一二年，七月三十一日。

「到底是不是在耍我？」張晏看著手上的錶，現在時間是晚上十一點半。

他已經開車在長林路來回繞了不下數十次，每有計程車駛過都會提高警覺，但卻怎樣都沒有感受到一絲肅殺的氣氛。

「我看我才會被明材殺死吧。」張晏叨唸著。

長林路不是處於商業中心的街道，單純兩線道，不太熱鬧、行人三三兩兩，兩側也只有幾面霓虹燈閃爍，隨著車子的前進，各式顏色招牌像是轉印般不斷折射在擋風玻璃上。

張晏手握著方向盤，以緩慢的速度行駛著，一邊不斷左顧右盼，因為擔心過於顯眼，他特地沒開警車出門。

叭——

「會不會開車啊？」突然身後傳來刺耳的喇叭聲，後方駕駛不耐張晏的行車速度大聲斥喝：「烏龜啊，不會開車就不要出門。」

「媽的！」張晏咒罵一聲，按捺著不爽的情緒，稍微加快了車速。

叭——叭——

喇叭聲再度響起，這次還刻意拉長音，尖銳的聲響在近午夜時分格外清晰。

「是趕著去死嗎？」張晏再也按捺不住情緒，右腳使勁踩下了煞車。

砰——

後方煞車不及車輛撞了上來，發出劇烈聲響，一旁行人也發出尖叫聲。

張晏下車準備跟後方駕駛理論，卻發現路上行人的眼睛是看往另一個方向，順著大家的視線望去，只見到前方不遠處，一名身形微胖的男子剛從計程車上跳了下來，他戴著鴨舌帽、身穿著連帽外套，衣服的拉鍊向上拉緊，遮住了下半臉，而戴著手套的雙手上還握著一把手槍，正準備朝車內再開第二次槍。

「喂！」張晏立刻朝他大吼了一聲，丟下車子衝上前去，凶嫌見狀也跟著逃離。

張晏迅速跑到車旁，發現車內駕駛肩部中彈，大量鮮血正不斷湧出、氣息微弱。他快速脫下襯衫壓在傷口上試圖止血，同時抬頭看到凶嫌正拐進一條小巷，於是朝著其中一位路人大喊：「你，過來。」

路人愣了一下。

「對，就是你，快點。」張晏滿臉漲紅，命令著路人：「你壓住這裡不要放開，其他人幫忙叫救護車。」接著迅速追往凶嫌剛剛鑽進去的小巷。

狹小的巷弄堆滿雜物，地上散落被打翻的紙箱，一抹影子閃過前方的牆面。

張晏一個跨步衝上前，夏夜與冷氣排放出的熱氣混雜撲面而來，耳朵傳來自己喘氣的劇烈聲息；他拚命奔跑著，先是拐了一個彎，接著翻過圍牆，試圖抄捷徑追趕上凶嫌。

「站住，不要跑！」不知道追趕了多久，終於看到凶嫌的身影，張晏大喊著。

聽到警告聲的凶嫌再次轉進另一條小巷，張晏迅速跟了進去，沒想到才一拐彎旋即看到一抹黑影朝自己襲了過來，他本能地用雙手護住頭部。

啪碴——

一把木椅應聲在張晏身上斷裂，他的耳膜發出「轟」一聲，身體同時感受到劇烈的疼痛，隨即跟著倒地。一道鮮血從他的頭頂流了下來，幾秒後張晏忍著劇痛狼狽起身，他忍不住咒罵了一聲，再度拔腿追了上去。

「媽的，就不相信追不到。」張晏大聲咒罵著，腳步越來越快。

兩個人在黑夜中的巷弄穿梭著，身影隨著路燈一明一滅，撲刺刺的腳步聲在夜晚格外清晰。

凶嫌明顯體力不如張晏，隨著時間拉長，兩個人也越追越近。等剩下不到幾公尺的距離，張晏眼尖看到路旁機車上的安全帽，一把抓起奮力向前砸去。

砰嗒——

安全帽準確擊中嫌犯，他打了個踉蹌，跌倒在地。

「你以為只有你會砸人喔，操！」張晏趁機撲了上去。

兩人陷入一陣扭打，年輕力壯的張晏占了上風，他試圖想要拉下凶嫌罩在臉上的衣服，沒想到一個不留神，隨即被對方以槍托狠敲了腦門。

張晏眼冒金星、頓時一陣暈眩，鬆開了手。

在凶嫌趁機逃脫之際，張晏本能地伸出手想要拉住對方，結果只抓住對方的手套，唰——凶嫌索性擺脫手套，抓起一旁的塑膠椅向張晏砸來，然後趁他閃躲時，轉身逃離，消失在黑夜中。

同一個時間。

李明材守在江海棋住家樓下已經超過兩個小時，正準備放棄之際，前方出現一個有點眼熟的身影。那人躲躲藏藏，走路時不斷回望身後是否有人跟蹤，待越走越近後，終於確認那個人就是江海棋。

李明材不敢輕舉妄動，一直等到江海棋打開公寓一樓大門進去時，才快步衝向前。李明材用力踹開還沒有完全闔上的鐵門，門後的江海棋來不及反應，立即被反彈的門扉撞上，隨之跟著跌倒。

「你因涉嫌銀樓搶案，我現在依法將你逮捕，你可以保持沉默，你所說的話都有可能成為呈堂證供……」李明材流利地說出〈米蘭達警告〉，隨即將手銬銬上江海棋的手。

二〇二四年，七月三十一日。

林忻予回到家已經過了晚上十一點，一推開門果然看見母親還等在客廳，偌大的空間只點了一盞橘燈，光線在白色的牆壁上暈出一個圓，像是太陽。

「媽，您怎麼還不睡?不是有傳訊息跟您說，我會晚點回來嗎？」林忻予趕緊向前攙扶母親至房間。

「擔心就睡不著啊，要是你發生什麼事怎麼辦？」王瑞芬眼神透露著不安。

「不會啦，介翰現在是警察，他會保護我啦，放心。」林忻予邊安撫著，邊讓母親安躺在床上。

「介翰啊，他什麼時候要來我們家玩？」王瑞芬思緒似乎飄回從前。

「今天比較晚，他說改天再來看您。」林忻予替母親拉好被單說道，其實並不清楚她指的時間究竟是現在還是以前，「媽，您放心快睡，不要想太多。」

離開前，林忻予留了盞夜燈沒關，自從姊姊過世後，母親就必須要點燈才能睡著。

回到房間，林忻予將手提包放到椅子上，翻出擺在衣櫥深處的一只鐵盒，裡頭放著許多與林忻晴有關的物品：卡片、飾品、學生證……這是搬家時，她哭著保留下來的珍貴遺物。

隨著時間流逝，林忻予對姊姊的回憶也逐漸消失，為此她傷心不已，因此每隔一段時間，就會拿出鐵盒翻閱，看著看著她忍不住紅了眼眶，「姊，我好想你。」

突然間，林忻予感覺一陣暈眩，在極其短暫的時間裡，她腦中閃過了無數關於江尚霖與他母親謝芷瑜的畫面，但內容有些不一樣了，多了江海棋的畫面參雜，像是腦中記憶被重置了一樣。

林忻予先是愣了好幾秒，似乎意識到什麼，接著趕緊從手提包內翻出關於江尚霖的家訪資料。上面寫著：

江尚霖為輕度自閉症患者，父親江海棋原為一家小工廠老闆，後來因遭詐騙導致工廠倒閉，之後便沒有穩定的工作，不斷懷念著以前的榮景，甚至還因為搶劫多次進出監獄，且具有家暴傾向。家裡經濟來源只剩母親謝芷瑜，江尚霖與母親關係良好，懼怕父親。

「紀錄不一樣了。」林忻予震驚地喃喃自語，江海棋因殺人案入監的訊息消失了，接著她快速在電腦上搜尋「江海棋」的名字：

惡性不改！搶銀樓慣犯屢犯不聽，無懼公權力。

把銀樓當提款機，江嫌落網，兩年前也曾搶銀樓入獄。

欠債沒錢還，江姓慣犯十枚金戒拿了就跑！

……

第一頁、第二頁、第三頁……林忻予顫抖地點著滑鼠，不管往下幾個頁面，結果都只出現了搶劫的相關新聞，沒有計程車司機的槍殺案。

「過去被改變了……」林忻予呆坐在椅子上，一臉不可置信。

自己是真的回到過去了？那間昏黃的小辦公室、那名叫張晏的警員，他們都是真實存在，一切都不是自己錯覺……？林忻予腦海中閃過無數念頭，不斷自問自答，在懷疑與肯定之間拉扯著。

突然間，林忻予看到了桌曆上被畫起紅色圈圈記號的日期：八月十九日，驚聲叫了出來：「姊姊！」

距離林忻晴發生命案的日子，只剩二十天。

03／童年受了傷的人

二〇二四年，八月一日。

暖日心理諮商所內明亮寬敞，整個空間都是米白色調，木質地板、圓桌、窗框、淺色花型地毯，淺咖啡色沙發上頭躺著幾塊彩度很低的橘色抱枕。

每次黃介翰來到這裡，都感覺自己被溫柔的雲朵給包覆，感到平靜。

「你今天看起來跟往常不一樣，可以說說發生了什麼事嗎？」諮商心理師陳靜問道。

「我昨天跟林忻予見面吃飯。」黃介翰眼神有點空洞。

「林忻予，她是你上次提過的那位小時候鄰居嗎？」

「對，就是她。」

「你們聊得不愉快嗎？」察覺到黃介翰的情緒，陳靜這樣問道。

「不，不是的，跟她相處很快樂，甚至像是回到小時候一起玩的感覺……」黃介翰想了想，又說道：「她讓我記起小時候那些快樂的回憶，那時候無憂無慮。」

「那為什麼會不開心？」

「我不知道……」

「會不會你們的關係並不像你說的那樣？」

「什麼意思？」

「就是可能有一些你遺漏的部分，導致影響了你的情緒？」陳靜繼續問道：「你願意仔細想想嗎？」

沉思了幾秒，黃介翰還是搖了搖頭表示不知道。

「好，沒關係。那這次的約是誰開口的？」陳靜邊說邊在筆記本上記錄著。

「是我。」

「那你有預期你們見面時，會讓你心情變糟嗎？」

「我不是因為想要讓自己心情不好才跟她見面的。」黃介翰情緒有點激動。

「我們這次先不討論這個。那除此之外，其他部分好嗎？」

「嗯。」黃介翰點了點頭。

「哥哥呢？」

黃介翰只是搖了搖頭。

「你並沒有犯錯，知道嗎？」陳靜眼神溫柔地看著他。

黃介翰聽了眼眶跟著紅了起來。

二〇一二年，八月一日。

叮——

地下二樓的電梯門聲音清脆響起，張晏立即望向電梯，一臉期待。

踏出電梯門的是李明材。

「晏哥，恭喜啦。」一踏出電梯，李明材開心的神情藏不住。

「恭喜什麼啦，人又沒有抓到。」張晏坐在椅子上，照慣例指腹間夾著一根沒點燃的香菸，此時他的頭上纏著白色繃帶、臉上與手臂都有輕微挫傷。

「你救了那個司機耶，超屌的。我也抓到江海棋，超爽的……」李明材面露笑意，又說：「你幹嘛一直躲在這裡？我們兄弟倆應該要去慶祝吧。」

「改天啦。」張晏揮了揮手，一臉興致缺缺，又問道：「司機現在狀況怎樣了？」

「醫師說幸好沒傷及要害，不過意識還不太清楚，可能要過兩天再去問話。」

「那手套上有找出指紋或DNA嗎？」
「沒那麼快啦，再等一下啦。」
「監視器呢？有沒有拍到什麼？」
「沒有，巷子裡沒有監視器。」李明材回應著，覺得張晏的行為有點反常，一臉心事重重的樣子。「傷口還會痛？醫生不是說沒大礙？」伸手就要摸張晏的受傷之處。
「操，不要亂碰。」張晏立即拍開他的手。
「你心情不好？」李明材問道，同時掃了周圍一眼，眼尖地看見偵探牆上原本釘上的吳冠綸等相關資料已經撤下，換上了其他的，是另一個他再熟悉不過的名字，又說：「還在查哥哥的案子？」
偵探牆上寫了大大的名字：張丞，還釘有一些相關資料。那是年長張晏十二歲哥哥的名字。
「沒有啦，就想隨便看看。」張晏說著，邊把偵探牆翻了面，藏起資料，接著又問：「對了，今天有出現三個太陽嗎？」
「你說幻日環？有啊，剛剛路口又聚集了好多人在拍照。」
「有出現啊……」張晏沉思了一下。
是怎麼回事，她沒有出現？以後都不會再出現了嗎？張晏頓時覺得有點失落。

「發什麼呆啊？幹嘛一直盯著電梯看？有鬼嗎？」李明材用力拍了下張晏的肩膀。
「痛。」張晏跟著哀嚎了一聲，昨夜追捕嫌犯讓他不僅受傷還全身痠痛。
「對不起、對不起……」李明材連忙道歉，跟著拉起張晏說道：「走，我請你吃飯，也中午了。」
拗不過李明材，張晏只好無精打采地起身。
「對了，晏哥，你的祕密線人是誰？怎麼這麼厲害？」等待電梯時，李明材忍不住問。
「走樓梯就好。」張晏逕自往樓梯走，不打算搭理他的話。
「是誰啦？怎麼那麼厲害？」
「吵死了，有機會再跟你說啦……」
兩人邊說邊步出昏暗的地下二樓。

二〇二四年，八月三日。

條件一、幻日環：兩個時間點同一天必須都出現幻日環景象。

條件二、電梯：過去：五樓＋三樓；回來：五樓＋原樓層。

沉澱了幾天，林忻予終於釐清穿越到過去的規則。昨天再度出現幻日環時，她甚至特別再去了一次聖三派出所舊大樓做過確認，肯定了必須滿足以上這兩個條件才行。接著，她的腦海閃過前幾天看到的新聞畫面：「上次出現幻日環是在十二年前」，同時也回想著自己的經驗，於是又補充了一句：

只能回到上一次出現幻日環的時間點。

這是林忻予的猜測，穿越只能回到上一次，無法任意到隨便的一個時間點。不過可以確定的是，發生的一切都不是在做夢。

此時的她正在圖書館內，努力埋首在二〇一二年八月的舊報紙之中，裝訂厚重的新聞紙，每翻閱一張灰撲撲的氣味也跟著迎面而來。林忻予屏著氣仔細閱讀每個角落，不放過任何可能的訊息。

自從幾天前發現過去被改變，而自己也能夠回到過去後，她便開始搜尋十二年前出現過幻日環的日子，網路上的訊息不夠多，於是特地到圖書館查詢舊資料，想看看報紙上會不會記載相關新聞。

幻日環出現的機率很低，必須在有高雲或是卷雲的條件下，當空中存在比較多冰晶，然後陽光透過冰晶折射才會出現。這十多年來，出現的次數也屈指可數，仔細計算過，整個七月也不過出現四次而已。

「找到了！」林忻予喜出望外，在筆記本上寫下日期，「八月六日，也就是三天後。」

她持續努力翻閱著，想要盡可能找出所有出現幻日環的日子。

這是自己的第二次機會，如果成功的話，不僅姊姊會活著，同時自己的家庭也能夠恢復原本的和樂，而母親也會健康起來。林忻予忍不住這樣想。

用了好幾個小時，不放過任何大大小小的報紙，最後她在筆記本上寫下了四個日期：

八月六日。

八月十三日。

八月十九日。

八月二十日。

這四天，是她僅有的機會。

二〇一二年，八月六日。

天空高掛著幻日環。

張晏刻意不外出，整天都待在地下二樓等待，他眼睛直直盯著電梯看、來回踱著步，走累了就坐下、坐煩了就起身走動，沒點燃的香菸不斷在他手上搓揉。

隨著時間一分一秒過去，電梯門始終沒有開啟。

林忻予仍是沒有出現。

二〇二四年，八月六日。

今日天空烏雲密布，看不到一絲陽光。

在家訪回基金會的路上，林忻予在公車上記錄著剛剛家訪的重點事項，翻閱筆記本時，看見了前幾天記錄的二〇二二年出現幻日環的日期，上面就記載著今天。

雖然在二〇二四年的今天並沒有幻日環的跡象，但她仍然不死心想要嘗試。念頭一轉，林忻予隨即跳下公車，掉頭前往聖三派出所。

電梯門開啟，五樓、三樓……

叮——

電梯門開啟，林忻予看著眼前空曠荒廢的樓層，感到一陣失落。

張晏與淡淡的菸草味沒有出現在她面前。

二〇二四年，八月十二日。

「好膽你閣講一遍看看！」江海棋滿臉通紅，渾身酒氣破口大罵。

「我要離婚。」站在門口旁的謝芷瑜大聲吼了回去，身體不由自主地往後退。

啪——

突然一個鍋具飛了過來，重重落在謝芷瑜的身上，一陣劇痛襲來，在她還來不及回神過來之際，江海棋衝過來一把抓住她的領口，並用力將她甩到地上。

謝芷瑜被重摔在地，頭髮散落，臉上原本已經逐漸淡去的瘀青，又增添了新的傷口。

「閣講欲離緣看看，閣講啊。」江海棋扯謝芷瑜領口用力地搖晃，接著拳頭不斷落到她的頭上、身上。

「我要離婚……」即使此時正承受著劇烈的痛楚，謝芷瑜仍重複著這句話。

「閣講啊，毋驚死嘛，好啊，我就拍厚你死。」江海棋邊說邊起身，抬起腳用力踢她。

謝芷瑜像是隻沒有生命的布娃娃，癱軟在地上，頭髮隨著身體的震動不斷來回擺動，像是黑色的波浪。

「下次你毋驚死閣講看覓！」見謝芷瑜一動也不動，江海棋吐了口口水又說：「我連小霖做伙拍。」

「你要是敢打小霖，我就跟你拚命。」聽到兒子的名字，謝芷瑜用盡全身僅有的氣力喊叫出聲。

「你欲離開可以，毋過小霖袂當走。」謝芷瑜的話，讓江海棋抓到了把柄，他露出狡猾的笑容，幽幽地說：「若無你們走到哪，我就追到哪，毋信你試看覓。」

語畢，江海棋翻出她的錢包，將裡頭所有的鈔票都抽出，轉身離開家門。

「嗚……」謝芷瑜蜷縮著身體，絕望地哭了起來。

二〇一二年，八月十三日。

今天的午後，幻日環終於再度出現。

叮——

電梯門才開啟，映入眼簾的是張晏帶點吊兒郎當的神情，手上同樣夾著一支菸。

「我還以為你不會再來了。」張晏率先說出了這句話。

「我也猜你一定在等我。」林忻予踏出電梯門回道，今天她甚至還特地提早下班。

語畢，兩個人相視而笑。

「你真的是來自未來？」張晏終究還是忍不住再問了一次。

「我原本也以為這是一場夢，或是一場惡作劇，」林忻予說道：「但過去被改變了。」

「改變了？什麼？」張晏沒有想到會造成這樣的後果。

「江海棋沒有因為殺人罪而入監，只有因為搶劫而判刑。你抓到凶手了？」

「那芷瑜姐跟小霖，他們都好？」張晏急切地問道，語氣透露著關心。

「你們認識？」他超乎常情的關心，引起了林忻予的好奇。上次提到他們時，張晏也同樣表現出關切。

「嗯……」張晏沉默了幾秒，半晌後才終於說：「其實我有事想要請你幫忙。」

「我也是。」林忻予同樣也如此回應著。

「你？」張晏挑著眉，露出好奇的神情。

「我想請你救我姊姊。」深深吸了口氣，林忻予吐出這樣的話。

「救你姊姊？」張晏加倍好奇了。

林忻予點點頭，率先說出了十二年前那個夜晚發生的事：躺在客廳血泊中的姊姊，法醫研判死亡時間是在八月十九日深夜十點至隔天凌晨一點。那時候不僅沒有抓到凶嫌，就連凶器也沒找到，至今凶手仍逍遙法外。

「我想請你這一天到我家，阻止凶手。」林忻予說道。

「我會幫你。」至此，張晏終於明白為什麼林忻予會再回來這裡的原因，他點頭應允。

「那你的呢？」接著林忻予反問。

「幫我找到害死我哥哥的凶手。」張晏語氣有種憤怒，他努力壓抑住。

「……你哥哥？」張晏的話讓林忻予睜大眼睛，她不可置信地看著眼前的人。此時他原本略微輕佻的神情，變得嚴肅而沉重。

張晏眉頭深鎖，接著將身後的偵探牆翻正，上頭同樣貼了許多人名與資料，不過內容與上次不同。

「張丞？」林忻予唸出這個完全陌生的名字。

一邊搓揉著手上的菸，張晏開始說起十二年前的事。

二〇〇〇年，十一月五日。

「媽的！」

二十四歲的張丞此時正坐在黑色的喜美轎車內，他翻了翻皮夾裡的鈔票，咒罵了一聲；他已經在原彩印刷廠前待了一個小時的時間，猶豫幾秒鐘後，接著拿出手機，迅速在視窗裡打出一行字：

「玉雲姐不好意思，原本今天要還錢，可不可以再寬限幾天？最近手頭有點緊……」

送出簡訊後，張丞再次咒罵了一聲，順手拿起口袋裡的七星牌香菸點了起來，菸頭閃爍著紅色火光，車內頓時菸味瀰漫。

張丞搖下了車窗，將口中的白霧吐向窗外，透過朦朧的煙霧，看見了從原彩印刷廠走出來的游玉雲，她正走向停放在門口的機車。

「玉……」在印刷廠對面的張丞本能地想出聲打招呼，但隨即止住，出於心虛反而是壓低了身子，隱身在車內。

傍晚的太陽逐漸被烏雲吞沒，游玉雲似乎沒有發現傳來的訊息，將手機丟進置物箱內，不慌不忙地戴上袖套與安全帽，跳上機車下班。

轟——

天空突然雷聲大作，似乎要下雨了。

張丞偷偷伸出頭看著游玉雲漸遠的身影，跟著也熄掉香菸、關上車窗，駕車離去。

夜色降臨。

鈴——鈴——

「喂，原彩印刷你好。」印刷廠老闆陳庭皓接起電話，即使是在住家仍熟稔地說出這句話。

「陳先生嗎？」電話那頭傳來一名男子的聲音，似乎是在戶外，聲音不甚清晰。

嘩——

此時大雨突然落下，在屋頂上敲出隆隆的聲響，干擾了通話品質。

「我是，哪裡找？」由於雨聲吵雜，陳庭皓勉強辨識著對方說的話。

「你太太現在在我手上，想要她活命的話，就準備好五百萬。」男子說。

「你在惡作劇嗎？」陳庭皓直覺是對方在鬧，雖然無法完全聽清楚男子的聲音，但會開這種玩笑的只有自己的好友張丞，於是回說：「是張丞嗎？你不要鬧了喔……」

「你太太是不是還沒回家？手機也沒接？」男聲這樣說，隨即又補充：「……五百萬，聽到沒？」

這下陳庭皓立刻回神，他看了時鐘，發現的確已經過了妻子該回家的時間。

「先生，有話好說，錢我給你，沒問題……」陳庭皓邊說邊抓起一旁的手機，快速地撥了電話給妻子。見電話那頭沒有回應，於是焦急地說：「給我點時間籌錢，拜託你不要傷害她……」

「我會再打給你，不准報警，否則她就死定了。」語畢，男子便掛斷電話。

「喂、喂……」陳庭皓大吼著，但對方已經沒有回應。幾秒後，他撥下一一〇電話：

「喂，派出所嗎？我要報警……」

晚上八點。

「搞屁啊，你終於回來了，也太晚了吧，我好餓喔……」一進門，年僅十二歲的張晏隨即衝上前用小小的拳頭揍了張丞一拳，並抱怨道：「電話幹嘛都不接？」

「不是說不可以講髒話嗎？」張丞進門反問道，他拍了拍身上的雨水，轉身將雨傘抖了抖掛在門外。

「這又不是髒話，而且是跟你學的啊，你都可以講。」

「媽的，我是大人好嗎？爸媽呢？沒煮飯嗎？」

「爸媽去高雄進香，你忘了喔？」張晏嘟囔著。

「我還真的忘了，對不起，吃炒飯好不好？」

「我要吃火腿炒飯。」張晏一臉興奮，隨即又摀住鼻子說：「你身上菸味好臭喔……」

「你這小鬼，我炒完飯就去洗澡，好不好？」張丞寵溺地揉了揉張晏的頭。

張家總共四口人，而張丞、張晏兄弟倆年紀相差了十二歲，感情卻很好，父母外出時，都是由成年的張丞代母職，而張晏也幾乎是以崇拜的目光看著自己當警察的哥哥。

「等下還要幫我改作業……」張晏又說。

「數學？」

「對，數學。」

「好啦，數學這麼差怎麼當醫生啦。」

「要你管，我就是當得上啦。」張晏嘟著嘴。

「洗完澡沒？臭鬼欸你。」

「操，你最臭啦。」

「張晏。」

「好啦，不能講髒話。」

「那作業做完你趕快去洗澡睡覺……」

張丞邊說，邊從冰箱裡拿出雞蛋與火腿，俐落地炒起飯，頓時廚房內香氣四溢。

午夜十二點。

大雨傾盆，一輛沒有開啟車燈的黑色轎車順著甲水溪行駛在無人的隱密道路，車輛在拐了幾個彎後，駛入一條河邊的小徑，最後停在一叢高聳的芒草旁。

隨即車門被打開，一名穿著黑色雨衣的男子戴著口罩、鴨舌帽與手套下了車，他無聲地打開後車廂，裡頭是一名手腳與臉被膠帶綑綁的女子，明顯已經斷氣。男子奮力拖出屍體，將其丟入高漲的河水裡，最後迅速駕車離開。

雨仍持續下著，遠處的太江橋路燈明亮。

凌晨五點，大雨漸歇、天色漸亮。

一名男子拿著釣竿釣箱，一邊吹著口哨、一邊緩步走向甲水溪，他看著水域挑選釣位，隨即擺好摺疊椅、釣箱、支架與一台小型隨身型收音機。等一切就緒後，勾上魚餌、甩出釣竿，透明的尼龍線在天空劃出一道美麗弧線，接著沉入水面。

男子悠閒地坐在摺疊椅上，拿出事先準備好的保溫瓶，愜意地望著眼前如畫的景致。剛下過大雨，空氣像是被洗淨一般，格外清朗；清晨的太陽緩緩升起，水面被照耀得粼粼波光。

咚——

保溫瓶的杯蓋突然掉落地面，男子彎下腰準備拾起，卻被刺眼的陽光折射扎得一時睜不開眼睛。他本能地伸手擋住光線，再次睜開眼睛，在層層芒草之間，看到了反射光線的物體，是一圈圈的透明膠帶，而膠帶綑綁著一具女子的屍體。

「啊——」

嘭嘭——嘭嘭——

「有人在嗎？」
張丞被一陣急促的敲門聲給吵醒，他緩緩睜開眼，窗外射進來橙色的光線，一時分不清現在是上午還是下午。
「請問找誰？」門口傳來稚嫩的童聲，說話的是年僅十二歲的張晏。
「誰啊？」張丞揉揉惺忪的雙眼，步出房門來到客廳，抬眼一看，站在門外的是學長陳世明，他們同樣隸屬聖三派出所。「世明哥你怎麼來了？」張丞趕緊向前將門打開。
「你剛睡醒？沒有看新聞？」陳世明一進門就這樣問，一臉詫異。
「怎麼了？」張丞搖了搖頭，還在半夢半醒，又說：「現在是幾點？今天是星期三嗎？」
「今天是十一月六號，已經快中午了。」陳世明面露焦急的神色，隨即又說：「要麻煩你跟我們到派出所一趟。」
「派出所？」張丞依舊困惑，再定眼一看，發現門外還有另外幾位警員，這才意識到情況不對勁，他急急地問：「發生什麼事了？為什麼這麼多人？」
「就配合調查啦，我們先到派出所再說……」陳世明勸導著伸手就要拉張丞。
「不要，先跟我說發生了什麼事？」張丞迅速閃開，口中不斷叨念：「到底怎麼了，世明哥？跟我說啊……」

「到派出所再說啦……」

「媽的，我不要，今天我休假，為什麼要去派出所。」張丞情緒開始激動，滿臉漲紅。

「哥……」一旁的張晏看到此景，不知所措地喊叫出聲。

「弟弟，沒關係，我們只是有事找你哥哥聊天而已，我們跟你哥哥一樣都是警察，不是壞人，不用擔心。」陳世明一邊安撫張晏，一邊示意門外的警員進門。

「到底發生什麼事？」張丞情緒益發激動起來，身體不自覺地向後退，門外警員見狀立即擁上前一把抓住他。

「張丞，我們回派出所再說，先不要激動。」陳世明安撫著。

「我不要，為什麼我要去！」張丞大吼著，同時試圖掙脫開身上的手，在一陣扭打中被壓制在地，扣上了手銬。

「哥，嗚……」看到眼前的景象，張晏一臉驚恐眼淚隨即掉了出來。

「哥哥沒事，等下就回來，放心……」看著弟弟滿是淚痕的臉龐，張丞趕緊安撫著，接著又補充說道：「打電話給爸，叫他們回來……」

語畢，張丞便被扣押上警車離去，留下站在原地嚎啕大哭的張晏。

聖三派出所。

「張丞，你昨天晚上在哪？」在幽暗的偵訊室裡，陳世明問道。

「昨晚？昨晚我在家……對，我在家。」張丞努力回想昨天的片段，肯定地說，接著又問道：「世明哥到底發生什麼事了，跟我說啊？你搞得我好緊張。」

「幾點到家？有人可以作證嗎？」陳世明沒回答，接著再問。

「有，大概八、九點左右，晏晏可以作證，我還有幫他改作業。」

「伯父伯母呢？」

「我爸媽？他們去高雄進香，明天才會回來……」張丞回應著。

「那回家之前這段期間，你在哪裡？」陳世明又問。

「那個……」張丞腦中努力回想昨天晚上的畫面，幾秒後才說：「我原本是要回家了，但突然接到電話，所以改去了其他地方……」

「去哪？」

「鶯歌，不過……」

「不過怎麼了？」

「等我快到時，對方卻臨時說有事，要改約其他天，所以我就回家了。」

「所以你是一個人？」

「嗯，對啊，這樣怎麼了嗎？」張丞覺得越來越不對勁。

「對方是誰？」陳世明接著又問。

「威哥，我都叫他威哥，全名我不知道。」

「你們不熟？」

「他是印刷廠配合的紙商，我之前去找原彩串門子時，遇過幾次，那個……因為我們興趣一樣，所以會閒聊幾句……」最後一句話，張丞聲音明顯變小。

「興趣？那他找你做什麼？」

「那個……」張丞吞吞吐吐。

「打牌？」見他不說，陳世明直接反問。

從張丞的反應看來，是猜對了。

「嗯，」陳世明沒多說什麼，只是又問：「不過總之你們是沒見到面？」

「對、對，沒見到。我就回家了。」

只見陳世明抬頭看了下身旁的另一個員警一眼，沒多說什麼。

「到底怎麼了？」眾人的表現讓張丞益發緊張，於是急急說道：「如果你們不說發生什麼事，我就不再回答任何問題。」

陳世明思考了幾秒，接著緩緩從資料夾中抽出幾張相片攤在桌上。

「啊！」張丞拿起相片看了一眼，隨即驚嚇地丟了出去：「這是什麼？為什麼要給我看這個？」

相片中是一名女子，她的身上滿是泥濘，臉龐、手腳都被透明膠帶給綑綁住，頭髮凌亂地躺在稻田裡，看來已經斷氣。

「你不認得相片裡的人是誰？」陳世明再次將相片轉正，推到張丞面前問道。

「我怎麼會認識？」張丞連忙否認。

「你要不要再看清楚一點？」陳世明示意張丞再看仔細。

張丞微微顫抖著雙手，再次拿起相片，他努力辨識相片中的人物，也才發現女子脖子上有一道明顯的勒痕。

「是玉雲姐！」好半晌後，張丞才終於驚叫出聲，他抬起頭震驚地看著陳世明問道：「怎麼會？是什麼時候發生的？」

「所以你認識死者？」

「當然，他是我好麻吉的老婆，怎麼會不認識？」張丞理所當然地說著：「我昨天下午還有看到她，都還好好的啊，怎麼會……」

「你昨天下午有見過游玉雲？」張丞的話引起陳世明的興趣，他挑著眉問道：「幾點呢？」

「大概是傍晚五、六點吧。」張丞回想著，心跳速度不自覺加快。

「你在哪裡看到她的？」

「印刷廠前，怎麼了嗎？」

「你去那裡做什麼？找人？」

「我……」張丞突然有點心虛，故作輕鬆地說：「只是剛好經過，沒做什麼啦……」

「這是你的車，對吧？」陳世明拿出另一張相片問道。相片是由印刷廠外監視器翻拍下來，因此解析度不太清晰，只能勉強辨識出車的顏色與外觀，看不清車牌號碼。

「這……」張丞看著相片裡熟悉的車身，再抬頭看了看周圍的警員，原本交好的同事此刻皆以一種陌生的眼神看著自己，他突然意識到自己被當成了嫌犯。

「ZZZ－4141，是你的車牌，對吧？」見張丞吞吞吐吐，陳世明直接報上他的車牌號碼說道：「你不是經過，是停在印刷廠前好一陣子吧？」

「我……」

「印刷廠的師傅出來抽菸時，有看到你的車子就停在門口旁。」陳世明接著又補充：「師傅也說你接在游玉雲後面就走了，你為什麼跟蹤她？」

「我沒有跟蹤玉雲姐，我是要回家，真的。」張丞有點百口莫辯，慌了起來。

「還不承認？」陳世明眼睛直盯著張丞，對他的話半信半疑，半晌後，轉過桌上的電腦說道：「這是在另一個街口拍到的。」

電腦螢幕上是一段監視器影片，雖然解析度依舊不高，但可以看到天空突然下起大雨，一名疑似游玉雲的女子停下機車準備穿雨衣，此時身旁來了一輛黑色轎車停下，兩人攀談幾句後，女子便上了車離開。

「她上了你的車，然後你用安眠藥迷昏了她，對吧？」陳世明語氣幾乎是肯定。

「沒有，那不是我的車，車牌看不清楚，不能這樣就說是我吧！」張丞努力解釋著。

「一般我們不會隨便上陌生人的車吧，而且畫面上看來，游玉雲還有跟對方聊了幾句，顯然是認識的人……」

「我真的沒有殺玉雲姐，我沒有殺她的理由啊……」張丞急急地說：「殺人總要有動機吧，對吧？玉雲姐跟庭皓哥平時對我那麼好，我怎麼會殺她？」

「哎，」陳世明嘆了口氣，又說：「你是不是欠她錢？」

「我是有跟玉雲姐借錢沒錯，但要這樣就殺人也太超過了吧？」

「如果是打算再借不成，或是不打算還錢就有可能吧。」

「什麼意思？我沒有要再借錢！」張丞情緒上來，突然吼出聲：「你們不要誣賴我！」

「那這封訊息是什麼意思？」陳世明遞出一張文件，上面印著昨天張丞傳給游玉雲的簡訊，又說：「這是在她手機裡找到的，是你傳的，對吧？局裡每個人都知道你的財務狀況不好，所以還想跟她借錢，是不是？」

「世明哥，我真的沒有……」張丞突然跪下，雙手緊抓著陳世明的腳邊說：「我沒有殺人，我沒有殺玉雲姐，你要相信我，世明哥，真的不是我，真的……」

「張丞……」看到跪在地上的張丞，陳世明也五味雜陳，又說：「一件事巧合還說得過去，但這麼多也未免太巧了……」

「張丞！你這混帳！」在張丞還來不及再說些什麼，突然有人推開偵訊室的門，一名男子衝了進來，迅速抓起張丞的領口就是一拳並吼著：「為什麼要殺阿雲，為什麼？我們對你這麼好耶，為什麼……」

「快把他拉開！」陳世明趕緊制止，一臉不悅：「誰讓他進來的？」

「對不起，我一個不注意……」一旁的警員連忙拉住男子，但男子仍不斷掙扎，由於怒氣而滿臉漲紅。

「為什麼？為什麼要殺阿雲……為什麼？」男子持續吼叫著。

「庭皓哥，」張丞回過神一看，眼前的男子是陳庭皓，游玉雲的丈夫，也是自己的好友，他趕緊解釋：「不是我，我沒有殺玉雲姐，我怎麼會這樣做，你要相信我……」

「那你為什麼要偷偷跟蹤她？為什麼當晚她就死了？不是你會是誰？」語畢，陳庭皓大哭了起來，「我明明說會想辦法湊錢給你的，為什麼還要殺她、為什麼？嗚……」

「什麼錢？我不知道……」

「不要裝傻，你不是打了電話勒索我五百萬……」

「什麼電話，我沒有打，」張丞不斷重複這句話：「真的不是我，真的不是我……」

「先把他帶出去。」陳世明一聲令下，陳庭皓終於被帶走，偵訊室又恢復了安靜。沉默幾秒後，他再度開了口：「小老弟，那個你要不要想想……那個我會盡量爭取幫你減輕，這點你可以相信學長。」

「想什麼？我有什麼要想的？又不是我做的，我不會承認。」張丞大吼著，陳世明說的話讓他反應激烈，覺得自己已經被定罪了。

「證據都在面前了，你……」

「電話，剛剛庭皓哥說的什麼勒索電話？我沒打，可以查，對吧，可以查到是誰打的，對吧？」張丞抓緊陳世明的手臂，心中燃起一絲希望。

「是公共電話打的，不過是監視器剛好沒拍到的位置。」

「地點呢？地點在哪？會不會是很遠的地方？」

「蘆洲。」陳世明搖了搖頭。

「不是我，真的不是我！」張丞神情慌亂，隨即又想起張晏，急急地說：「那個……晏晏、我弟可以替我作證，我昨晚都在家，他可以作證，對吧？」

「親屬作證，又只有他一人……不一定會被採信，而且死者死亡時間推斷是半夜，那時候你偷溜出去也沒人會發現。」陳世明客觀地分析著。

「指紋呢？總有採集到指紋吧？或ＤＮＡ什麼的，可以證明不是我，對吧、對吧？」

張丞像是看到浮木一般，緊抓著詢問。

「放心，該做的我們都會做、你的車也會被查扣，我們也不會隨便誣賴你，」陳世明搖了搖頭又接著說：「不過，昨晚下了大雨，證據都被破壞了……」

「不能憑我的車停在印刷廠門口跟簡訊，就說我殺人啊……」張丞無助得幾乎要哭了出來。

「哎，那個……你再想想吧……」陳世明嘆了口氣，淡淡地回，接著轉頭交代一旁的警員說：「我先出去一下。」隨即離開偵訊室。

「世明哥……」張丞沮喪地愣坐在椅子上。

接下來的三十幾個小時，張丞反覆接受無止境的審訊，類似的問題來來回回無數次，到最後張丞索性再也不回答。

到了第三天午後，偵訊室來了個意外的訪客。

「王老師？」看到王晨出現，張丞一臉驚訝。王晨是張丞與陳世明的高中導師。

高中時的張丞原本是一個不愛讀書、成天惹事的少年，是因為遇到了王晨，在她的耐心與教導下才慢慢重拾書本，甚至後來報考警校都是她鼓勵的，是這輩子影響他最深的人。而在畢業之後，也持續跟老師保持著聯繫，逢年過節都會去拜訪。

「老師您怎麼會來？」

「你還好嗎？」一坐下，王晨先是關心張丞的狀況，「是不是瘦了？」

「老師……嗚……」一看到自己敬重信賴的人出現，張丞累積多天的情緒終於爆發，大哭了起來。

「沒事的，不要害怕，是你爸爸託我來的……」王晨語氣溫柔，年屆中年的她，氣色紅潤，一頭烏黑的長髮整潔地束在身後，接著又說道：「看到新聞時我嚇了一跳，趕緊聯絡了你的父親，他怕你脾氣比較硬亂講話，於是問我是否能幫忙陪你一起？還好世明也是認識的，他才能幫這個忙讓我見你。」

「老師，我真的沒有殺人、我真的沒有……嗚……」張丞握住王晨的手，不斷啜泣。

「老師，您能不能勸勸他，」一旁的陳世明出聲說話，「證據都這麼多了，上午鑑識組才送來新的結果，張丞的車上確實有游玉雲的頭髮……」

「那是上週玉雲姐搭過我的車留下的！」張丞出聲反駁。

「還有張丞的球鞋鞋帶，法醫也表示可吻合凶器條件。」陳世明不搭理張丞，繼續補充著。

「每個人的鞋帶都嘛一樣！」張丞情緒激動。

「張丞，你先冷靜，」王晨安撫著張丞，又轉頭對陳世明說：「可以讓我們單獨說說話嗎？」

「老師，這……」陳世明有點為難。

「十分鐘就好，十分鐘。」

「那就十分鐘。」思考幾秒後，陳世明終於答應，與同仁一起離開偵訊室。

「這幾天很辛苦吧？我們都很擔心你。」待警員一離開，王晨隨即安慰起張丞。

「老師，我好累……」連續幾天的疲勞審訊，張丞幾乎已經瀕臨崩潰邊緣。

「我知道，」王晨語氣一貫溫柔，接著又說：「如果是你沒做的事，不要承認，但如果你有做什麼，可以放心跟老師說，老師是站在你這邊的。」

「老師您也不相信我？」

「老師當然相信你，但也知道有時候人會不小心犯錯，不是故意的。」

「但我真的沒有殺人，為什麼一直要我承認？晏晏可以幫我作證我晚上在家，你們去問他。」

「警員已經去問了，你弟弟說你晚上在家沒錯，還有做火腿炒飯給他吃。」

「對、對，沒錯。這樣可以證實綁匪不是我了，沒錯吧？」張丞終於展露一絲開心之情，「還有，不是聽說透明膠帶上有採到指紋，指紋不是我的，對吧？」

「不過……」王晨語氣有點吞吞吐吐，緩慢地又說道：「剛剛在外面，警員給我看了一些監視器的畫面資料，也跟我說，大概是七點多接到綁匪電話，但你弟弟說你是八點多到家，然後他九點多就睡了，之後不知道你有沒有出門……」

「老師這樣說是什麼意思？」聽到王晨的話，張丞覺得震驚。

「老師的意思是，你離開原彩到回家之間，都是一個人……半夜也是，所以……」王晨頓了頓，又說：「我不是說你一定有怎樣，只是想幫你記憶，是否有什麼事沒想起來？」

「老師也是幫他們來說服我的嗎？」張丞難掩失望。

「不是，老師不是這個意思，而是也很努力在想，怎麼樣對你才是最好。我有看過那些證據……」

「連老師也不相信我？」張丞不可置信地看著眼前這位自己一生最敬重的人，眼眶再度紅了起來，一股深深的背叛湧上心頭。

「怎麼會，但老師也有詢問怎樣才能減輕刑責？你還這麼年輕，他們說只要你願意自首，很快就可以重新再開始……」

「老師……」

「張丞，聽老師的話，你要不要仔細再想想？大家都會盡力幫你的。」王晨眼神懇切，又說：「我們都是為你好啊。」

連著幾天的折磨，張丞無論是身心都承受著巨大的痛苦，精神狀態早已如碎裂的玻璃般脆弱，而此時王晨的話無異是壓垮他心智的最後一根稻草。

十分鐘後，王晨步出偵訊室，對著門外的陳世明點點頭。

十一月九日深夜，張丞簽下自白書，坦承犯案。

二〇〇一年，九月三日。

在看守所內，穿著深藍色囚服的張丞一到接見室，就看見了張晏與謝芷瑜。

「哥。」張晏興奮地揮著手，迅速拿起窗台前的電話，而謝芷瑜只是輕輕點著頭。

「操，今天怎麼你們兩個一起來，難得喔。」

「剛好芷瑜姐有空，就一起來了。」

「你上國中了？」張丞眼尖看到張晏一身新穎的制服這樣問道，此時的張晏已經抽高了不少，稚嫩的臉龐也開始褪去，逐漸沒有小孩子的模樣了。

「對，剛上國一，新制服好看嗎？」

「要好好讀書，知道嗎？」張丞笑著說。

「我會的。哥你知道我以後想讀什麼嗎？」張晏反問。

「醫生？」張丞憑藉之前的印象，瞎猜著。
「都不是，再猜。」
「嗯……開飛機？當機長？」
「也不是。」
「那我猜不出來了，你告訴我啦，好不好？」
「搞屁啊，都猜不到，那我告訴你，」張晏用力點點頭，眼神發亮地說著：「我要當警察。」
張丞愣了一下。
「我想要跟哥哥一樣當一個很厲害的警察……」
「晏晏……」張晏的話讓張丞感動得紅了眼眶。
「還有……」張晏接著又說：「我會抓到害哥哥的凶手，還哥哥清白。」
「哥哥相信晏晏說的話，」張丞趕緊偷偷擦掉眼角的淚水，恢復笑容說：「那哥哥等你。」
「好，你要等我，我們打勾勾。」張晏伸出小指。
「好，打勾勾。」張丞也伸直戴著手銬的手，隔著透明玻璃跟張晏小指勾小指。
銀色手銬反射的光芒投射到張晏與謝芷瑜的臉上，謝芷瑜稍微別開了臉，張丞眼神一黯，趕緊放下。

「爸爸媽媽最近好嗎？媽腳有沒有舒服一點？」張丞又問。

「我都有記得叫媽媽去看醫生，放心。」

「晏晏已經是大人了，可以照顧爸媽了，很厲害。」

「哥哥放心。」

「那芷瑜姐也麻煩你幫哥哥多照顧，可以嗎？」張丞瞥了謝芷瑜一眼，這樣問道。

「沒問題，芷瑜姐對我很好。」張晏用力點了點頭，隨即把話筒遞給身旁的謝芷瑜。

「你最近好嗎？」張丞問著謝芷瑜。

謝芷瑜只是點點頭，還來不及說話，眼淚就滴了下來，她趕緊低頭擦掉。

「芷瑜……」看著她越來越消瘦的模樣，張丞心有不捨，才想要接著繼續說些什麼，隨即被打斷。

「你好像瘦了，身體還好嗎？」謝芷瑜問道。

「都很好，大家也都對我很好，你放心，」張丞頓了一下，又說：「芷……」

「我的新工作也順利喔，同事也很好，你可以放心。」謝芷瑜努力撐出一抹微笑說道。

「那就好，芷瑜……」

「對了，下個月就要開庭了，對吧？」謝芷瑜再次插嘴道：「你放心，律師會幫你的，我們找了最好的律師，你放心……」

「芷瑜，」這次換張丞打斷她的話，接著又說：「你不要等我。」謝芷瑜只是盯著張丞看，沉默不語。

「你才二十幾歲，不要一直來看我……」

「我不要，我們說好要結婚生兩個孩子的。」謝芷瑜情緒有點激動。

「你也知道的，我不一定能出去。」說這句話的張丞，眼神透露著灰心，「我覺得不樂觀……」

「你為什麼要這樣說？」

「我是警察，我知道，無期徒刑、甚至是死刑都有可能……所以你不要浪費時間在我身上……」

「我不管，我會等你，我會等你出來，會一直等……嗚……」謝芷瑜邊說邊哭了起來，一旁的張晏不知所措。

「去認識別人，我不值得你這樣……」

「我不要，我下個月還會來，我會一直來，你趕不走我……」由於情緒激動，謝芷瑜滿臉通紅。

「芷瑜……」張丞也紅了眼眶，「很抱歉，原本答應要讓你過好日子的……」

「我現在很好，真的，我很好。」謝芷瑜眼眶盛滿淚水，但語氣卻非常堅定，「所以我會等你，你不用擔心。」

張丞也泣不成聲，只能點點頭示意。

一旁的張晏見到此景，也跟著掉起眼淚。但他不敢哭出聲，他只是低著頭、咬著牙，手指用力抓著膝蓋克制住自己，只有抖動的肩膀洩露了他的情緒。

在朦朧的視線之中，張晏更加堅定了一定要將真正的凶手繩之以法的心情。

二〇〇一年，十月一日。

台北地方法院一審判決張丞死刑。

翌日，張丞在看守所自殺身亡，遺書裡控訴著世界的不公。

二〇〇六年，七月三十一日。

張晏收到警察專科學校錄取通知。

聽完張晏說的話，林忻予沉默不語。

此時她才懂了，原來他們都是在童年受了傷的人，所以冥冥之中才有什麼把他們牽引在一起。

「這是當年在現場發現的指紋，資料庫中比對不出對象。」張晏從偵探牆上取下一張指紋相片說道：「你能不能幫我查查，在未來、在二〇二四年，是否能比對出結果？」

林忻予看著相片，猶豫著是否要接下，雖然同情張晏的遭遇，也想幫忙，但這明顯超出了她的能力範圍。

「這我應該做不到……」林忻予正想拒絕，但隨即被張晏打斷。

「你說你是社工，應該多少有認識一些警察對吧？請他們幫忙……」張晏懇求著，雙眼熱切。

林忻予立刻就想到黃介翰，或許自己真的能夠幫上忙。

「我會試試，但無法保證，可以嗎？」

「好，你試試、你試試。」張晏眼神透露出希望，露出開心的微笑，手上飄散出淡淡的菸草味。

見面這幾次以來，林忻予總是看到張晏手上拿著菸，卻從未點燃過，彷彿那是一個儀式，現在她終於懂了，那是他哥哥抽的香菸品牌。張晏以這樣的方式想念著哥哥。

「你怕菸味？」張晏看到林忻予盯著自己手上的香菸看，趕緊說道：「我不抽菸，只是喜歡拿著，放心。」

「我知道。」林忻予回道。

林忻予心想，或許這更像是屬於他們各自的一個修復物件，可以療癒自己內心的傷痛，她的是金魚太陽的吊飾，而他的則是香菸。

「不過……」林忻予收好相片，隨即吞吞吐吐地說道：「我不確定能否再過來這裡。」

「為什麼？」張晏露出困惑的表情。

「因為要從二〇二四穿越到二〇一二年，有條件限制，不是隨便就可以。」

林忻予開始解釋她歸納之後得出的規則，並在記事本上寫下剩下的兩個日期，撕下後交到張晏手上。

「操，也太酷了！」張晏先是讚嘆著穿越的規則，接著看到紙張上的日期產生疑惑問道：「八月十九、二十？這不剛好是你姊姊發生事情的時間？」

「嗯，這是我查到在二〇一二年八月會出現幻日環的日子。如果二〇二四年的這幾天沒同樣也出現的話，我就無法過來。」

「那我們怎麼聯繫？」張晏再次眉頭深鎖著。

「我也不知道……」林忻予接著又說：「但如果我那邊有出現幻日環的話，我一定會過來的。」她所能給予的保證只有這樣。

「交給十二年後的我呢？十二年後案子破了嗎？」張晏急急問著，突然靈光乍現又問道：「那時候的我在做什麼？」

張晏的話讓林忻予記起第二次來這棟大樓時，她曾經去聖三派出所問過，櫃檯警員表示沒有張晏這人的存在。是離職了？還是調到其他單位？林忻予猜測著。

「我不知道二〇二四年的你在哪裡？我會去問看看。」林忻予只好這樣說。

「那說定了，不要騙我喔。」

「一言為定。」

「下次見。」林忻予步入電梯時，張晏在她身後熱烈地喊著：「如果你沒過來，那我就去未來找你。」

林忻予聽了笑了，食指按下一樓的電梯。

電梯門闔上。

步出聖三派出所舊大樓時，外面的天色已經暗了下來。

二〇二四年，八月十三日。

在派出所樓下抽菸的黃介翰，原本正在跟同事閒聊，卻看到前方出現林忻予的身影。

「又去舊大樓？」黃介翰忍不住疑惑起來，他瞇著眼睛看著她的身影，感到好奇。

黃介翰已經不止一次看到林忻予出入舊大樓，一次說是走錯還講得過去，但次數這麼多不免啟人疑竇，她到底去那裡做什麼？

甚至在上週再次看見林忻予又出現在舊大樓時，黃介翰還偷偷跟了過去，發現她搭電梯上了五樓、接著是三樓，但沒多久就出來了。

「林……」黃介翰原本想叫住林忻予，卻發現她根本沒注意到自己，逕自走向公車站，於是便作罷。

「跟週刊要到相片了。」一位同事跑了過來，手上拿著一個牛皮紙袋。

黃介翰抽出相片，上頭一位男子正站在講台前說話，他的上半臉罩著一面白色網狀的面罩，遮住了眉眼，只露出下半臉；而台下則坐著上百個聽眾，清一色身著白色衣物，神情專注地看著講台。由於面紗遮著，所以無法看清台上男子的臉龐，只能感受到依稀是個清秀的男子。

「好奇特的造型……」黃介翰忍不住想。

「我們上樓吧。」另一個同事又深深吸了一口菸後，迅速捻熄，轉身進入派出所。

「好。」黃介翰也跟著起身，進門前，他又回頭看了一眼站在路口，正在等待過斑馬線的林忻予，喃喃自語著：「真的好奇怪。」

二〇一二年，八月十四日。

福田生命紀念園館內氣氛寧靜祥和，一格格金色的塔位排列整齊，行走在這裡，聲音像是都被消除了一樣，只有腳步的回音。偶爾會聽到一些輕輕的啜泣聲，像是從遙遠時空傳來的低鳴。

張晏從口袋裡拿出一包七星香菸，將封口撕開後，擺放於祭拜大廳的供桌上。接著在寫有張丞名字的塔位前，合掌祭拜，口中叨唸有詞：

「哥，請你保佑我抓到凶手。」

二〇二四年，八月十五日。

叮咚——

「芷瑜姐，你在嗎？我是忻予。」林忻予一邊按著門鈴一邊說話。

過了幾分鐘，門後傳來一些窸窸窣窣的細碎聲響，終於門扉拉開了一道縫。

「忻予，不好意思，我今天有點不方便，可以改約其他天嗎？」門後的謝芷瑜這樣說，只露出半張臉。

「芷瑜姐，我知道是我臨時提早了家訪時間，但能讓我進去看一下嗎？」林忻予在門外誠懇地說著，「我不會待太久，可以嗎？」

自從發現過去被改變後，像是更新了記憶一樣，林忻予陸陸續續浮現了之前沒有的回憶畫面，其中一個便是跟謝芷瑜有關，所以無論如何都想來看看才能安心。

「這……」

「我看一下就走，可以嗎？至少讓我可以交差，」林忻予又補充說：「這樣我回去才不會被主管罵。」
「那就一下。」謝芷瑜終於妥協，「你先坐，我倒杯水給你。」
「謝謝。」進到屋內，林忻予環顧四周，發現周圍環境並沒有特別異常的地方，稍稍鬆了口氣。
「不好意思，一直麻煩你。」謝芷瑜將水遞了過來，左顧右盼了一下，稍微移動了椅子，最後在斜前方坐下。
「謝謝，」林忻予接過水，關心地問著：「芷瑜姐，最近好嗎？」
「還可以啦，就老樣子。」謝芷瑜微微低著頭邊說，一邊不斷將頭髮拉到臉頰上。即使背對著光，林忻予依舊可以感受到謝芷瑜飄忽游移的眼神，聲音語調也不若之前溫柔，加上剛剛的行為，都讓人覺得不對勁。
「嗯，那你先生呢？怎麼沒有看到人？」林忻予張望了一下。
「他出去，不在家。」
「上次中心幫他介紹的工作，做得如何？」
「那個喔，他說不適合他，他腰會痠痛，做兩天就不去了……」
「這樣啊，那我再問問有沒有其他適合的工作。」
「他做一樣嫌一樣，哪有什麼可以做的。」謝芷瑜發著牢騷，語氣滿是無奈，「他原本不是這樣的，是大家眼中的老實人、好先生，原本想說嫁給他可以安穩生活，但自從公司倒了之後，他就變了一個人，成天喝酒，還挑工作，現在哪有挑工作的條件啊……」

「芷瑜姐……」

咔咔——

門口突然傳來動靜，進門的是江尚霖，他沒搭理人，隨手將書包丟下，坐在沙發上看著手機。

「尚霖，是金魚姊姊，沒打招呼？」謝芷瑜提醒著。

「金魚姊姊好。」江尚霖頭也沒抬，敷衍地打著招呼。

「打招呼沒看人，這樣很沒禮貌喔。」

江尚霖視線沒有離開過手機螢幕。

「尚霖，媽媽說的話沒聽到嗎？」謝芷瑜輕聲斥責著。

「尚霖，好久不見，最近好嗎？」林忻予也出聲打招呼。

江尚霖依舊不為所動。

「尚霖，有沒有聽到我說的話？」謝芷瑜臉色微慍。

「你們，吵死了、吵死了……」江尚霖突然情緒有點激動，起身走進房內，用力地關上門。

「對不起，他今天可能心情不太好。」謝芷瑜連忙道歉。

「沒關係，每個人都有情緒不好的時候。」林忻予趕緊和緩氣氛，但表情卻有點沉重，接著又詢問道：「那芷瑜姐你呢？工作啊、其他都還順利嗎？」詢問的同時，邊調整角度想要看清楚謝芷瑜的臉。

「就打掃啊，也沒什麼，很簡單啦。」發現林忻予的意圖，謝芷瑜邊故作輕鬆地說話邊別開臉。

打掃？突然林忻予腦中閃過回憶片段，原本謝芷瑜會計的工作被置換成了大樓清潔員，她睜大雙眼，擔心的事真的發生了。

由於改變了過去，江海棋因此沒有入獄，連帶也影響了謝芷瑜的生命，就連印象中溫和的江尚霖性格似乎都改變了。

「芷瑜姐……」林忻予感到有點自責，伸出手想要握住謝芷瑜的手，一不小心打翻了水杯，「啊，對不起。」

「沒關係，我來擦就好。」謝芷瑜轉身拿來抹布擦拭，此時光線將她的臉龐照射得清晰，右臉上有一片清楚可見的瘀青與細碎傷口。

「芷瑜姐，你的臉怎麼了？」林忻予驚呼出聲，隨即意識到可能發生的事，「是不是你的先生……」

「我自己不小心摔倒的。」不等林忻予說完，謝芷瑜立刻打斷話，又說：「不是說只要看一下就好？你可以走了。」語畢便拉起林忻予，想要送她離開。

「不是，你的臉看起來很嚴重……」林忻予被推著往外走，一邊說著。

「你不要亂說，我沒事。」

「芷瑜姐，你什麼都可以跟我說，你放心，不會有事的。」抵達門口時，林忻予趁機握住了謝芷瑜的手，誠懇地看著她，「我會幫你，你可以相信我。」

謝芷瑜眼神閃爍著，好半晌後，才點點頭說了聲「我知道」後，便沒再多說什麼，將林忻予送出家門。

「有事隨時可以打電話給我，你有我的手機號碼……」在門闔上之前，林忻予急急地丟出這句話。

「沒事，我們沒事。」謝芷瑜淡淡地說完這句話，便將門給關上。

看著眼前這扇厚重的鐵門，一股強烈的愧疚感湧上林忻予的心頭，她完全沒預料到只是因為自己的一句話，就讓原本生活安穩的謝芷瑜陷入痛苦，這不是她希望的。

林忻予並不知道真的會改變歷史，更不知道改變之後，隨之而來不一定是美好。

接著，她又想起了自己託付張晏有關姊姊的事，那又會帶來怎樣的劇烈變化？想到這，林忻予原本哀傷的神情，顯得更加憂鬱起來。

聖三派出所。

離開江家後，在回基金會的路上，林忻予先繞過來派出所。接近中午時間，太陽的溫度像是要將人給蒸發一樣。

「你好，我想找人，一位警員，不知道可以問誰？」林忻予詢問櫃檯前的警員。

「你要找誰？」警員一臉疑惑。

「那個……」林忻予記起上回詢問的結果，看著眼前這位年輕的警員，於是說道：「有沒有比較資深的警員可以問？我要找的人可能他會比較知道。」

「你可以跟我說，沒關係。我如果不知道，會幫你問問看其他人，這樣可以嗎？」

「這……」林忻予有點吞吞吐吐。

「小姐，我們派出所是可以幫助民眾尋人，但找警察很少見……你是要找誰呢？」櫃檯警員已經開始懷疑眼前只是一位無聊的民眾。

「張晏，我想找一個叫『張晏』的警員，日安晏。」於是林忻予只好說出名字。

「張晏？還真的沒有印象有這個人……你確定他是這裡的警員？」

「確定，大概十二年前。」

「哇，這麼久。那真的要問一下了，你等我一下……」

「你找張晏？」突然一個陌生的男聲打斷對話，男子又說：「你是誰？為什麼找他？」

「副所長好。」櫃檯警員連忙打招呼。

「對，我找他，你認識他嗎？」林忻予聞聲抬頭，發現站在面前的是另一位年約三十多歲的警員，心中燃起一絲希望，急急地問著。

「我認識，你找他做什麼？」

「太好了，那個……我有一件急事想找他，」林忻予喜出望外，隨便撒了個謊，接著又說：「值班警員說聖三派出所沒有這個人，不知道去哪裡可以找到他？」

「他在十二年前就失蹤了。」男子冷靜地回。

「怎麼會?!」林忻予驚叫出聲，她看著警員身上的名牌，上面寫著：李明材。

04／回到過去

二〇一二年，八月十六日。

「林忻予，你等我啦。」

一個童聲吸引了張晏的目光，他轉過頭，看到一名年約十來歲的男生，正追著一個年紀相仿的女生跑，立即從她略帶倔強的神情認出是小時候的林忻予。

「誰叫你這麼慢，我等下放下書包，就要去祕密基地。」林忻予說，小小的身體背著一個大大的書包，但步伐依舊快速。

「那我的書包怎麼辦？」小男生說。

返校日？張晏想著。

「黃介翰，」林忻予突然停下腳步，轉身一臉嚴肅看著他說：「那不是我的問題。」

「那不然我先放你家，等下再來拿。」那名叫黃介翰的男生說。

「那不是我的問題。」林忻予重複同樣的話，一副小大人的模樣，轉身進入家中。

噗哧——

張晏忍不住笑了出來。沒想到成年後時常面無表情的林忻予，小時候如此鬼靈精怪。

黃介翰也跟著進去，沒幾分鐘，兩個人跑了出來，嘻嘻哈哈地往河堤方向奔去。

「臭金魚，不要玩太晚，等下回來吃午飯……」屋裡跟著跑出來一位青少女在他們後面喊著，「不然被媽罵，我可不管！」看著逐漸遠去的背影，少女無奈地嘆口氣，隨即轉身再進去屋內。

少女眉宇之間的神情與林忻予有點相似，應該就是林忻晴。

此時的張晏正站在林家門前不遠處，手指間老樣子夾著一根未點燃的香菸，再過三天就是林忻予口中的命案發生日，因此他特地提早過來一趟，想先了解林家的周圍環境。

林家是一棟三層樓高的透天厝，右側連著幾棟也是樣式相同的房子，看得出來是一起興建的房舍；左側則是一間只有一層樓高的矮房子，中間有一條僅可容納一個人通過的防火巷。

張晏鑽進防火巷內，巷內閒置著好些雜物，他貼著牆壁往後走，沿途會經過幾扇窗戶可以窺視屋內樣貌，就跟林忻予描述的一樣，最前方是客廳，也就是命案發生地；再來是樓梯間浴室，最後面則是廚房與後門。

順著防火巷出來，會通到屋子後面的巷子，同樣有一排高高低低的房子錯落，在房子與房子間是彎曲不規則的狹小巷弄，並不是棋盤式的街廓，這一切都是再尋常不過的城市景象。

張晏緩慢地在周圍繞了一圈，想稍微熟悉一下環境，他抬頭看了一眼天空，今天沒有見到幻日環的跡象。

鈴——鈴——

再次回到屋前時，手機剛好響了。

「喂，幹嘛？」張晏回應著，是李明材打來的電話。

「晏哥，你在哪？」

「出……出來巡囉啦，有什麼事？」

「前幾天那個計程車司機槍擊案，手套的檢驗出來啦。」

「真的嗎？我馬上回去。」張晏立即掛掉電話，跳上車子離開。

聖三派出所。

「怎樣？怎樣？」一下車，張晏以最快的速度衝進所內。

「報告在……」李明材正要遞出報告書，話還沒說完，就已經被張晏抽走。

張晏認真看著報告，幾秒後，肩膀也跟著喪氣地垂了下來。

「手套上驗不出什麼，但塑膠椅上有驗出指紋，只是資料庫裡沒有匹配的人。」李明材直接說明，隨即又補充道：「不過已經建檔，他跑不掉了，抓到人是早晚問題。」

「哎，」張晏嘆了口氣，隨即轉頭對李明材說：「媽的，那你幹嘛叫我回來？」

「不是啦，雖然資料庫沒有比對出嫌犯，但有另一個發現……」李明材吞吞吐吐。

「有屁快放。」

「計程車嫌犯的指紋，跟你哥案子採到的指紋是同一個。」李明材遞出另一張報告。

「什麼！」張晏驚訝地接過，他的心臟狂跳，不斷掃視著報告內容，焦急問著：「還有嗎？還有嗎？」

「沒有，現在掌握到最多的資料就只有這樣。」

「媽的，怎麼這麼沒用！」張晏再次咒罵一聲。

「我就是知道你情緒反應會這麼大，才很猶豫要不要跟你說。」

「那司機呢？這幾天有想起什麼嗎？」張晏隨即又想到什麼，急急問道。

幾天前，司機終於完全清醒，雖然腦部受傷不嚴重，不過由於過度驚嚇，始終記不起對方的長相。

「還是只記得他並不認識凶嫌，然後對方目的主要是行搶。」

「長相呢？」

「不記得，因為是晚上，對方又戴了帽子，根本看不清楚。」李明材說著，隨即又補充道：「但這次司機有說，凶嫌大概是三、四十歲的年紀，不是太高。」

「還有嗎？」

「沒有了。」李明材雙手一攤。

「真沒用。」張晏用力拍了李明材的頭。

「痛！關我屁事啊。」李明材喊叫出來，接著像是想起了什麼又說道：「不過啊，我一直覺得有一件事很奇怪……」

「什麼事？」

「就是距離這麼近，怎麼會射偏？凶嫌看起來就是想要司機死，怎麼可能瞄準肩膀？所以一定是射偏了……」

李明材的話不無道理，張晏點了點頭，陷入沉思。

二〇二四年，八月十六日。

林忻予在電腦前敲打著家訪紀錄，她一邊看著本子上的筆記一邊輸入電腦，腦中又浮現了謝芷瑜布滿傷痕的臉龐，以及她飄忽中帶著驚恐的眼神。

自昨天家訪後，這樣的影像就反覆出現在林忻予的腦海，每浮現一次，她的自責感就更益發強烈，深深覺得這是自己的錯。

林忻予眉頭緊皺，不斷思考著解決之道，要如何才能讓事情變好？但她無法回到過去再次改變這段歷史……過去……現在……突然，她的腦海閃過一個想法：「我只要能改變現在就好了，這樣就能夠把事情修正過來，並不需要改變過去。」

這個想法讓林忻予感到豁然開朗，她深深吸了口氣，起身前往主管辦公室。

叩叩——

「進來。」徐秀惠應聲，抬起頭看見進門的是林忻予，問道：「有什麼事嗎？」

「秀惠姐，那個……」林忻予神情有點侷促，「有件事想請教你。」

「你說。」

「就是，我昨天去家訪了江海棋家……」

「江海棋？」徐秀惠思考了一下，才又說：「就是上次臨時委託你去派出所處理的那個孩子，江尚霖對吧？怎麼了？」
「對，就是他們家。我昨天去家訪時，發現他的太太謝芷瑜臉上有瘀青跟傷痕……」
林忻予吸了口氣又說：「我懷疑是遭到家暴。」
「之前有過嗎？」徐秀惠放下手中的筆，神情專注認真。
「沒有。」
「那謝小姐怎麼說？」
「她說是不小心摔倒的。」林忻予聲音透露著焦急。
「家暴是你猜測的？」徐秀惠反問道。
「可是……」這一問題，讓林忻予陷入一時語塞，停頓了一下才又說：「傷口明顯不是摔倒的痕跡。」
「你是醫師？」徐秀惠又問。
「不是，當然不是，可是……」林忻予急急地想要再說些什麼。
「許多遭到家暴的人，其實最難跨過的是自己心裡的關卡。」沒等林忻予說完話，徐秀惠便這樣說。
「什麼意思？」林忻予不解。
「要承認自己錯了，是一件很困難的事。」徐秀惠又說：「很多遭受家暴的人，其實心裡面最責怪的都是自己，而不是對方。會覺得是自己不夠好，所以要對其他人承認這件事是很艱難的，因為那等於承認了自己的失敗。」

「但施暴的不是她啊……」

「對，相比之下，身體的疼痛還比較可以忍受。」

「怎麼會這樣？」林忻予有點無奈。

「這時候就是社工能夠發揮功能的地方了，我們提供的幫忙，不只是後來的生活協助，還包含了過程的理解與引導。」

「那我該怎麼做？」林忻予問道。

「我會建議可以多關心、增加家訪安排，一方面能夠多觀察，一方面也可以建立起她對你的信任，或許她就會願意多說。」

「要先同理，對吧？不是一個上對下或是一副『我就是要來幫你的』這樣，是不是？」

「某種層面來說，社工其實更是一種協助人們整理『心』的工作。」

「那我了解了，謝謝秀惠姐。」

「不過要是真的情況嚴重，就要立即通報警消單位，知道嗎？」徐秀惠補充道。

「好。」林忻予點點頭，轉身準備離開辦公室。

「忻予，」突然又被徐秀惠叫住，她說：「這個案子你是不是投入太多個人情感了？

跟之前不一樣，是有什麼我不知道的狀況嗎？」

「沒有，我會多注意的，請放心。」林忻予連忙解釋。

「要記得自己是社工，這樣才能提供最好的協助。」徐秀惠叮嚀著。

「是。」林忻予點點頭，步出主管辦公室。

回到座位，林忻予仍是有點沮喪，目前唯一能做的只有多留意江家的狀況了。她看著提包旁掛著的金魚太陽吊飾發呆，接著餘光瞥到提包裡露出一角的牛皮紙袋，猶豫了幾秒後，她拿起手機傳了訊息給黃介翰。

「嗨，這兩天有空嗎？不好意思，有事想麻煩你。」

「什麼事？打電話給你？」幾秒後，黃介翰迅速回了訊息。

「當面說比較清楚。」

「好，我明天剛好休假，約祕密基地？」

祕密基地？黃介翰挑了一個出乎林忻予意料的地方。

「上次聽你說起，害我也好懷念喔，想去看看。」

「沒問題，就約那裡。」

「那明天見嘍。」

關掉手機，林忻予拍了拍自己的臉頰振作精神，繼續在電腦上輸入家訪紀錄。

二〇一二年，八月十七日。

嘟嘟嘟——嘟嘟嘟——

幾乎是鬧鐘聲一響，林忻晴就從床上跳起來。迅速按掉鬧鐘後，沒打開燈，她簡單地將長髮束了起來，抓起椅背上的薄外套，躡手躡腳地下床、輕聲地打開門。

「姊姊？」似乎是被鬧鐘聲吵醒，林忻予揉揉惺忪的眼睛問道。

「還很早，你快睡。」林忻晴輕聲地回應，接著林忻予發出幾聲咕噥又沉沉睡去。

悄聲地上了頂樓，林忻晴深深吸了一口清晨的空氣，感覺神清氣爽。

天色已經全亮、太陽高掛著，藍天像是剛被刷洗過一樣清澈，林忻晴抬起頭看著眼前這一片開闊的景色讚嘆著。

「我有信心，今天一定可以看到幻日環！」

林忻晴對自己喊話，自從前兩天在新聞報導裡看到有關幻日環介紹，向來喜歡宇宙、星空的她，就對如此神奇的天文景象著迷不已。

而在知道清晨看見幻日環的機率更高後，即使現在是暑假期間，她還是特地早起，為的就是希望可以親眼看到。不過這兩天都沒有出現，這讓林忻晴有點失望。

「但今天的天氣很好，萬里無雲，一定可以的。」

林忻晴再次給自己打強心針，她從室內搬來一張板凳坐下，趴在陽台的圍牆上盯著天空，耐心等待著。

窸窣——窸窣——

突然附近傳來了細小的聲響，林忻晴好奇地張望著。

「這麼早起？難道也是跟自己一樣起床看幻日環的？」

林忻晴仔細聆聽著，似乎是走動的聲音夾雜著很輕的說話聲，但由於不在近處，所以無法確認。為了聽得更清楚，林忻晴努力將頭伸出圍牆，終於在斜對面人家的頂樓露台看到了人影，是——黃介棠。

「果然跟自己一樣是起床看幻日環的。」林忻晴心想，原本打算開口喊他，但突然意識到現在是安靜的清晨，於是趕緊摀住嘴；就在她舉起手準備改向黃介棠揮手時，發現他進了屋內。

「不看了？真沒耐心，等下要是出現了，就不要後悔。」林忻晴嘟囔著，繼續趴在圍牆上等待著。

這天，幻日環沒有出現。

二〇一二年，八月十七日。

板東醫院。

張晏推開五二六病房，一名年約六十的男子正躺在病床上看著電視呵呵大笑，他是半個月前計程車槍擊案的計程車司機。

「劉先生，精神不錯喔。」張晏打招呼。

「哎啊，是我的救命恩人來了。」計程車司機放下遙控器，熱情地打著招呼。

他的太太也在一旁點點頭。

「恢復得怎樣了？」張晏站到病床邊，仔細打量著他，「看起來氣色不錯喔。」

「本來是可以出院了，只是我年紀大了，保險起見多住幾天。」計程車司機笑呵呵。

「出院後還打算繼續開計程車嗎？」

「開，怎麼不開，小傷而已……」

「都六十五歲了，乾脆退休。」劉太太插嘴道，計程車司機只好閉嘴。
「哈哈，身體重要、身體重要。」張晏打著圓場，接著又說：「大哥，其實我今天來是有事想請教你。」
「但是我記得的前幾天都告訴警察了，沒有想起來更多……」計程車司機說道，一臉苦惱。
「我知道，我是想再問問你，那天凶嫌有做什麼奇怪的行為嗎？」
「什麼意思？」
「嗯，怎麼說呢？……據我同仁猜測，凶嫌似乎不太熟悉用槍，你有注意到什麼嗎？」
「啊，對、對、對，被你一說倒是有點想起來了。」計程車司機一副恍然大悟的樣子。
「是什麼？」張晏眼睛亮了起來。
「就是他槍換來換去的，很奇怪……」
「你可以示範一次給我看嗎？」張晏邊說邊打算從身上掏出手槍。
「啊——」見狀劉太太驚呼了一聲。
「抱歉、抱歉，」張晏連忙收起手槍，從口袋掏出手機說道：「大哥，你用這個代替手槍看看。」
「大驚小怪，沒見過槍嗎？」計程車司機開著玩笑，一手接過手機，開始在兩手間把玩，「是這樣嗎？還是這樣？」

「沒關係，不急，你仔細想想。」

計程車司機認真回想著，半晌後，稍微往左右轉了身體。

「動作小一點。」劉太太連忙制止。

「這個方向沒錯，」計程車司機將身體朝右轉，又說：「那時候我坐的方向應該是朝這邊，然後他在我身後，再透過後照鏡的話……應該是這樣沒錯。」他邊說邊模擬當時的狀況。

「大哥，你確定？」張晏再次詢問。

「確定。」計程車司機點點頭，接著再示範了一次：「他先將手槍拿在右手，再丟到左手上，然後開槍。」

凶嫌是左撇子？還是真的不熟悉槍枝？初次犯案嗎？所以資料庫才會沒有檔案？張晏疑惑著。

「歹徒他真的很不熟槍，我會不會拿得都比他順手？哈哈哈哈。」計程車司機笑說。

「不要開這種玩笑。」劉太太斥責，隨即轉頭道歉：「張警官，不好意思，他就愛開玩笑。」

「不會，有幽默感好啊，活著比較快樂嘛。」張晏笑回。

「你看，連警官都這樣說了，幽默感，懂不懂？」
「人家只是客套，少當一回事。」
「哈哈哈，謝謝大哥的幫忙，」看著他們的相處，張晏覺得很可愛，接著又說：「還有事，我先走了，等出院後，我再去看你。」
「好、好，你去忙。」計程車司機揮了揮手。

二〇二四年，八月十七日。

林忻予步行在新翠河濱公園，這裡是她與黃介翰祕密基地的所在位置。新翠河濱公園臨著甲水溪，占地遼闊，除了草地與自行車外，還有球場與兒童遊戲場，是附近居民平時休憩的場所。而在其中一處較偏僻的角落，則有著成片的樹蔭，平時比較少人去，於是就成了他們倆的祕密基地。

長大後，好像什麼都變了，只有那片樹林始終如一。所以林忻予至今仍偶爾會來這裡。

林忻予一邊走著一邊拿起手帕擦著汗滴，同時再次確認提包裡的資料是否還在？看著黃色的牛皮紙袋，她恍惚地想起了兩天前的事。

「你說張晏失蹤了？什麼時候的事？」在超商的露天座位上，林忻予急急地問。在聖三派出所詢問關於張晏的事情時，意外遇到他當年的同事李明材，由於他正要去買咖啡，於是便邀她一起。

「十二年前。」李明材邊說邊喝著咖啡。

「哪一天呢？」林忻予焦急不已，這是她怎樣都沒有想到的結果，原本以為張晏只是離開聖三派出所而已，沒想到卻是失蹤了。

「哪天啊……啊，就是最近，八月二十日。」李明材想了一下，又肯定地重複道：「沒錯，就是八月二十，印象中是發生了一件凶殺案的隔日。」

姊姊的案子！林忻予心中震驚不已，腦中一片空白。

「當時我們正在追查此案，但找了很久都沒有線索，很奇怪。」李明材又補充道。

「什麼都沒有留下？」

「就像是憑空消失了一樣。」李明材說道，隨即又問：「不過你是誰？為什麼找他？」

「那個……我就是那件凶殺案死者的妹妹，本來是想找他詢問當年的一些事……」林忻予順著李明材的話往下說。

「喔，這就難怪你要找他了。」李明材一臉恍然大悟，又說：「不過案件已經這麼久了，恐怕……」

「沒關係，但張警官離開時都沒有徵兆嗎？」

「他那陣子的確是怪怪的，時常一個人窩在地下室的資料室內……可是，張晏雖然看起來吊兒郎當，時常滿口髒話，但其實不賭也不酒，更不要說與人結怨……」李明材抓了抓頭，語氣透露著一點感傷，接著又說：「我實在想不出失蹤的原因……」

林忻予突然明白了，李明材為什麼沒有離開聖三派出所的原因。

「我那時候找了他很久……他是我最好的朋友……但……」李明材說，眼眶紅了起來，「我很怕他是出了什麼意外。」

「副所長……」

「對不起，跟你講這個。」李明材打起精神說道。

「不會，我懂你的心情。」林忻予搖了搖頭。

「但我沒有放棄找他喔，每次只要有什麼失蹤人口的消息，我都會去看，如果有找到，我會跟你說，放心。」

「謝謝。」林忻予只能道謝，說不出更多的話。

這十二年來，張晏到底人在哪裡？林忻予忍不住心中的疑惑。

林忻予沉陷在回憶之中，突然感受到一股沁涼襲來，回過神，發現自己已經走進樹林裡。而當她抵達祕密基地時，黃介翰已經在那裡了。

戴著鴨舌帽的他正仰頭盯著樹梢看，陽光穿越綠葉點點灑在他的臉上，隨著風的搖曳，像是金色的波光。

「到多久了？」林忻予笑問。

「你來啦？」黃介翰沉浸在綠意中，絲毫沒有察覺，又說：「小時候總覺得樹好大，現在看起來小好多。」

「不過眼睛倒是沒變。」林忻予指著樹幹上的褐色圖案說，那兩個像眼睛的形狀，其實是長年累月的樹皮紋理。

「現在看好像有點恐怖，小時候怎麼不覺得？」黃介翰摸了摸手臂，示意害怕。

「因為小時候什麼都不怕啊。」林忻予笑回。

「啊，」黃介翰突然驚叫一聲，指著地上某處說：「這裡是我們小時候埋時光蛋的地方吧？」

「對，就是這裡。」林忻予點點頭，那是由交錯的樹根盤繞出來的一個圓形土地，又說：「那時候我們真的埋了超多東西進去耶。」
「不過沒兩天就又忍不住挖了出來，哈哈哈……」
「還不是你忍不住。」
「要是還在就好了。」黃介翰突然感嘆著。
「什麼？」
「如果那時候沒挖出來的話，現在我們就有笑話可以看了啊。」
「誰跟你笑話，我可是很認真挑過才擺進去的。」林忻予語氣嚴肅，卻一臉笑意，似乎只要跟黃介翰在一起，她就能比較放鬆，不用時時保持冷靜。
「那至少會讓現在的我們開心吧。」
「這倒是，那是我們最無憂無慮的時候了。」
「不然改天我們再來埋吧，這次要忍住誰都不准挖，一直等我們成了老爺爺老奶奶再一起回來。」
「好啊，我才怕你忍不住咧。」
「被你一說好懷念啊，如果可以回到過去就好了，你應該也很想吧？回到小時候無憂無慮的時光。」
「大家都想吧。」林忻予眼神閃爍，趕緊轉移話題：「你幹嘛說得一副你現在多苦一樣，你很幸福好嗎？」

「每個人都很貪心嘛。」黃介翰笑說，隨即又問道：「對了，找我幹嘛？什麼事要我幫忙的？」

「嗯，就是……我想請你幫我查一個指紋的身分。」林忻予有點難為情，立刻又補充道：「如果不會害你惹上麻煩的話。」

「指紋？為什麼要這麼做？你發生什麼事了嗎？」黃介翰想不明白這個請求的原由。

「不，不是的，是幫忙一個朋友的，」林忻予語氣吞吞吐吐，「但我不能跟你說是誰，很抱歉。」

黃介翰露出疑惑的神情，只是盯著林忻予看。

「我只有你能幫這個忙……所以……但如果真的不方便，沒關係。」

「這對你來說很重要？」半晌後，黃介翰這樣問道。

「嗯，很重要。」林忻予用力點了點頭。

「好，我幫你查。」

「真的嗎？太謝謝你了。」林忻予連忙道謝，趕緊遞出牛皮紙袋。

黃介翰打開紙袋，裡頭果然是一張指紋的相片，隨即點點頭說：「不過就這一次。」

「好，就這一次，謝謝你。」

「哎唷，我還以為你要跟我告白咧，害我很緊張。」黃介翰突然做出一副戲謔的表情，語調誇張地說著。

「你臭美啦，誰要跟你告白啊……」林忻予突然臉漲紅起來，拍了黃介翰的手臂說：「小時候明明是你喜歡我的，好嗎？」

「你知道這件事？」這次換黃介翰臉紅了。

「知道啊，我姊跟我說的，她說是你哥跟她說的。」

「靠，我明明叫他不要說的，沒想到早早就出賣了我！」黃介翰笑了出來，眼神卻有點感傷，「我們是真的長大了耶。」

「一切都不一樣了。」林忻予附和著。

「有天你會告訴我原因，對吧？」黃介翰突然這樣問。

「什麼？」

「這個。」黃介翰揮了揮手上的牛皮紙袋。

「嗯，會有機會的吧。」林忻予淡淡地回，她仰起頭看著樹蔭，一陣風吹過，枝葉輕輕地擺動著。

二〇一二年，八月十八日。

張晏正埋首在派出所裡的電腦前，他一一從資料庫裡調出紀錄為左撇子、年紀三十至五十之間，且沒有指紋建檔的名單檢視者。

他不斷拿著資料夾擋住人像的下半臉，一邊不斷回憶那晚所看到的凶嫌臉龐，試圖辨識出凶嫌的身分。但在漆黑的夜色與不斷追逐的過程中，只能憑藉著微乎其微的印象去尋找，不過即使如此，張晏仍是不想放棄，這是自己離抓到害死哥哥凶手最近的機會。

「晏哥，你整晚都沒回去喔？」李明材遞了杯咖啡過來。

「嗯？幾點了？」張晏有點矇，抬頭喝了口咖啡，發現天色已經亮了。

「我知道你很急，但這樣不行，你都多久沒睡了，要休息啦。」

「我沒事，」張晏敷衍地回著，又問：「今天是幾月幾號？」

「八月十八啊。」

「還有一天的時間。」張晏鬆了一口氣，慶幸沒錯過跟林忻予的約定。

「什麼一天？」

「沒事，你去忙，別管我。」張晏揮揮手要李明材離開，接著又埋首在電腦裡。

二〇二四年，八月十九日。

整天林忻予都心神不寧，她不時張望著天空，也不時在手機上確認即時的天氣資訊，祈禱著幻日環會出現。

今天就是林忻晴命案發生日。

「你怎麼看起來心神不寧？」王瑞芬問道，她正在看鄉土劇。

「沒有啦，我只是看天氣好不好而已。」林忻予隨便說了一個藉口。

「不過今天又不是假日？你不用上班嗎？」王瑞芬看了一下月曆，並不是紅字。

「年假啦，我還有年假，所以年底前慢慢用掉。」林忻予說的是實話，她坐到母親身旁安撫著，接著看到電視畫面問道：「這不是重播的？不是看過了嗎？」

「我沒有認真看啦，只是放著……」王瑞芬突然想起什麼，又問道：「上次不是說介翰要來我們家，怎麼沒看到？」

「他這陣子比較忙啦。」

「喔。」王瑞芬應了一聲，注意力又轉回鄉土劇上。

提到黃介翰，林忻予想起兩天前要他幫忙查指紋的事，不知道現在如何了？如果今天能夠回到二〇一二年的話，見到張晏時或許就能跟他報告結果了。

「嗨，不知道上次請你幫忙查的東西，有結果了嗎？」

林忻予立刻傳了訊息給黃介翰，隨即抬起頭張望著窗外，此刻時間已經過中午了，天空卻絲毫沒有動靜。

「若今天沒有出現幻日環的話，怎麼辦？」林忻予忍不住心想，壞念頭不斷冒了出來，同時也不停思考著，不知道張晏是否還記得跟自己的約定？

鈴——鈴——

電話鈴聲響起，林忻予跳了起來，以為是黃介翰撥來的，但來電顯示卻是：謝芷瑜。

「喂，我是忻予。」林忻予一邊疑惑，一邊迅速接起電話。

「金魚姊姊，媽媽、爸爸……」電話那頭傳來的卻是江尚霖的聲音，語氣中明顯帶著驚恐。

「是尚霖對嗎？怎麼了？跟金魚姊姊說……」林忻予心臟狂跳起來，急急回應著。

「爸爸、爸爸……喝酒，很臭……他丟鍋子……」江尚霖努力表達著，不過隨即被背景傳來的尖叫聲給打斷，伴隨著吵雜的聲響，電話斷線了。

「尚霖、尚霖，喂……」二話不說，林忻予抓起提包跑出家門，「媽，我出去一下。」

「路上小心。」

「哇，三個太陽耶。」

林忻予剛跳上計程車，就聽見計程車司機提高聲量說著。

司機的話驚醒了沉浸在思緒中的林忻予，她趕緊抬頭看，果然天空出現了她夢寐以求的幻日環。

可以回去二〇一二年了！

林忻予腦中立即閃過這樣的念頭，壓抑不住劇烈的心跳，但在高興之餘，卻也在心裡產生巨大的拉扯，要去江家？要回到過去？

「小姐，要去哪呢？」司機問著。

「民有路，謝謝。」幾乎沒多加猶豫，林忻予報上江家的地址。如果可以順利處理好，應該還是來得及吧。林忻予心想。

噹鈴——

手機訊息響起，是黃介翰傳來的，她趕緊點開。

「結果出來了，資料庫中無法比對出對象，抱歉，沒幫上忙。」

「謝謝你。」雖然感到失落，但林忻予仍是迅速回了訊息，現在她的心全都懸在謝芷瑜跟江尚霖上。

在飛馳的計程車裡，林忻予不斷自責著，覺得是自己的錯，才會破壞了原本謝芷瑜的穩定生活，如果他們因此而出事怎麼辦？她必須想辦法讓事情好轉。

林忻予在心中不斷祈禱著。

二〇一二年，八月十九日。

「走路要專心。」

林忻晴一隻手拿著鮮奶，另一隻手拿著手機，一邊看著手機裡的相片走在街上，夏日午後陽光炙熱，但她卻一臉若有所思，似乎不在意熱辣的溫度。突然一個叫聲喊住了她，抬頭一看是黃介棠。

林忻晴瞥了黃介棠一眼，他正用如小鹿般的眼神在看著自己，此時的他正站在家門口對著馬路灑水。

林忻晴沒回話，隨即就別過頭去繼續往前走，沒打算搭理。

「喂，幹嘛不理人。」黃介棠在後面喊著，同時水花往林忻晴身上潑了過來。

林忻晴只是瞪了他一眼，快步往家裡去。

「鮮奶買回來了，我放在桌上。」

進到家門，客廳沒有人，廚房方向傳來一些聲響，於是她朝後面喊道。

「耶。」林忻予立刻衝了出來，手裡還拿著一個馬克杯，裝著半滿的紅茶與冰塊。

「以後要喝奶茶自己去買鮮奶。」林忻晴不耐煩地說。

「是媽媽要你去買的。」林忻予做了個鬼臉，一邊把鮮奶倒進杯中，原本深褐色的液體，立刻變成淡淡的咖啡色。

「太陽，你的杯子在這裡。」母親王瑞芬也從廚房出來，手裡拿了另一個馬克杯。

「我不想喝。」林忻晴說，隨即坐在沙發上滑著手機，螢幕裡是她今天清晨拍攝到的一系列幻日環相片。等了好幾天，今天終於看到了。

「你在看什麼？」林忻予黏了過來。

「不要偷看，很沒禮貌。」林忻晴迅速閃開。

「小氣鬼。」

「太陽你真的不喝？」王瑞芬又問：「你不是最愛奶茶嗎？」

「今天不想喝。」林忻晴再次搖搖頭。

「怎麼了嗎？身體不舒服？」

「她這兩天都怪怪的，」林忻予插嘴道，又說：「一直發呆也很早起……」

「你閉嘴啦。」林忻晴斥責著，轉頭又對母親說：「沒有啦，只是中午吃太飽，現在喝不下。」

「真的嗎？還是你在緊張即將上高中的事？」

「沒有啦，真的沒事，放心。」林忻晴搖了搖頭，隨即從沙發上跳了起來說：「我要出去一下。」

「你要去哪？」林忻予追問著。

「要你管。」林忻晴邊說邊走出大門。

「記得回來吃晚飯。」王瑞芬叮嚀著。

「好。」林忻晴應答了一聲，接著便消失在門口。

二〇二四年，八月十九日。

「不要再打了，這樣會死人啦。」

「江先生，有話好說嘛……」

抵達江海棋家時，門口聚集了幾位鄰居隔著鐵門不斷勸阻，屋內則傳來吵雜的聲音。

林忻予推開人群，趴在門口，隔著鐵門欄杆看見江海棋一邊亂砸著物品，一邊踢著已經癱軟在地上的謝芷瑜，而江尚霖則蜷縮在一角，雙手抱著頭不斷發抖，臉上布滿傷口。

「江先生，我是社工，我們有事好好說。」林忻予對著屋內大聲喊著，同時轉身通報了警察。

「幹，誰敲電話的？」江海棋看了一眼林忻予，隨即惡狠狠地望向謝芷瑜，見她倒臥在地上，接著轉過頭看著江尚霖說：「是你敲的，著毋著？」接著便朝他走去。

「江先生、江先生……」林忻予用力拍打著鐵門不斷喊叫著：「我已經報警了，你不要再打人了！」

「警察？呸！」江海棋吐了口口水，伸手抓起江尚霖的領子。

「啊——放開、放開……」江尚霖尖叫著，雙手不斷拍打著江海棋。

「不要動小霖！」謝芷瑜用盡全身力氣從地上爬了起來，使勁狠咬了江海棋的手臂。

「幹！臭查某，欠打！」江海棋痛得鬆開手，隨即轉身又踹了謝芷瑜一腳，她發出痛苦的呻吟。

「不要打媽媽、不要打媽媽……」江尚霖撲了上去，一邊說著：「你是壞人、你是壞人……」

「走啦！」江海棋一腳踹開他。

「尚霖、尚霖，幫我開門、幫我開門……」林忻予對著摔倒的江尚霖喊叫著，「我是金魚姊姊，你幫我開門……」

「壞人、壞人……」江尚霖嘴上不斷叨唸著，聞言抬頭看到了林忻予才說：「金魚姊姊……」

「對，幫我開門，好嗎？」

江尚霖點點頭，狼狽地起身，打開門鎖。

林忻予立刻衝了進去，將江尚霖護在身後，大聲喊著：「江先生，快住手，警察就要到了。」

「警察？來幾個攏無路用啦，恁爸不怕啦。」江海棋一身酒氣，滿臉漲紅地說，隨即又抓起躺在地上的謝芷瑜，右手向上高高抬起，準備再度揮下。

情急之下，林忻予衝上前用力推開江海棋，他應聲跌坐在地板。

「幹！你是毋是嘛欠打？」這一推，江海棋的火氣更大了，他一邊咒罵一邊狼狽地起身走向林忻予，抓住她的臂膀往旁邊推。

「啊——」林忻予尖叫一聲跌坐在地上，提包也跟著摔落。

「幹！我今仔日就打死你，咱就作伙一起死！」江海棋殺紅了眼，一手抓起謝芷瑜的頭髮，另一隻手高高舉起，對準她的臉與身體就是一陣揮打。

「啊——」謝芷瑜發出痛叫聲，以手護住頭部。

「江海棋！」林忻予吼叫一聲，準備起身制止，卻看到一旁的江尚霖雙手握著一把水果刀。

「你是壞人、你是壞人……」江尚霖不斷重複著這句話，臉上展露出沒見過的兇狠表情，手上的刀身亮晃晃。

「尚霖，不可以！」察覺到江尚霖的意圖，林忻予趕緊出聲制止。

「你是壞人、你是壞人……」然而江尚霖仍是自顧自地叨唸著，沒聽進任何話語，他雙手緊握刀具，像風一樣直直地往江海棋衝去。

出於本能反應，林忻予跟著撲了過去。

颯——

銀白色的刀身深深刺入了林忻予的身體，她感到一股劇烈的疼痛在身體內部蔓延開，血紅色的液體在上腹部迅速擴散，染滿了衣物。

江尚霖呆站在原地，一臉慘白，他踉蹌後退了幾步，手上的刀子落下，發出金屬的碰撞聲。

「啊——」謝芷瑜見狀發出一聲尖叫。

江海棋也愣在原地。

林忻予的聲音被哽在喉嚨，發不出一絲聲音，她摀著腹部、身體微微晃著，接著緩緩向後傾……最後像是布偶一樣傾斜摔落在地上。

鮮血不斷湧出，無聲地在地板上流淌著，慢慢染紅了一旁的金魚太陽吊飾。

二〇一二年，八月十九日。

深夜十一點，林家的最後一盞燈終於熄了。

張晏佇立在林家前方不遠處的巷內，隱身在暗處，他看了手錶，不斷搓揉著指腹上的香菸。

他已經在這裡站了兩個小時，期間不斷留意林家的動靜，也會不定時巡邏周圍一圈，但除了幾位來訪的客人外，再沒有其他異常。十點半時，大門已經拉下，而現在，整棟房子更是已經漆黑，全家人都已入睡。

「難道凶手已經躲藏在裡面？」張晏推斷著各種可能，隨即又推翻這個荒謬的想法，一個成人不可能躲在一戶人家裡幾個小時而不被發現。「從後門進入？」他又猜測另一個可能，但後門有兩道，紗門與鐵門，相較前門反而更不容易進去，加上陳屍地點又是在客廳，後門機率其實更小。

根據林忻予所說，林忻晴死亡的時間是深夜十點至隔天凌晨一點之間，此時已剩下不到兩個小時的時間了。

「頂樓！」張晏突然想到一個自己從沒有思考過的可能性，於是驚慌地抬頭往上看，再次迅速地繞了房子一圈，但仍然沒有看到一絲人影，只好再站回原位繼續耐心等待。

「凶手為什麼要殺人呢？」這幾天，張晏腦中不斷思考著這個問題。比起「凶手是誰？」這個疑問，「為什麼要殺人」反而是他更好奇的部分，更何況是在家中被殺，然而林忻晴不過只是個即將上高中的青少女，幾乎不存在尋仇殺害的可能，最有可能的，是凶手臨時起意，其中以偷東西被發現而遭滅口的機率最大。

張晏環顧四周，林家並不處於主要幹道上，路過的車輛不多，深夜的街道上偶爾才有行人經過，而監視器也是在另一個巷口，是個適合闖空門的好選擇。

不過話雖如此，當刑警的這兩年張晏也見過了許多超乎常理的事物，因此不敢妄下定論，只能更專心注意四周的動靜。

深夜十一點半。

張晏又繞了房子一圈回到前門，仍然沒有任何可疑的人影，他的耐性漸漸被消磨掉。

今天林忻予並沒有出現。

白天時，張晏特地在派出所等了好一陣子，卻始終不見她的身影。今天對林忻予來說是最關鍵的一天，如果可以過來，她一定會出現的，最合理的解釋就是二〇二四年的八月十九日沒有出現幻日環。

張晏又等了十分鐘，終於忍不住步向鐵捲門，他輕輕推開側門上的投信孔，想要一窺客廳的動靜。

閃——

客廳依舊一片漆黑，但後方廚房卻閃過光影。

張晏以為自己眼花，再定睛一看，廚房確實有隱約的影子在晃動，同時還有刻意壓低音量窸窣的人聲。

在後門?!

張晏一邊疑惑，正要舉步奔向後門的同時，看見了林忻晴的身影出現在廚房門口，似乎正準備離開回到屋內；接著她身後出現另一名穿著襯衫的瘦高人影，他拉住林忻晴的馬尾，手上高舉一支金屬棒狀物，正瞄準她的頭部作勢要往下揮。

「喂！」張晏見狀立即大喊出聲，並用力拍打鐵捲門。

砰砰砰——

巨大聲響劃破寂靜的午夜。

張晏以最快速度鑽進房子旁的防火巷，朝後門衝去，由於視線昏暗，差一點被紙箱給絆倒。

抵達後門，廚房連外的兩扇門都已經被開啟，而前方巷子有一抹人影正朝另一個方向狂奔。

猶疑了一下，張晏轉身進到林家廚房，發現林忻晴已經倒臥在地板沒有意識，他蹲下查看狀況，鮮血正不斷從她的頭部湧出……

「操！」張晏抓起披在椅背上的布巾按壓住傷口位置，試圖止血。

噔——

日光燈亮起。

「啊——」聽到騷動下樓查看的王瑞芬見到此景，發出一聲尖叫。

「我是警察，快叫救護車。」張晏轉頭大喊，隨即指示跟著下樓的男子來幫忙：「你來壓著，快！」
待男子接手後，張晏立即拔腿衝出後門朝消失的人影方向追去。他奮力往前奔跑，但錯綜複雜的巷弄讓人迷失了方向感，頓時有點不知所措。
就在張晏不知道該往哪個方向走，毫無頭緒左右不停張望時，突然跟一名正巧路過的男子擦撞，身體晃了一下。
「對不起。」戴著鴨舌帽的陌生男子隨口道歉，頭也沒抬就要離去。
陌生男子的身形明顯與凶嫌不同，張晏像是看見救星一般，向前抓住了他。
「你剛剛有看到一個瘦高的男生嗎？」張晏急問。
「瘦高的男生……」陌生男子嚇了一跳，接著想了一下，隨即指了右方的岔路說：
「我有看到一個人往那邊跑，不知道是不是……」
「謝謝，謝謝。」沒等男子把話說完，張晏拔腿朝右邊方向奔去。
呼——呼——
張晏不斷奔跑著，路燈在他的頭頂上一盞一盞閃過，像是不斷旋轉的舞台燈，他大口喘著氣，盡可能搜尋每一條巷弄，依舊遍尋不著，不知道過了多久，直到沒有了力氣。
呼——呼——
「林忻予，對不起……」

張晏扶著牆壁，跌坐在地上，胸膛因為氧氣不足而劇烈起伏著，他抬起頭看著漆黑的天空，感到沮喪，心中充滿歉意。

再回到林家，此時屋內燈火通明，警察已經到場，並拉起了封鎖線；林忻晴已經不在了，只留下地上一灘凌亂的鮮血。

「林忻晴呢？她怎麼了？」張晏隨便抓住一名警員問道。

「誰？」警員一臉困惑。

「晏哥，你也來了？」突然一個男聲打岔，是李明材。

「那個受傷的女孩怎麼了？」張晏轉頭問著。

「被送去醫院了。」

「醫院？」張晏精神為之一振，急急地追問：「她還好嗎？哪家醫院？」

「板東醫院。流很多血，看起來有點嚴重……」李明材覺得張晏有點奇怪，反問：「怎樣，你認識她？」

「那我先過去一趟，這裡交給你了。」張晏沒回答，語畢立刻驅車離開。

張晏迅速抵達板東醫院，一陣詢問後，終於得知林忻晴正在手術中。他狂奔到手術室，門前聚集了林忻晴的家人，林忻予坐在母親身旁默默哭泣，小小的肩膀不斷顫抖著。

張晏停下腳步沒有再靠近，在距離幾公尺外的椅子坐下，祈求林忻晴能渡過難關。他低著頭，醫院潔白的牆面與地板，刺得他眼睛發疼。

二〇二四年，八月十九日。

手術室內。

身穿白袍的醫師迅速戴上醫療手套，毫不遲疑地將手指插入傷者位於腹部的傷口內，醫師指尖沒有感受到任何一絲阻力，同時還伴隨著血液特有的濃稠感與溫熱感。

「糟了！」醫師皺著眉頭，同時產生不好的預感，轉頭一看，發現生理監視器上患者的血壓正急速下降，於是喊著：「準備輸血。」

「中心靜脈導管？」另一位年紀較輕的醫師問道。

在獲得同意後，等不及超音波確認血管正確位置，醫師便拿著粗大針筒在傷者右側鎖骨開始刺戳並轉動著，試圖找到能夠放置靜脈導管的血管位置。

可是過程並不順利，在反覆了幾次之後，好不容易才將中心靜脈導管置入，並開始輸入血液，此時傷者身上已經布滿大大小小的瘀青。

不過即使已經緊急輸血，傷者的血壓仍持續下降，脈搏也越來越微弱……

嘟——

生理監視器發出刺耳的聲響，傷者的心跳突然停止了跳動。

醫師立刻開始施行心肺復甦術，一、二、三、四……他的雙手交疊奮力按壓著傷者的胸膛，一、二、三、四……傷者的胸膛也因為按壓劇烈起伏著，汗水不斷從醫師的額頭上滴落，身上的白袍也已經濕透。

嘟——

不知道持續了幾分鐘，但生理監視器上的心電圖綠色波形卻毫無波動，原本不斷湧出傷口的鮮血也逐漸停止。

見到此狀，在場的醫師都沉默了，他們交換了一下眼神，停止所有動作。

嘟——嘟——

病床上的林忻予臉色蒼白。

生理監視器上的心電圖綠色波形始終是一條直線。

05／最後一天

二〇一二年，八月二十日。

一樓、二樓……

一樓、二樓……

一樓、二樓……

張晏坐在椅子上、指腹不斷搓揉著香菸，神情看來緊張疲憊，他持續盯著電梯樓層數字看，視線絲毫不敢離開，同時在心中不斷祈禱著電梯可以往下，但卻怎麼樣都等不到林忻予出現在電梯那一側。

「媽的！」張晏咒罵了一聲。

張晏昨夜在醫院待了一整晚，一直到確認林忻晴已經脫離險境後才安心離開。步出醫院大門時，外面的天空已經一片明亮，氣溫炎熱，他抬起頭看了天空，幻日環已經高掛，立刻意識到什麼，隨即就趕回派出所。

他等不及要見到林忻予。
不過，此時已是上午十一點，張晏待在這昏暗幽閉的地下二樓超過了五個小時，卻始終沒見到林忻予的身影。
「難道今天也沒出現幻日環？」張晏只能這樣猜測著，今天是出現幻日環的最後一天，如果林忻予不來，就無法知道指紋比對的結果，一想到這裡，張晏就坐立難安。
叮——
電梯聲響起，張晏興奮地望向電梯，出門的是李明材。
「幹嘛一臉失望？」李明材笑道，隨即又問：「你氣色看起來很差耶，又是整晚沒睡？也穿著便服，你都沒回家喔？」
「我從醫院直接過來派出所啦，來找我幹嘛？」張晏揮揮手，接著又問道：「林忻晴醒了？」
「誰？」
「就是昨晚凶殺案受傷的女生啊。」
「她喔？還在昏迷當中，醫師也說不知道什麼時候才會醒來，畢竟傷到頭部，那麼大的洞耶……」
「好啦、好啦，你有屁快放。」張晏因焦躁而顯得不耐煩。

「我只是來跟你說，現場採檢都告一段落了，還需要點時間才會有結果。」
「沒有凶器？」張晏疑惑著。
「沒有，大概是凶手帶走了，他還真聰明……」
雖然改變了歷史，犯案的地點從客廳變成了廚房，林忻晴也沒有死亡，但凶器卻依舊下落不明。
「我出去一下。」張晏思考了一下，突然這樣說，隨即抓起車鑰匙便衝出去。
「晏哥，你要去哪？……」李明材一頭霧水傻站在原地。

二〇二四年，八月二十日。

沙沙——沙沙——
夏日微風拂過綠蔭，拍打的枝葉聽起來像是鳥兒振翅的聲音，陽光也跟著飄盪著，點點灑落在黃介翰的身上，像是跳躍的光點。
此時他正站在祕密基地的大樹下，頭戴鴨舌帽、赤腳踩在泥土上，身體隨著樹葉振動的聲音微微擺動，感受著大自然的脈動。

自從幾天前再次回到這個童年時遊玩的地方，就勾起黃介翰許多關於小時候的美好回憶，那些無憂無慮的光陰，為了一點小事就爭吵的年紀，現在回頭看都充滿了懷念，那時候大概是他一生中感到最快樂的時刻。

這個位於城市邊陲的地方，有點老舊的街道樣子，除了更外圍興建了幾棟大樓外，這十多年來改變得不多，還有這棵有眼睛的大樹也沒變，再次回到這裡，就像是回到那時候一樣，耳朵彷彿都還能聽到兒時嘻笑的回音。

在此處、這棵大樹下，黃介翰覺得心情無比平靜。他閉上眼睛，靜靜地感受這一切。

鈴——鈴——

突然電話聲響起，劃破了黃介翰正在享受的寧靜，是母親打來的電話。

「喂，媽。」黃介翰迅速接起電話。

「我剛剛接到金魚媽媽打來的電話……」電話那頭的廖雅玉聲音有點哽咽。

「媽，怎麼了嗎？你慢慢說……」

「金魚、金魚她出事了，嗚嗚……」

轟——

黃介翰腦子突然一片空白。

沙沙——沙沙——

風不停地颳著樹梢，此刻聽起來像是哭泣。

二〇一二年，八月二十日。

張晏再次回到林家，他越過黃色的封鎖線仔細查看了廚房的每個角落，確定沒有凶器的蹤影。

「如果凶器是被凶手帶走的話……」

張晏推測著，隨即鑽出後門，沿著昨晚看到凶嫌逃跑的方向走去。他仔細看著柏油路上的痕跡，終於在不遠處的地面上看到了幾滴深褐色的血滴，再順著往前走，陸續發現一些不明顯疑似血滴的痕跡。

「這些應該是沾在凶器上林忻晴的血液。」

張晏猜測著，再往前走，血液的痕跡越來越少，最後在一間看似無人居住的藍色牆面破舊房子前終止。進到屋內，裡頭髒亂不已，全是廢棄的物品，空氣中瀰漫著一股窒悶的氣味，張晏摀住口鼻，隨意伸手翻找著物品，卻沒有任何發現。

步出屋外，張晏環顧四周，周圍都是一些老房子、大大小小的巷弄與廢地，隨處都是凶手藏匿的好地方。

「這要怎麼找？」張晏咒罵著，仍舊不死心地繞了一圈，還是一無所獲。

正午的陽光像把刀一樣銳利，張晏被刮得皮膚發燙、汗水直流，加上整夜都沒有睡覺，感覺有點體力不支。

原路步行回去的路上，張晏同時在腦海中重播著昨晚的情景，試圖想從裡頭找出自己是否有所遺漏？發現凶嫌、追到後門、幫林忻晴止血、再追了出來……他一邊思索一邊走著，突然在某個岔路口停下腳步，腦中閃現了昨晚的畫面：

「你剛剛有看到一個瘦高的男生嗎？」張晏問。

「我有看到一個人往那邊跑……」陌生男子手指向右方的岔路。

張晏轉身回頭望，再次確認了：血跡的方向不是往右邊，而是在陌生男子走過來的左側路上。

「他說了謊！」張晏驚訝地發現此事，心裡頓時產生無數個假設，為什麼要說謊？在掩飾什麼？還是難道是共犯？

鈴——

張晏的思緒被手機鈴聲打斷，來電的是李明材。

「晏哥，有新發現。」

「我馬上回去。」

張晏迅速回到聖三派出所，一進門就看到李明材與幾個同事正擠在電腦螢幕前。

「怎麼了？」張晏急急地湊上前問道，由於過度慌亂，打翻了桌上的咖啡，褐色的水痕在他的衣服上暈染開，忍不住咒罵了一句：「操！誰把咖啡放在這裡啦！」

「沒事吧？」李明材問。

「沒事，現在狀況怎樣？」張晏抓起衛生紙胡亂擦拭了一下，隨即又把注意力擺回電腦螢幕上。

「好不容易在附近找到一支監視器，有拍到疑似凶嫌的影像。」李明材說，一邊把畫面倒播回關鍵的時間點，只見昏暗的夜色中，一名穿著淺色上衣的高瘦男子，快步奔跑過巷道，由於光線與速度，因此辨識不出男子的長相。

「就這樣？」張晏問。

「嗯，目前只有這樣而已。」

聞言張晏洩氣地癱坐在椅子上，此刻的他不管是精神狀況或體力都疲憊不堪。

「晏哥，你的臉色真的很差，要不要先去睡一下？」

「不用啦，又不是沒熬夜過。」

「喔，」李明材應了一聲，又繼續盯著螢幕，不斷重播片段，「不過我看了好幾次畫面，總覺得哪裡怪怪的……」

「怎麼說？」張晏挑起眉。

「就是有地方不對勁……」

「你有說跟沒說一樣。」

「真的啦，有奇怪的地方。」

「他又沒有同手同腳。」張晏瞥了一眼螢幕，嗤之以鼻。

「哼，」李明材冷哼著，繼續重播監視器影片研究一邊嘀咕著：「什麼同手同腳，你才手忙腳亂、手舞足蹈、兩手空空咧……兩手……」李明材語速突然變慢，急忙地再按一次重播鍵。

一旁的張晏也突然睜大眼睛，像是記起了什麼。

「他的手是空的！」兩個人像是被提點了什麼似的，同時說出這句話。

「再播一遍。」張晏擠到螢幕前。

畫面中，男子快速跑過街道，雙手用力擺動著，但手中空無一物。

張晏與李明材轉頭相視，他們有了重大發現：凶器可能還遺留在附近。

此時張晏也注意到，原本凶嫌身上穿的襯衫也不見了，一定是包裹住兇器藏起來了，這驗證了他先前的推測。

張晏立刻從椅子上跳起來，想要再衝去現場。但卻隨即感到一陣頭暈目眩，趕緊抓著椅子。

「晏哥，你這樣真的不行，這幾天你都沒怎麼睡，身體會吃不消啦……」李明材見狀再次勸著。

「不行，就說我沒事……」張晏逞強著要起身，但腳步卻站不穩，只得靠著桌子。

「我跟其他人去，你要是真不放心，晚點再來啦。」李明材拉著張晏坐下，隨即呼喊了幾個員警一起出門，並交代同仁拿點食物給張晏吃。

休息一陣子後，張晏感覺自己身體已經好多了，起身就打算出門。

一走到門口，午後炙熱的溫度立刻襲來，陽光刺得他睜不開眼，張晏感覺到腦袋再度暈眩起來，身體也在輕輕搖晃。他集中精神站穩腳步，抬頭一看，發現幻日環還高掛著，隨即想起另一件重要的事，於是轉身走向地下室二樓。

「還是沒有人。」

張晏癱在椅子上，看著偵探牆上關於張丞的資料，思緒不斷翻攪著，有股強烈的失落感湧上心頭。

今天林忻予無法過來了嗎？自己再也不能知道哥哥案件真凶的下落了嗎？好不容易才有機會能夠抓到凶手，而且也可以向她報告，雖然沒抓到凶手，但她姊姊還活著的事……

張晏盯著沒有任何動靜的電梯發呆，越看越覺得心有不甘。

「今天是最後一天出現幻日環的日子了……」張晏喃喃自語著，又看了時間已經是下午兩點，心中做了個決定。

張晏起身走入電梯，手指微微顫抖著，壓下了五樓的按鍵。

電梯緩緩上升，張晏感覺到電梯的移動，他緊盯著面板上的數字，心臟狂跳、額頭微微漫著汗滴，指腹間的香菸已經被搓揉得變形。

B1、一樓……三樓……五樓。

叮——

電梯門開啟，映入眼簾的是熟悉的會議室，這裡是拿來做開會使用，平時沒有人；張晏深深吸了口氣，再次按下了三樓的電梯按鍵。

電梯向下，發出細微的機械運作聲，張晏屏氣凝神，專注地看著面前的電梯門。

叮——

面板顯示著三樓的位置，厚重的門扉無聲地開啟，一道銀白色的光芒射入門縫，一股輕微的熱氣跟著衝了進來，張晏先是看到一點綠色與白色，等到眼睛適應了明亮的光線後，映入眼簾的是樹蔭與寬大的門前停車場。

「真的來到一樓了！」

張晏感到不可思議，顫抖著步出電梯，走出大樓後，他回頭一看，原本的聖三派出所招牌已經拆下，整棟樓房外觀也陳舊殘破許多。

天空幻日環正高掛著。

「我真的是到二〇二四年了嗎？」

張晏還沒從驚訝的情緒中完全恢復，他不停環顧著四周，眼前的景象既熟悉又陌生，有些房子與招牌還在，但有的則已經蓋了新大樓……像是有人突然置換了場景一樣，不過就一個瞬間許多東西都不一樣了，有種奇幻的超現實感。

十二年的時間，原本該是堆疊更替的過程，此刻卻像是按了一個開關鍵，「喀」地一聲就置換。

花了一點時間，張晏終於平緩了情緒，同時也發現右側有一棟新大樓，正面掛著一張牌子寫著：板橋分局聖三派出所。他立即邁步前往。

「我要找一位叫林忻予的小姐，她是社工師，你們可以幫我聯絡到她嗎？」張晏詢問著櫃檯警員，是一位不認識的年輕男子。

「她失蹤了嗎？請問你是她的誰呢？」櫃檯警員耐心地詢問。

「不是，我是有事要找她，但我沒有她的電話……」

「先生，不好意思，我們無法這樣幫你找人……」

「媽的，」張晏咒罵一聲，他環顧四周，突然又問道：「那李明材呢？我要找一個叫李明材的警察，他在嗎？」

「你說李明材副所長嗎？」

「副所長？」張晏聞言幾乎要笑了出來，沒想到這小子還當到了副所長，又說：「對，就是他。」

「不過他現在外出，還是你留電話，我請他回電？」

「你可以幫我現在打電話給他嗎？」張晏焦急地問。

「這恐怕……」櫃檯警員面有難色，正為難之際，看到了門外有人影進來，於是接著說：「副所長剛好回來了。」

張晏回頭看，面前是一張熟悉的臉孔。

「李明材？」眼前男子的樣子比他印象中的成熟了一些，髮型也不一樣、就連身形也圓潤了點，但確實是自己的好兄弟李明材。

「張晏?!」李明材一臉驚訝呆站在原地。

「我要找一個叫林忻予的社工，你認識嗎？」還沒等李明材回過神，張晏立刻衝上前抓著他急問。

「林忻予?她……死了。」還有點恍惚的李明材，愣愣地吐出這話。

二〇二四年，八月二十日。

黃介翰迅速趕到福緣地生命禮儀公司，在其中一間靈堂找到了林忻予的父母，此時母親王瑞芬臉色蒼白，虛弱地呆坐在一旁。

室內的光線明亮，即使擺滿色彩鮮豔的花卉，卻有種說不出的冷冽，像是有人抽掉了暖色一樣，整個空間顯得蒼白，充斥著螫人的刺，不停地扎著眼睛與心臟。

黃介翰緩步走向前，視線稍稍偏離了他們，抬頭一看，立即瞧見林忻予的相片就懸掛在一片花團錦簇之中。

相片裡頭的林忻予面露淺淺微笑，前方供奉著簡易的水果盆，上頭還擺放著她最珍惜的金魚太陽吊飾。

發生了什麼事？為什麼會這樣？昨天都還有通訊息的……黃介翰呆愣在原地，淚水在眼眶裡打轉，對於眼前的一切感到無法置信。

「是介翰嗎？是介翰對吧？」王瑞芬認出了眼前的人，立即撲了過來嚎啕大哭著：「我好命苦啊，為什麼姊姊這樣，現在金魚也是……嗚……」

「林媽媽……」黃介翰趕緊拉著王瑞芬的手，一旁的丈夫林世祥也上前攙扶起太太。

「謝謝你來。」林世祥微微點了點頭。

「請問……」黃介翰原本想要詢問事發經過，但看了王瑞芬的狀態恐怕不適合，於是改口道：「請節哀順變。」上了香之後，沒待多久就離開靈堂。

出到室外，黃介翰終於大口喘著氣，身體微微在發抖，他感到心臟像是被重物給壓住，無比沉重。他低著頭倚靠在騎樓的門柱上、雙手撐在膝蓋上，此時淚水才終於不爭氣地掉了下來。

不知道過了多久，一直等到心情稍微平復之後，黃介翰點了根菸，看著天空的幻日環陷入沉思，白色的雲霧不斷裊裊升起，在陽光折射下跟塵埃融為一體。

警車快速行駛在公路上。

此時車內一片寂靜，李明材邊開車，不時偷瞄著副駕駛座上的張晏，一副欲言又止的模樣。

「有機會再告訴你，現在去靈堂最要緊。」本來不打算搭理的張晏，看到李明材的表情終於忍不住搭話，接著又說：「到底林忻予發生了什麼事？」

「現在我們也沒事做啊……」李明材忍不住嘀咕著，立刻被張晏瞪了一眼，隨即趕緊回話：「就是昨天發生一起家暴事件，剛好是林忻予負責的案件，她趕去處理，爭吵的過程中不小心被水果刀刺中腹部，傷口太深，所以最後失血過多死亡。」

張晏點點頭沒說話，心中百感交集。這說明了林忻予為什麼沒回去二〇一二年的原因，不是不想，而是根本無法去。

「你跟林忻予很熟嗎？前幾天她也問過你……」李明材又問。

「只是一個認識的朋友。」張晏挑了眉，隨便回應著。

「喔，」李明材沒再多問，沉默了幾秒又問道：「不過……你真的是晏哥吧？」

剛剛在派出所門口看到張晏，李明材還以為自己眼花，怎麼一個失蹤了十多年的人，竟會突然出現在面前，更詭異的是不僅樣貌完全沒有改變，就連他身上穿的，也是失蹤那天因為打翻咖啡而暈染一片褐色水漬的衣服，簡直像是從那天穿越過來的人。

「王日昇。」沉默好幾秒，張晏吐出了這個名字。

「你真的是晏哥沒錯！」李明材顯得興奮不已。

王日昇是小時候最常欺負李明材的人，當時便是張晏幫他出氣，是他們成為好兄弟的契機。

「我還以為這輩子都見不到你了，我一直在找你，你知道嗎？我找失蹤人口啊、醫院啊，甚至連無名屍我都去找了耶……」李明材滔滔不絕地說著。

剛剛上車後，李明材的第一句話就是：「這些年你跑去哪裡了？」張晏後來才搞懂原來自己竟然失蹤了，聞言他也驚訝不已。但無論怎麼想，都沒有一個合理的解釋，只能先搪塞過去。

張晏視線直盯著窗外這熟悉又陌生的街景，同時心裡也不斷疑惑著：自己失蹤了？為什麼？是發生了什麼意外嗎？

「不過為什麼你都沒變？」終於，李明材還是忍不住提出了他的疑惑。

但張晏只是看了李明材一眼，沒搭話。

「這個可以問吧？不然我要問什麼？」

「後來有找到凶器嗎？」張晏仍是沒有回答，直接問起另一件事。

「什麼凶器？」

「就是我失蹤……就是十二年前林忻晴凶殺案，隔天我們不是一起看了監視器畫面，接著你們就出發去找凶器了。」

「喔，那個啊……」李明材貌似在回憶過去，接著又說：「沒找到，什麼都沒發現。」

「那有凶手的線索？」

「沒有。」李明材搖了搖頭說：「廚房有採集到指紋，但沒有比對出什麼結果。」

「媽的！」聞言張晏只是咒罵了一聲，就再也沒開口，車內又再度恢復寂靜。

福緣地生命禮儀公司。

「晏哥，這邊。」一下車，李明材便領著張晏匆匆往其中一間樓房走。

一踏入福緣地，冷冽窒悶的空氣隨即襲來，耳朵也傳來此起彼落的啜泣聲與誦經聲，整個空間像是有張網子罩住，嗡嗡地讓人暈眩。

「請問你們是？」見陌生人前來靈堂，林世祥上前詢問。

「您是林伯伯嗎？我是聖三派出所的副所長，前來慰問的。」李明材趕緊胡謅了一個理由。

而張晏在見到林忻予的遺照後，只是靜靜看著說不出任何一句話，心中百感交集，神情凝重哀傷。

不知道過了多久，最後在簡單上完香之後，兩人便離去。

「今天也有幻日環啊。」一步出生命禮儀公司，李明材看著天空說。

「現在幾點了？」李明材的話提醒了張晏該回去的時間。

「四點了，怎麼？」

「我們先回派出所，快。」張晏邊說邊催促著李明材上車。

回到聖三派出所，待車子一停穩，張晏立刻跳下車，快步奔向舊大樓。他抬頭看向天空，幻日環依舊高掛著，稍稍鬆了一口氣。

「晏哥，你要去哪？」跟著下車的李明材也追了過來，同時在身後喊著：「那邊要施工蓋新大樓，你要去幹嘛？」

張晏繼續跑著，但越靠近舊大樓卻越發現不對勁。

此時舊大樓已經拉起了封鎖線，周圍站了許多頭戴工程帽的人；再往前一點，隨即看到了大樓的另一側停放著一輛怪手，此時正準備朝著牆壁開挖。

「他媽的，還真迷信，算什麼時辰，哪有人下午動工的。」一名戴著工地帽的男子在一旁向其他人抱怨著。

見到此景，張晏愣住了，隨即想要衝過封鎖線。

「先生，那邊不能過去，很危險。」男子立刻擋住了張晏。

「不行，我一定要過去才行！」張晏大吼著，神色充滿驚恐，一邊掙扎著要向前行，同時不斷喊叫著：「等一下，等一下，不要挖！」

「喂，先生，就說很危險……」男子想再次擋住張晏，隨即被他揮了一拳應聲倒地。

趁著混亂的時候，張晏再次拔腿衝向舊大樓，還沒來得及抵達門口，耳邊便傳來巨大的聲響。

喀啷啷——喀啷啷——

只見怪手伸著長長的機械手臂揮舞著，同時巨大的黃色手掌也跟著重重地落在牆面上，像是在啃食一樣，水泥應聲斷裂、紅磚摔落，頓時煙塵瀰漫，碎石四射。

張晏呆站在原地，被後面追上來的李明材拉往安全區域。

喀啷啷——喀啷啷——

喀啷啷——喀啷啷——

SECTION 2 /

第二部

06／明天一定要回去

二〇四一年，八月十九日。

一名滿臉鬍渣的中年男子，站在一棟嶄新的大樓前，上頭一塊招牌寫著「板橋分局聖三派出所」，當年的殘破已不復見。

男子抬起頭看著高聳的樓房，陽光刺眼，身後的幻日環閃耀著光芒。他的眼神堅毅，接著邁開步伐，走進派出所。

二〇二四年，八月十九日。

「江先生，快住手，警察就要到了。」林忻予將江尚霖護在身後，大聲喊著。

「警察？來幾個攏無路用啦，恁爸不怕啦。」江海棋一身酒氣，邊說邊抓起躺在地上的謝芷瑜，拳頭準備再度揮下。

情急之下，林忻予衝上前想用力推開江海棋，卻被他一手揮開，跟著跌坐在地板，肩上的提包也連帶著一起摔落。

「幹！你是毋是嘛欠打？」江海棋的火氣更大了，他一邊咒罵一邊用力將謝芷瑜摔到地板上。

「啊——」謝芷瑜發出痛叫聲。

「幹！我今仔日就打死你！」江海棋殺紅了眼，對著謝芷瑜的身體狠狠踹了起來。

「江海棋！」林忻予準備起身制止，卻看到一旁的江尚霖雙手正握著一把水果刀。

「你是壞人、你是壞人……」江尚霖不斷重複著這句話，手上的刀身亮晃晃。

「尚霖，不可以！」察覺到江尚霖的意圖，林忻予趕緊出聲制止。

「你是壞人、你是壞人……」然而江尚霖仍是自顧自地叨唸著，他的雙手緊握刀柄，直直地往江海棋衝去。

出於本能反應，林忻予跟著撲了過去。

颯——

一道黑影閃現在林忻予面前，一名男子握住江尚霖手上的刀，銀白色的刀身劃過他的手掌，滲出鮮血，緊接著他迅速一個反手將水果刀奪下，將其丟棄到一旁。

鏗鏘——

林忻予有點恍神，抬頭看著這名突然出現的鬍渣男子，覺得陌生卻又熟悉……

「幹，要刺我？你是毋是嘛欠打。」江海棋看到掉在地上的水果刀，怒火中燒，立刻衝上前抓住江尚霖，就是一陣毆打。

「啊——媽媽，好痛、好痛……」江尚霖以手護住頭部哭叫著。

「不要！」謝芷瑜立即起身撲了過去。

原本處於錯愕狀態的林忻予，也顧不得其他趕緊上前制止，跟著鬍渣男子迅速架起江海棋，在一陣混亂當中，林忻予被意外推倒，頭部撞到桌角後倒地。

鬍渣男子見狀隨即轉身拳頭用力一揮，江海棋應聲摔落到角落暈了過去。

「林忻予、林忻予，你還好嗎？聽得到嗎？」鬍渣男子趕緊衝到林忻予身旁，用手輕拍她的臉龐。

「你……」林忻予感覺頭有點昏昏沉沉。

「你還好嗎？聽得到我說話嗎？」鬍渣男子再次問著，同時確認了林忻予的頭部沒有明顯傷口，稍微鬆了口氣。

「你是誰？怎……麼會……」林忻予無法吐出完整一句話，感覺隨時會暈厥過去。

「林忻予，你聽我說，」察覺到林忻予的狀況，鬍渣男子再次拍打了她的臉，一邊說著：「你明天一定要回到二〇一二年，知道嗎？你有聽到嗎？……」

「什……麼……」林忻予勉強回應。

「記住，你一定要回到二〇一二年，一定要，知道嗎？」鬍渣男子再次強調。

「我……」林忻予意識逐漸模糊。

「你一定要記住這件事，聽到沒？一定要！」鬍渣男子神情焦急，不斷重複著叮嚀，「不然我會被困在二〇二四年回不去……」

「嗯……」應了一聲，林忻予隨即昏迷了過去。

二〇二四年八月二十日。

「你明天一定要回到二〇一二年，一定要……」

眼前鬍渣男子一臉焦急地說著這句話，林忻予費力想要看清楚他的臉龐……他看起來有點眼熟，卻又有點不一樣……不過聲音卻非常熟悉……

是張晏。

林忻予終於記起男子的名字，不過他的樣子卻跟自己印象中的不同；臉頰的鬍渣不說，頭髮長了一點、臉上紋路也多了一些，就連神情也比較成熟，沒有吊兒郎當的感覺，就像是……壯年版的張晏。

林忻予想要開口多問一些什麼，但怎樣都說不出話，雙手也使不出任何力氣……她不斷掙扎著，接著眼前突然閃過一道白光，從夢中醒了過來。

「金魚，你醒了？」耳朵傳來熟悉的聲音，是父親林世祥，「頭還痛嗎？」

頭……？林忻予伸手摸向頭部，在額頭處摸到紗布的觸感，感覺全身痠痛。

「爸，你怎麼會在這？」林忻予驚訝地問，覺得眼前的畫面也是夢境，自己明明與父親的關係很生疏。

「你住院了，總要有人照顧啊，」林世祥連忙制止，「不要亂動，醫生說你撞到頭，可能會有腦震盪，要觀察幾個小時。」

「腦震盪？」林忻予有點恍惚。「媽呢？」

「她喔，哪顧得了你……」

「發生什麼事了？」林忻予覺得腦子一片混亂。

「你忘了？聽說你去江家做探訪，他爸又喝酒發瘋鬧事，哎……」林世祥邊說邊嘆氣：「還好人都沒事，不過他爸真應該被抓去關才是。」

「小霖……」林忻予意識逐漸恢復，記起在江海棋家發生的事，還有……張晏，於是急急地問：「那張晏呢？他在哪？」

「張晏？他是誰？」

「就是發生爭吵當下，有一個男生出來幫忙制止的那個……」

「你說那個好心人喔？聽警員說，他在你昏迷後，就匆匆離開了，還好有他見義勇為，不然不知道該怎辦。」語畢林世祥又反問：「你認識他？」

「嗯。」

林忻予沒有多搭理父親的話，逕自陷入沉思中，張晏不是失蹤了嗎？怎麼會出現？還有他說的「你明天一定要回到二〇一二年」是什麼意思？明天不是還沒到嗎？還有張晏為什麼看起來蒼老許多……？林忻予腦中有許多疑問。

「那要好好謝謝人家，幸好有他幫忙，不然水果刀那麼長，要是刺中，醫師說真的會死……」

……我會死？林忻予聽到父親的話嚇了一跳，但依舊無法清晰思考，她不斷回想著，努力想要拼湊出這些訊息的含義。

「不然我會被困在二〇二四年⋯⋯」

林忻予腦中再次閃過張晏最後說的話，可是仍然無法理解是什麼意思。

「那棟大樓年代久遠，不久後就要拆掉重蓋了。」

接著，她腦中又跳出第一次遇到黃介翰時，他說過的這句話。

一瞬間，林忻予弄懂了這一切。

她串連起張晏所說的話，明白了自己若今天沒有回去二〇一二年，張晏便會穿越來二〇二四年找她，然後再因為某個原因無法回去二〇一二年。這也就解釋了為什麼他會消失十二年的原因。

而那個鬍渣張晏，是在新派出所大樓蓋好的未來，耐心等待兩個時間點同時出現幻日環的日子，再次穿越到二〇二四年來拯救原本會死亡的自己。

「好漂亮，今天又出現了。」林世祥的聲音打斷了林忻予的思緒。

林忻予順著父親的視線望向窗外，看到了幻日環此時正高掛在天上。

「今天是幾號？」林忻予此時終於想起還有重要的事要做。

「今天啊，八月二十日。」

今天是可以回到二〇一二年的最後一天！

「爸，現在是幾點？」驚覺到這點，林忻予急急問著。

「十一點，怎麼了？肚子餓了嗎？」林世祥關心地詢問。

「不是，我……」林忻予原本想表明意圖，但意識到現在自己的狀態，一定不會被允許，於是改口說：「對，我醒來肚子好餓，爸你可以去幫我買點吃的嗎？」

「醫院餐廳應該沒有披薩，蝦仁炒飯可以嗎？」林世祥數著林忻予喜歡的餐食。

「好，就蝦仁炒飯，謝謝爸。」

「那我去買。」語畢林世祥便步出病房，踏出房門前，又轉身說：「對了，你的鑰匙圈我先放在外套口袋裡喔。」

「鑰匙圈？」

「對啊，你最喜歡的，有金魚太陽的那個。掉在江家了，剛剛警察才送過來，已經洗乾淨了，不然都沾到血了，好不吉利，我本來想丟掉的，但你很喜歡，所以……」

「喔。」林忻予意識到父親說的是金魚太陽的吊飾，點點頭沒多說話。一等到父親離開，便強捺著身體的不適，迅速披了外套直奔聖三派出所。

進到舊大樓前，林忻予眼尖地在門口看到一張白紙：

【拆除公告】

於二〇二四年八月二十日，下午四點，開始進行大樓拆除作業。故施工期間，請勿將汽、機車停放此區域，不便之處，敬請見諒。

林忻予看著公告愣了一下，立刻明白張晏為何會被困在二〇二四的原因。現在是一點，自己有三個小時的時間。

林忻予再次確定自己的時間後，迅速進入電梯，按下五樓的按鍵，電梯緩緩向上……開門，接著按下三樓鍵，電梯下降……

叮──

電梯門開啟，林忻予看到一個熟悉的人影正坐在偵探牆前。

「我還以為你不會來了，我才正想說要不要試看看過去找你咧。」張晏聞聲回過頭，咧著嘴笑說，隨即又問：「你怎麼了？受傷了？」

「這個嗎？沒事。」林忻予趕緊解釋。

「你怎麼穿著病服，不會是從醫院偷跑出來的吧？」張晏驚訝地問。

「不用擔心，不要緊，」林忻予回道，接著又焦急地問著：「我姊姊呢？我姊怎麼了？是不是有活下來？」

「你在未來不知道嗎？過去沒改變嗎？」張晏有點疑惑。

「我……」由於頭部遭到撞擊，林忻予並不記得所有的事，更別說更新的部分，於是只好隨口搪塞：「不會同步啦，我想說直接過來問你比較快。」

「喔，你姊她沒有死……」張晏說，指腹不斷搓揉著香菸，有點吞吞吐吐。

「真的嗎？太好了。」林忻予開心不已。

「不過……」

「不過什麼？」

「現在在加護病房，還沒有醒來。」張晏表情有點愧疚。

「很嚴重嗎？醫生怎麼說？」林忻予焦急地抓住張晏的手臂。

「說是還要觀察，情況還無法確定……所以我才想說，你從未來過來，應該會知道，還想問你咧，沒想到……」

「帶我去醫院。」林忻予提出請求。

張晏本來想說些什麼，但隨即點點頭答應。

抵達板東醫院，林忻予隔著玻璃看著頭纏著紗布、戴著呼吸器的林忻晴，眼眶不自覺紅了起來。

「姊……」

縱使是現在受傷的模樣、縱使是她們無法說上一句話，但林忻予仍是心懷無限的感激。她在心中想過無數回，夢寐以求再見到姊姊一面的機會，終於現在成真了。

林忻予喜極而泣，淚滴自她的臉龐不停滑落，但仍捨不得眨眼，只能不斷拭去淚水。張晏只是靜靜地站在一旁，也跟著默默紅了眼眶，趕緊偷偷別過頭。

不知道盯著姊姊看了多久，林忻予終於想起該回去的時間，轉身準備離開時，在一旁的長椅上看到一個熟悉的小女孩——十二歲的自己。

十二歲的林忻予正坐在椅子上低著頭哭泣，林忻予停頓了一下，接著緩緩走向她。林忻予伸出手，溫柔地摸了摸十二歲自己的頭說：

「不要哭了，姊姊看到會難過的。」

十二歲的林忻予抬起頭，看著眼前這個陌生的女子，雙眼已經哭得紅腫。

「這給你，就當作姊姊一直陪在你身邊。」林忻予從口袋裡掏出那只有著金魚太陽的吊飾，放到她的小手上。

十二歲的林忻予訝異地抬起頭，眼淚又掉了下來。

「你要好好長大。」林忻予笑著說。

「謝謝姊姊。」十二歲的林忻予道著謝，又反問：「姊姊也生病了嗎？」

「我？」林忻予這才意識到自己身上也穿著病服，隨即說：「對，姊姊頭不小心撞傷了。」

「我姊姊也是，」十二歲的林忻予摸了摸自己的頭，接著又天真地說：「你也要快好起來，我也會請菩薩一起保佑姊姊的。」

「謝謝你。」林忻予聞言笑了，一旁的張晏則靜靜聽著。

再次回到聖三派出所，時間已經接近三點半，幻日環依舊高掛著。

「謝謝你。」在地下室二樓，林忻予按下電梯按鍵，同時向張晏道著謝。

「那個……沒抓到凶手很抱歉……」張晏一臉愧疚。

「已經很感謝你了，我沒想到真的有機會再見到姊姊，真的很開心。」林忻予說，接著突然想起了什麼，趕緊補充道：「對了，害你哥哥凶嫌的指紋……」

「怎麼樣了？有結果嗎？」張晏面露期待。

「抱歉，一樣比對不出結果。」林忻予搖了搖頭說。

「這樣啊……」張晏有點沮喪，但很快再度打起精神說：「沒關係，我不會放棄的，未來有一天一定會抓到他的。」

叮——

電梯門開啟，林忻予踏進電梯，按下了按鍵，電梯門緩緩闔上。

「二〇二四年見。」林忻予笑著這樣說。

「二〇二四年見，」張晏愣了一下，接著又笑回：「能再見到你真好。」

電梯門關上。

07／這樣是最好的

望榮教會。

「神是非常非常愛我們的，超越所有的愛，在你犯錯的時候，神也是愛你的，只是你不知道而已，所以請不要害怕、請不要慌張，當你來到這裡，表示神已經在你裡面，赦免了你的罪……」

木質色調的教堂內，講台上一名年輕削瘦的男子正滔滔不絕地講道著，他的聲音清亮安穩、左手忘情地揮舞著，輕覆在額頭上的頭髮隨著他的動作微微地擺動。

「神無所不在，祂會榮耀你、祂會指引你、祂會告訴你答案，當你遭遇到困難的時候，祂必定會向你伸出雙手，這時候你只要感受祂、接受祂……我們是潔白的、是神聖的，是不會被污染的……」

男子身穿著白衣服、手戴白手套、膚色蒼白，眉眼處罩著白色網狀面罩，遮住了近半張臉，遠遠看就像是一抹白色的褪色水漬。

「不要相信眼睛看到的，閉上你的眼睛，要用自己的心去感受，跟隨著神……」男子邊說著邊舉起雙手遮住雙眼，接著再指向心臟之處，字句鏗鏘有力地又說：「如果你也純粹地愛著神，必定會感到無比的喜悅，現在跟著我禱告……」

台下數百名身穿著白色衣服與手套的信徒，跟著做了一樣的動作，接著紛紛低下頭一起禱告。場館內發出了整齊一致的聲調，聲音在密閉的空間內迴盪著，有的人神情激動、更有人痛哭流涕。

「阿們。」最後伴隨著代表真心的結語，結束今天的傳道。

男子緩緩步下講台，台下隨即傳來騷動，信徒紛紛往台前擠，伸出雙手想要觸摸男子，像是海浪推擠著沙地。

「大家不要擠，讓教主先過。」一旁的特別助理見狀趕緊上前關道。

此時一名少女在推擠之中，不小心摔跌在教主面前，她在驚慌下不小心拉住了教主的手，將其手套扯下。

「對不起。」少女趕緊道歉，略顯稚嫩的臉龐壓得很低，一頭烏黑的長髮散落在肩上，她慌亂地以雙手奉上抓在自己掌心的白色手套。

「你有受傷嗎？」教主蹲下輕聲關心道。

「我沒事。」少女怯怯地抬起頭，她的右臉顴骨位置有一顆褐色的痣；女孩看著眼前的男子，即使隔著面紗，依舊能感受到眼前男子的俊美。

「你叫什麼名字？」

「董宜玲。」

「宜玲，可以幫我戴上嗎？」教主溫柔地喊著少女的名字，並在扶起她後，伸出潔白的手這樣說。

「啊。」眾人發出一聲驚呼。

「可以嗎？」董宜玲語氣不確定。

教主輕輕點了點頭，面露微笑。

董宜玲微微顫抖地將手套戴上教主的右手，他蒼白纖細的手指，在燈光下反射著似玉一樣的光芒。

「神在你周圍，平安。」完成後，教主輕聲說著，接著緩步離開。

「好好喔，可以摸到教主的手……」待教主離開後，後頭的信徒紛紛讚嘆著。

「我們教主好帥喔……」另一名信徒問。

「不知道面紗拿下來後長怎樣？」又一名信徒說道。

「聽說他的臉上有道十字架的印記，有人說他是彌賽亞……」

「教主超帥的，簡直是韓流明星……」

「教主身上好香，聽說他會散發香氣……」

眾多信徒不斷嘰嘰喳喳，視線離不開那一抹白色的身影。

林忻晴靜靜地躺在床鋪上，樣貌蒼白、神色平靜，彷彿時間沒有對她產生意義。她的雙眼看著天花板，但眼裡卻沒有焦點，像是張開眼睛睡著的人；鼻腔裡則插著鼻胃管，蜿蜒的白色管線順著她的身體置放著，像是攀附著一片丘陵。

王瑞芬站在床側，細心地拖住林忻晴的前臂，她的右手握住林忻晴的手腕、左手扣住手肘，再以肘為中心不斷地做著彎曲伸直的動作，口中叨念著數字：「一、二、三……」在重複了十次之後，接著拖住林忻晴的手掌，繼續著活動肌肉與關節的動作；另一側的櫃子上則擺滿了電池、抽痰機等醫療儀器，以及幾張跟親人朋友的合照。

「媽，我要出門上班了。」林忻予推開房門說道。

「嗯，」王瑞芬應了一聲，視線沒離開過林忻晴持續按摩著她的身體，接著又說道：「沒跟姊姊說早安？」語氣比較像是命令。

「姊姊早。」林忻予順從地問候著，見母親依舊沒有抬起頭，於是轉身離開。

十二年前林忻晴遭遇意外後活了下來，但由於腦部受創嚴重，從此成了植物人。

之後的日子，父母就為了林忻晴的病況不斷爭吵，最後仍舊走上離異一途；當年發生意外的舊家也賣掉，用來支付龐大的醫療費。待姊姊的情況穩定後，在母親的堅持下，將其接回家照顧，跟著母親也辭掉了工作，全部的心力都在姊姊身上，幾乎足不出戶。

而在母親的眼裡，自己成了一抹被忽略的影子。

這是他們的日常，改變過去後的日常。

自從最後一次穿越到二〇一二年回來後，林忻予出現了新的記憶，周圍的事物也或多或少有了些改變，最大的不同是姊姊依舊活著，雖然不知道是否有甦醒的一天；但同時卻也有許多無法改變的事，例如，父母的離異、凶手至今仍逍遙法外。

當時擁有能夠回到過去拯救姊姊的機會時，天真以為只要能阻止那場意外，自己的家庭就會恢復原本的和樂，但並不如預期，有些甚至還更糟了，例如母親的狀況。

「改變過去真的是好的嗎？」林忻予不止一次問過自己這件事。

夏日溫度炎熱，林忻予步向公車站，金魚太陽的吊飾在提包邊反射著光芒。

前方傳來一陣騷動，她抬起頭看，今天也同樣出現了幻日環，但她再也回不到過去了，那棟聖三派出所的舊大樓已經被拆除。

「張晏不知道現在如何了？」

穿越回來之後，林忻予去過聖三派出所詢問，然而不管是張晏或李明材，局裡沒有這兩人的存在。

叮鈴——

「早安，祝你有美好的一天。」是父親林世祥傳來的訊息，一張配有花草長輩圖。

「爸，我下個月再去看你。」林忻予感到心頭一暖，迅速回了訊息。

修改過去後，除了姊姊還在外，另外一個讓人欣慰的，是與父親的關係變好了，或許是因為心疼自己同時需要照顧媽媽與姊姊，因此不時會傳來問候關心。為此，林忻予多少感到一點慰藉。

「爸會煮你愛吃的菜等你來。」

林忻予笑著回了一個笑臉，公車巴士駛來，跳上公車前往心家基金會。

「這位是特別派來支援的刑警：張晏，今天正式加入我們專案組。」會議室台前，特別專案組組長李耀介紹著。

「請大家多多指教。」張晏一派輕鬆地打著招呼，已經三十六歲的他，莽撞被磨去了一些，但還是時常掛著吊兒郎當的神情，不變的是耳際上仍是夾著一根七星菸。

幾坪大的會議室裡，只有一張大長桌，桌上散落著許多文件資料，舉目望去只有兩個人，看起來有點冷清。

「介翰，你跟張晏說一下現在的狀況。」李耀喊著坐在角落的黃介翰，又說：「我要開會去了。」

「是，組長。」黃介翰迅速回應。

「你好，我是張晏。」待李耀離開後，張晏便趨步來到黃介翰面前。

「晏哥你好，這個案子主要由我負責。」黃介翰伸出手握了張晏的手。

「我們是不是見過？」張晏看著眼前這位年輕的男子這樣問。

「我之前曾經到中州警局支援過，可能那時候有見過。」黃介翰笑笑回著，中州警局是張晏隸屬的警局。

「原來是這樣，那就麻煩你啦。」張晏拍了拍黃介翰的肩膀。

「晏哥，你看過這個嗎？」黃介翰遞出擺放在桌上的《今日週刊》。

「這是什麼？」張晏看著週刊的封面標題斗大寫著：

驚爆！邪教教主染指數十位女性教徒。

「這不是前陣子新聞鬧得很大的事情？」張晏記憶起媒體上看到的新聞畫面，又說：「是要辦這個喔？」

「就因為鬧得很大，上頭有輿論壓力。」黃介翰解釋道。

「找人來問問，關一關就好了。」張晏一副意興闌珊的樣子。

「問題就是找不到人啊。」黃介翰神情略顯無奈。

「不就是找週刊裡面那些當事人？」張晏手上拿著香菸不斷搓揉著。

「在週刊出版後，她們遭受到很多教友攻擊，現在都不敢出面了。」

「那想辦法混進去教會看看？」

「試過了，他們現在控管很嚴格，一律禁止非教友的人參加活動。」

「那就不要用教友身分進去啊。」張晏隨意翻著桌上的資料，拿起一張教主的相片說道：「這個教主面罩是訂做的吧？以為自己在開演唱會喔……」

「噗，」黃介翰笑了出來，隨即答道：「警局裡沒有人是教友，所以一直卡住。」

「嗯，我是說，教會總需要維護吧？會有什麼師傅工人之類的，對吧？」

「你是說，假冒配合的廠商嗎？」黃介翰眼睛一亮，「我來查看看，謝謝晏哥。」

「先找到是否有願意配合的廠商。」

「不過要是真的有找到願意的廠商，但教會沒有東西要維護怎辦？」

「還不簡單，那我們製造一個就好啊……」

「製造……」黃介翰頓了一下才明白了張晏的意思，立即點頭附和：「我懂了，馬上來聯繫。」

「相片只有這些？沒有更清楚的臉照？」張晏又問。

「還有一小段錄影，就只有這些。」黃介翰回道，又補充說：「望榮教會本來就禁止拍攝，聽說進去還會沒收手機，這些都是週刊去偷拍的，好不容易才跟他們要到，不要說臉，我們連教主的名字都不知道。」

「這麼神祕啊……」張晏在文件中，翻出幾位女子的相片，頭髮有長有短，但大多很年輕，幾乎都是二十三、四歲，又問：「這些都是受害者？」

「對，她們都是最開始向週刊舉報的人。」

「嗯。」張晏沒回話，只是點點頭。

「宜玲。」

步出望榮教會的董宜玲被人叫住，回頭一看是教主的特別助理，點了點頭問候。

「你叫宜玲，對吧？」特助梁嘉威面露和藹的神色問著，年約五十的他，鬢角灰白、臉色紅潤。

「是的，特助好。」

「最近好嗎？已經決定要讀哪所大學了嗎？」梁嘉威繼續問道。

「你怎麼會知道？」剛升上高三的董宜玲，確實面臨了升學的困擾。

董宜玲的母親在幾個月前意外過世，原本與母親感情深厚的她，自此便少了可以聊心事討論的人，心中產生一個缺口，在這樣的情況下，她接觸到了望榮教。

「神知道你所有的難題。」梁嘉威邊說，戴著白色手套的雙手同時在胸前做了合十的動作。

「我不知道該選什麼科系才好，有點困擾……」董宜玲如實說出煩惱。

「神會幫助你的，神很愛你，只要你夠虔誠的話。」

「我很虔誠的。」董宜玲急急點了點頭。

「只要你心中有神，神就會來到你的身邊。」梁嘉威眼神堅定，又繼續這樣說：「教主說你是神選的人、你是獨特的，祂會特別協助你度過困難……」

「真的嗎？」董宜玲青澀的臉龐露出光芒。

「真的，」梁嘉威點點頭，稍微將身體向前傾了一點，靠近董宜玲耳際輕聲說：「晚上九點到小祭壇來。」

小祭壇是教主特別設立的地方，只有被神選中的人才能進去，董宜玲曾經耳聞，但一直沒有去過。

「好，我知道了。」董宜玲開心地點頭答應。

「記住，你是神選中的人，只有你是特別的，不要讓其他人知道，他們會嫉妒。」梁嘉威特別交代著，語畢便轉身離開。

「平安。」

心家基金會內，林忻予一邊翻閱著筆記本，一邊在電腦上輸入這兩天的家訪紀錄，她的神情專注，臉上沒有絲毫情緒。

「你又出現那個表情了。」徐秀惠的聲音突然出現。

「秀惠姐。」林忻予趕緊拍了拍臉，擠出笑容。

「身體還好嗎？你才剛出院沒多久，不要累壞了。」徐秀惠關心著。

「放心，我有特別注意，謝謝秀惠姐關心。」

「對了，別忘記下週要聚餐喔。」

「寫在行事曆上了。」林忻予笑回。

「已經下班了，工作收尾一下就快回去吧。」

「下班了？」被這樣一說，林忻予才意識到時間，看了時鐘都已下午六點多。

「對，那我先走了。」徐秀惠揮了揮手，離開辦公室。

「秀惠姊，再見。」語畢林忻予卸下臉上的笑容，迅速將手邊工作結束。

踏出基金會，天色已經接近全暗，林忻予跳上公車回家。

公車上，林忻予照例點開新聞觀看，上頭正播放著「宗教性侵疑雲」的報導，螢幕上不斷播放著一位身穿白衣戴面罩男子的講道畫面：

「神是非常非常愛我們的，超越所有的愛，在你犯錯的時候，神也是愛你的，只是你不知道而已……」

林忻予戴上了耳機，聲音從耳機裡傳來。

「請問是沈小姐嗎？」張晏等在巷口，見到一名年輕短髮女子靠近公寓門口，便衝向前詢問。

「你是？」女子嚇了一跳，反問著。

「你好，我叫張晏，是警察，不要害怕。」張晏邊說邊秀出自己證件。

「我沒什麼要說的。」看到是警員，女子立刻掏出鑰匙想要打開門。

「沈小姐，不要這樣……」張晏想要出手制止。

「不要碰我，我會告你。」女子語氣強烈，迅速開了門進入屋內準備闔上。

「你有說謊嗎？」情急之下，張晏脫口而出這句話。

女子動作突然停止，抬起眼看著面前的男子。

「我說的都是真的。」半晌後，女子才吐出這句話，字句中充斥著厭惡情緒，又說：「但我不會出來作證，新聞出來後我麻煩夠多了。」

看到女子的反應，張晏喜出望外，覺得或許這次有機會。這幾天他連著找了幾個受害者，但都吃了閉門羹，至少這位還願意回應。

「好，你不用作證，那可不可以告訴我一些相關的訊息？」張晏趕緊追問。

「我知道的都在週刊上了。」語畢女子便想要再次關上門。

「難道你不想要壞人繩之以法嗎？」

女子再次停下動作，像在思考著什麼。

「他挑的對象都是皮膚白、有點鳳眼、長髮……他喜歡的女生都是這個樣子。」終於

女子開口這樣說，隨即又補充道：「離開教會後，我就把頭髮剪短了。」

「還有嗎？」張晏迅速記錄下訊息。

「還有……」女子面露痛苦回憶著，又說：「他只挑學生，對，特別是高中生，事情

發生時，我才十七歲……」

「真是禽獸！」聞言張晏忍不住咒罵了一聲。

「對不起，我能提供的就只有這些。」最後女子丟下這句話，關上門進入屋內。

鈴鈴——

女子才一關上門，張晏的電話鈴聲立刻響起。

「喂，是誰？」電話顯示著一串號碼，表示不是聯絡簿裡的人。

「晏哥嗎？我是介翰，你在哪？」電話那頭傳來黃介翰的聲音。

「我在中和，怎麼了？」

「前兩天不是說要找教會的承包商什麼的……」

「找到了？」

「對，剛好有一家清潔公司週日要去教會做清潔，他願意幫我們。」

「太好了。」張晏聽了喜出望外。

晚上九點，一身潔白的董宜玲依約來到望榮教會，大門處已經見到梁嘉威在等候，同樣是一身的白。

夜晚的教會氣氛與白天不同，拔尖的鐘塔直衝天際，教會裡昏黃的燈光從彩繪玻璃透了出來，有種難言的幽微氣氛。

「神選的人。」梁嘉威見到董宜玲出現，露出笑容只說了這句話後，便沒有再開口，他開了門領著她往裡面走。

兩人穿過大廳，上午人滿為患的長椅此時空蕩蕩，他們倆像是白色的影子般無聲地前進；再往裡頭走，拐了幾個彎、越過一條短廊，來到一個房間的門口。

「手機？」梁嘉威問著。

董宜玲順從地遞出手機。

「還有其他通訊設備嗎？」梁嘉威又問。

「沒有了。」

「手機我先幫你保管，電磁波會干擾神性。」梁嘉威翻了一下她的背包確認後這樣說，接著又道：「神選的人，五分鐘後，再敲門。」

「五分？」雖然疑惑，但董宜玲仍順從地點點頭。

「平安。」梁嘉威離開後，董宜玲呆站在厚重的門扉外，她盯著深色的木門，發現門上貓眼下畫著一隻小小的手掌圖樣，而掌心中央有隻眼睛。

叩叩——

過了幾分鐘後，董宜玲覺得時間差不多，深吸口氣敲了敲門，清脆的聲響在寂靜的教堂裡迴盪著。

「進來。」沒多久，裡頭傳來一個熟悉的聲音，是教主的聲音。

董宜玲轉動門把，門扉緩緩開啟，裡頭透出隱約的亮光。

＊＊＊

深夜時分，張晏坐在書桌前，桌邊的牆上原本貼滿了許多與張丞有關的資料，現在還加上與林忻晴相關的，整面牆顯得更加擁擠。

他一邊喝著啤酒一邊翻閱著宗教性侵案的資料，暈黃的桌燈照耀在指腹間的香菸上，像是將它點燃了一樣。

叮鈴——

「誰？」門鈴響起，張晏拿起對講機，發現螢幕壞了，咒罵了一聲。

「晏哥，是我。」那一頭是鑑識人員林明景。

「你來啦，」見到來者，張晏露出微笑，開心地打招呼，「怎麼樣、怎麼樣？」

「你房子怎麼還跟上個月一樣，都沒整理喔？都搬過來多久了？」林明景看到室內景象說道。

「操，少囉唆，怎麼樣啦？快說。」張晏急切地伸出手。

林明景遞出手中的牛皮紙袋，搖了搖頭。

張晏看了他的反應難掩失落，接過紙袋打開，裡頭是一張鑑識報告，上頭寫著：無相符指紋。

「謝啦。」張晏將報告收回紙袋，道了謝，繼續回到座位上看著資料，但林明景卻仍站在原地，於是問：「怎麼了？」

「那個，晏哥……」林明景吞吞吐吐。

「你說。」

「你每個月都要我比對一次指紋，我會被上頭盯啦。」
「誰？陳組長嗎？媽的！」張晏挑著眉反問。
「不是啦，是誰不重要啦，只是這樣不好啦……」
「好啦，知道了，以後不會每個月叫你比對啦。」張晏揮了揮手，打發林明景快走。
「謝謝晏哥，那我先走了。」語畢，林明景便闔上門離開。
「嗯。」張晏隨口應了聲，陷入沉思當中。
十二年過去了，害慘哥哥的凶手一直沒有找到、傷害林忻晴的凶手與凶器也同樣沒有下落……這些年來張晏始終沒有放棄其他可能性，但卻絲毫沒有進展。他滿懷愧疚，覺得自己沒有兌現對他們的承諾。
皺著眉頭，張晏從皮夾中抽出一張泛黃的名片發著呆，他看著上面林忻予的名字與電話，拿起手機卻遲遲不敢撥出電話。

週日。
「那個請你們千萬不要惹麻煩喔，雖然我同意幫忙，但不要讓我以後沒生意。」亮淨淨清潔公司的高老闆在小巴上這樣說著。

同坐在一輛車上的，除了另一位正在開車的清潔公司員工外，還有張晏與黃介翰，他們全都穿著藍色制服、戴著口罩，背上印著大大的「亮淨淨，明亮又乾淨的選擇」字樣。

「放心，我們會謹慎的，老闆您不用擔心。」張晏趕緊回覆。

「不過是說，望榮教會性侵案到底是不是真的？電視都在報，如果是的話，就太可惡了，我自己也有女兒……」高老闆滔滔不絕說著，情緒比張晏還激動。

「我們就是想查明真相，很謝謝高老闆的幫忙。」

「不過那個教主啊，我看過他好幾次，白白淨淨的，只是他臉上都戴著一個白色面罩，很像明星，也不知道到底長怎樣，很奇怪……」

「高老闆也沒看過他的樣子？」張晏提問著。

「對，我幫教會做清潔工作已經好幾年了，從來沒有看見他把面罩拿下來過。」

「小哥也沒看過嗎？」黃介翰問著開車的員工。

「沒有，但聽說看過的人都說他長得很帥，有很多女信徒都很迷他……」

「真神祕啊。」張晏說著。

抵達望榮教會時，梁嘉威已經在門口等候。

「高老闆一如往常準時。」梁嘉威笑道。

「梁特助，平安。」高老闆雙手合十打著招呼。

「今天人比較多？」梁嘉威邊問，眼睛直盯著兩張陌生的臉孔。張晏與黃介翰正幫忙將小巴上的清潔工具搬下來。

「他們是今天特別來幫忙的，我腰有點閃到，怕耽誤時間。」高老闆順暢地說出事先套好的台詞。

「神會眷顧你，祝高老闆早日康復。現在剛好在做禮拜，我們走側門。先整理後面，很快禮拜就結束，到時候再整理前面。」梁嘉威說著，邊領著一行人往教會後方的側門走去，「今天要麻煩高老闆你了，下週突然要辦個募款活動，臨時請你們來整理……」

「應該的。」高老闆笑回，手上的水桶與拖把發出碰撞的聲音。

進入側門，映入眼簾是一條走廊，左側是成排的房間，包含了：交誼廳、會客室等，右側則是廁所與儲藏室；再往前一點還有一條可以通往講台、大廳與左側房間的走廊，從上往下鳥瞰時，就像是在教會中畫了個偏差的十字標記。

「照慣例，公共區域都要麻煩你們清潔，不是的就不用。」梁嘉威說，隨即又指著前方通往大廳的走廊補充說道：「越過走廊那頭的房間，基本上都不需要整理。」

「沒問題。」高老闆回應著。

待梁嘉威離開後，張晏與黃介翰邊清潔邊開始觀察教會。

「神是無條件地愛著我們，除了神的愛是潔白無瑕的，在世間上其他的愛之上，就像是你們身上的白衣、手套，祂會將外面的苦難隔絕，只有神的愛可以信賴的，你們都是神選中的人……」

張晏往前走了一點，耳朵傳來傳教的聲音，他偷偷望向講台，看到今天站在台上的並不是教主，而是另一名布道的男子，同樣一身的白，而台下信徒正聚精會神地聆聽，其中不乏年輕貌美的女性。

「如果你願意讓神進入你，現在，跟著我一起禱告……」台上的男子繼續說著。

「咳、咳……」高老闆輕聲地發出聲音，眼神示意張晏不要再往前走。

張晏沒有搭理，小心翼翼地繼續向前，抵達走道交叉口時，他指示黃介翰直走，自己則是往左邊走廊房間前進。

左側走廊上共有三間房間，依序是：教主辦公室、行政辦公室、特別助理室，張晏試圖想要轉開教主辦公室門鎖，卻發現門上了鎖，行政辦公室也是，而在靠近特助辦公室時，聽到裡面傳來的爭吵聲。

「我受夠了。」一名男子這樣說。

「別忘了，這一切是誰創造的？」張晏聽出說這句話的人是梁嘉威。

「我不是任人擺弄的玩具，我是彌賽亞、是潔白的化身。」

「沒有我你什麼都不是。」

「這句話才是我要說的。」

「你說話小心一點……」梁嘉威語帶威脅。

「我有神的眷顧，一切都是神的引導……」

「你以為那些話是誰跟你說的？」

「是神，這些都是神的語言……」

語音漸弱，張晏貼在門上努力想要聽清楚對話內容。

「你來這裡做什麼？」突然門被打開，梁嘉威斥喝著。

「我……要打掃房間……」張晏趕緊拿起另一隻手提的水桶與清潔用具這樣說。

「剛才不是說走廊後的都不用打掃嗎？」

「對不起，我沒聽清楚……」張晏連忙道歉，急忙離開。

「喂。」梁嘉威再度出聲。

「嗯？怎麼了嗎？」張晏停下腳步，心臟漏了一拍。

「抹布掉了。」梁嘉威彎下腰撿起。

「好，謝謝、謝謝。」張晏連忙道著謝，伸出手接過，看到梁嘉威遞過來的手，覺得有種說不上來的怪異感。

「平安。」梁嘉威這樣說著。

「阿們。」同時間，前面大廳也傳來洪亮整齊的聲響。

「禮拜結束了。」梁嘉威聞言趕忙喊了房內的人，出來的是教主，準備護送著他上台做結語。

「有發現什麼嗎？」回到公共區域，張晏在女廁找到了正在洗刷地板的黃介翰，輕聲地問道。

「走廊盡頭左側還有一條短廊，只有一間房間，但上鎖了。」黃介翰搖了搖頭回，又問：「你呢？」

「那邊都是辦公室而已。」張晏回。

「對不起，我要上廁所……」突然一個女聲插入。

「啊，對不起，我們現在就離開。」張晏迅速回應，拉著黃介翰就往外走。

擦肩而過時，張晏偷偷瞄了女生一眼，是個白皙、長髮、雙眼略微上揚，右臉顴骨處有一顆淺色的痣的年輕女孩，年紀約莫高中。他愣了一下，這不正是教主喜歡的類型嗎？

「快點走了啦……」見到發呆的張晏，黃介翰趕緊將他拉了出去。

禮拜結束，教堂人員逐漸散去。

張晏一邊做著清潔工作、一邊偷偷觀察方才那位年輕女孩的動靜，見她步出禮堂後，也準備追出去。

「我出去一下。」張晏邊迅速脫下手套與口罩，邊說。

「晏哥，你要去哪？」黃介翰喊著，但人影已經消失在門口。

張晏小心地走在女孩後面，她已經摘下手套，正戴著耳機邊看手機邊走路，絲毫沒有察覺身後有人跟著。一直到過了幾個街口後，張晏才出現在她面前。

「啊！」因為受驚嚇，女孩發出一聲驚叫。

「對不起，我不是壞人，不用擔心，我是警察。」張晏趕緊秀出證件表明，又問：「你還是學生，對吧？」

「你不是剛剛的清潔員嗎？」女孩摘下耳機問道，她認出了張晏身上的衣服。

「這個啊……不是，我有事想要請問你……」沒多做解釋，張晏開門見山說著。

「你是要問性侵案對吧？」女孩回著。

「你有聽說過？」張晏驚訝女孩的直接。

「你沒看新聞嗎？大叔。」女孩晃了晃手上的手機。

「大叔……」張晏瞠目結舌，接著又繼續問：「那你知道我要問什麼？」
「嗯，」女孩點點頭，卻反問：「為什麼會問我？有那麼多教友。」
「因為你符合之前受害者所描述的樣貌。」
「什麼意思？」
「那個……聽說教主對挑選的人，有一些自己的偏好，長髮啊、白皙……之類的。」
「還有呢？」女孩的反應有點超乎她的年紀。
「什麼？」
「白皮膚、長髮，很多教友都是啊。」
「還有年輕、有點鳳眼。」張晏如實以告。
「那我還真的都符合耶。」
「是的，你有知道什麼可以跟我說嗎？你放心，我們會保護你、不會讓你受到傷害。」
「他們說那是媒體誣陷，教主是彌賽亞，世界充滿罪惡，他替我們承受苦難。」女孩這樣說。
「誰這樣說？你說的那位教主？」
「不是，其他教友。」女孩搖搖頭，又說：「彌賽亞是不會替自己辯駁的，他是神的化身。」

「你相信他們說的？」張晏反問。
「我相信神。」女孩頓了頓，最後這樣說。
「做那些事不是神的旨意，是犯法的……」
「神不會傷害人，祂是來拯救我們的。」女孩眼神直直地盯著張晏，接著又道：「我沒有什麼可以跟你說的。」語畢便再度戴上耳機轉身離開。
「同學……」張晏只能愣在原地。

新亞國中校慶，操場邊圍著一圈的攤販，販售著各式各樣的食物，人潮來回穿梭，好不熱鬧。巨大的氣球懸掛在天上，底下拉出一條長長的紅布條寫著：慶祝新亞國中四十一週年校慶。
「忻予你來了？」謝芷瑜看到林忻予，開心地打招呼，此時她正炸著地瓜球。
「看起來好好吃，給我一份。」林忻予笑回，掏出錢包要付錢。
「不用啦、不用啦。」謝芷瑜推回鈔票，「謝謝你今天過來，尚霖會很開心。」
「他呢？怎麼沒看到人？」

「他去裝水，等下就回來。」謝芷瑜說著，同時看到前方江尚霖正提著一桶水走過來，「你看，不就來了。」

「金魚姊姊。」江尚霖看到林忻予，開心地加快腳步。

「尚霖，不要急，小心。」林忻予見狀趕緊出聲勸導。

「金魚姊姊，你、你要吃地瓜球嗎？很好吃、好吃。」江尚霖邊說，邊拿起紙袋就要裝地瓜球。

「姊姊已經有了。」林忻予回著，但隨即被江尚霖塞入另一包。

「好吃、甜甜的，金魚姊姊吃。」江尚霖叨念著。

「尚霖，太多了，金魚姊姊吃不完。」謝芷瑜輕聲斥責。

「沒關係，謝謝尚霖。」林忻予連忙道謝。

「尚霖媽媽，你有朋友來，你帶她去逛逛，這裡我來就好。」另一位家長熱心地說著，「尚霖我會留意，放心。」

「謝謝小靜媽媽。尚霖，你不要亂跑喔。」謝芷瑜道謝，同時叮嚀著。

「尚霖的狀況好像好很多，比較開朗。」林忻予說著。

上次家暴事件後，江海棋被判了傷害罪，謝芷瑜也訴請了離婚、搬了家，現在是她獨自帶著江尚霖一起生活。經濟依舊不寬裕，但卻過得比之前穩定踏實。

看著現在的景象，林忻予暗自慶幸著，之前被她搗亂的過去，現在慢慢恢復了，或許只要自己夠努力，都能夠被修正回來。

「他現在還會跟我分享他以後要做什麼工作呢。」

「真的嗎？是什麼？」

「他說想當護理師，可以幫助受傷的人。」

「好棒喔，尚霖應該會很仔細照顧病人。」林忻予聽了由衷地為他開心。

「就怕太過仔細。」謝芷瑜邊說邊笑了出來，又說：「不好意思，今天假日你還特地過來。」

「不會，出來走走也很好，好久沒有進校園了，真懷念啊。」

「謝謝你一直這樣幫我們，這次離婚也是，若沒有你……」謝芷瑜紅了眼眶。

「芷瑜姐你幹嘛突然這樣啦。」林忻予趕緊掏出面紙。

「真的很謝謝。」謝芷瑜拭著淚。

「下次再請我吃地瓜球就好。」林忻予打趣著，頓了下又問：「芷瑜姐，有件事想問你。」

「嗯？」

「你最近有張晏的消息嗎？」

「沒有，」謝芷瑜搖了搖頭，又接著說：「但我每個月都會收到一筆匯款，應該是他匯來的，這就表示他很好，對不對？」

「嗯，那太好了。」林忻予回應著。

「有天他會出現的，放心。」

林忻予只是點點頭沒說話，午後的陽光在她的身後拉出長長的影子。

晚上九點。

董宜玲隱身在望榮教會前方的陰暗巷子裡，小心翼翼地張望著。

不久後，她看到梁嘉威出現在教堂門口，同時另一側也傳來窸窸窣窣的腳步聲，董宜玲將身體整個縮進陰影中，探出一點頭偷看，發現有一名跟自己年紀相仿的女孩出現在教會前，她的外型與自己類似，同樣是長髮細眼。

梁嘉威朝女孩說了幾句話，便領著她進到教會內。

董宜玲從陰影中出來，愣愣地看著教會的尖塔發呆。

回到家。

「跟同學拿到筆記了？」董宜玲一進家門，正坐在沙發上看電視的父親神情嚴肅地問道，又說：「以後不要跟同學約這麼晚。」

「嗯。」董宜玲點點頭，與父親有點生疏，她望了一眼電視櫃旁母親的遺照，相框上的黑色緞帶仍舊新穎，此時電視新聞播送的聲音傳來——

「爆出性侵疑雲的望榮教會，位在熱鬧的市中心，經過的時候，你不會覺得有什麼特別之處，不過近日多位女性信徒出現指控遭到性侵……」

「真是可惡的教會，宗教是要帶給大眾祥和力量的，但這種邪門歪道很多，誰這麼笨會上這種當……」父親邊看邊咒罵著。

董宜玲身體不自覺顫抖了起來。

「你氣色看來很差，就叫你晚上不要出去！你媽才剛過世沒多久，你就整天不在家……」父親發現董宜玲的臉色蒼白，藉機又叨念著。

「可能是太熱了，我沒事。」董宜玲用力搖了搖頭否認，隨即進入房間。

關上房門，董宜玲感覺到膝蓋無力，身體向下滑落坐在地板上，她望著書桌上與母親的合照眼淚忍不住掉了出來。

「有時候，你會覺得自己犯了錯，但卻覺得這是最好的……對不對？」黃介翰這樣說，他坐在暖日心理諮商所的淺咖啡色沙發上，懷裡抱著淺橘色抱枕，窗外陽光柔和地灑遍室內。

「你的意思是故意搞破壞嗎？」諮商心理師陳靜問道。

「不是，就是知道是錯的，但卻仍然這樣做了。」

「人的行為有時候是仰賴情緒，而不是理智。」陳靜回道，又問：「你願意說說發生什麼事嗎？你口中的『錯的』是什麼？」

黃介翰沉默著。

「你要試著想看看嗎？」陳靜再次引導著。

黃介翰思考後，終於順從地閉上眼睛，試圖從過去的記憶中找出片段──他記起兒時與林忻予一起在祕密基地玩耍的片段、母親在客廳催促著吃飯的聲音，也看見了哥哥上樓的身影，再尋常不過的童年生活，那麼開心、那麼美好……

啪嚓——啪嚓——

接著，他的耳邊傳來聲響，畫面突然從模糊轉成一片漆黑，黃介翰想要看清楚什麼，卻發現似乎有某種東西用力將他往外推，他的身體像被閃電擊中一般顫抖了起來。

黃介翰睜開眼，大口喘著氣，接著搖了搖頭。

「你會主動來暖日一定有原因的吧？」陳靜見狀，又問道。

「可能只是想找人說話吧。」黃介翰語氣充滿不確定。

「或許，但也可能是你的行為跟理智是衝突的。」

「什麼意思？」

「意思是，你心裡可能有很多矛盾，理智想要解開，可情感卻反抗著，」陳靜頓了頓又說：「或許你的內心是想要一個答案的，只是被你刻意忽略了，所以你才會來暖日。」

「刻意忽略了……」黃介翰默念著這句話。

「你知道嗎，所有的事都要自己願意說才有意義。」陳靜最後溫柔地又說，「你必須靠自己去挖掘，過程有時候會很痛苦，但答案常常就藏在那些痛苦後面，你也要去相信自己有克服的能力。」

黃介翰點了點頭，陷入思緒之中。

「記者現在所在的位置就是望榮教會，就是這裡在前陣子爆出性侵疑雲，我們剛剛也訪問到了幾位教友，他們紛紛表示『是誣衊，沒有這件事』……而在社會輿論的壓力下，警方終於成立專案小組……」

電視播報著望榮教性侵案的新聞，主播講得口沫橫飛，畫面上同時放送著教主與信徒做禮拜的相片。

「啊……介、介……」黃朝鈞看著電視，手指用力指著電視，似乎想要說些什麼。

「對啦，這是介翰最近在忙的案子。」廖雅玉回應著，一邊收拾著家裡。

「呃嗚……啊……」黃朝鈞不斷發出聲音，但說不出一句完整的話語。

「好啦，知道、知道。」廖雅玉應和著，隨手拿起遙控器關掉電視說：「好了，該吃飯了。」語畢便將食物以湯匙一口一口送入黃朝鈞口中。

「呃嗚……啊……啊……」黃朝鈞口中仍是持續發出類似嗚咽之聲。

「媽，我回來了。」一踏進家門，林忻予便喊著。

客廳一片昏暗，只有林忻晴的房間門縫透出燈光。

「媽，你又沒吃飯？」林忻予打開姊姊的房門，母親果然正在裡面讀書給林忻晴聽。

「你下班啦？幾點了？」王瑞芬緩緩抬起頭問，又說：「沒跟姊姊問好？」

「今天沒上……姊姊晚安。」林忻予原本想說些什麼，隨即改口機械般的回應，接著又說：「我去簡單炒個飯給你吃，等我一下。」語畢便前往廚房。

林忻予俐落地從冰箱拿出食材，走到水槽旁時，看見裡頭整日都沒有清洗的鍋碗，眼淚不由自主地掉落下來。

噹鈴——

簡訊聲響起，林忻予趕緊擦乾眼淚拿起手機。

「案子沒有進展，我看要被炒魷魚了。」是黃介翰傳來的訊息，內容這樣寫著，同時還附上一個誇張搞笑的哭臉圖案。

看到訊息，林忻予笑了出來，自從再次相遇後，他們不時就會互傳簡訊關心。

「你上次說的宗教性侵案嗎？是不是前陣子新聞鬧很大那個？」林忻予回傳訊息。

「對，你也知道？不過最近小組調來了個前輩支援，希望案子可以快快順利偵破。」

「不然你就真的要找新工作了，來跟我一樣當社工？」
「千萬不要，小時候同班已經被你欺負夠了，真的不要再當同事，我擔待不起……」
「哈哈，好會記仇。」
「心理學家都說，童年的陰影會影響人的一生。」
「你少誇張了，等你案子忙完，改天再約吃飯？」
「沒問題。」
關掉對話視窗，林忻予打起精神，她開了火、倒了點油，接著拿起空碗打蛋花，油鍋發出滋滋的聲音。

「晏哥，外面有人找你。」聖三派出所的同仁到專案小組會議室喊了張晏，他踏出會議室，在辦公區的椅子上看到了一個熟悉的身影。
「同學？」是前幾天在教會外交談的那位女同學，今天是週間，不用上課嗎？張晏疑惑著。
「嗯，我……」董宜玲起身輕輕點了點頭。

「來，我們到裡面。」見董宜玲吞吞吐吐，張晏隨即領著她到另一間小會議室，同時喊著黃介翰倒杯水進來。

「你叫什麼名字？」張晏關心著。

「我叫董宜玲。」

「宜玲，你今天來找我是有什麼要跟我說嗎？」張晏看著眼前一臉侷促不安的董宜玲，主動詢問。不久後，黃介翰也端了杯水進門來。

董宜玲盯著黃介翰看，眼神充滿不信任。

「他是我同事，那天也有去教會，跟我一同在女廁打掃的就是他，放心。」張晏趕緊補充。

董宜玲點點頭，視線直盯著自己的手指。

「你還好嗎？」張晏關心地問著，眼前的董宜玲跟上次看見的跋扈樣子，判若兩人，他繼續安撫道：「不要緊張，沒關係，你可以先說說是什麼時候加入望榮教會的？」

「去年。」董宜玲回答，頓了頓，接著問道：「那個……上次你問我的那件事，後來怎麼樣了？」

「我們還在努力，如果你有什麼線索能提供就更好了。」

「……」董宜玲沉默著，不知道過了多久，終於冒出這句話：「你相信神嗎？」

「我……」張晏頓了一下，幾秒後才緩緩地如此回說：「我尊重各種信仰。」

「你不信，對吧？」董宜玲直盯著張晏看。

「我相信冥冥中都會有安排。」張晏這樣回。

「基督教裡沒有轉世的說法……」董宜玲說著，嘴角微微在顫抖，又緩緩續道：「他們都說教主是彌賽亞，但神不會做傷害人的事，對吧……」

「我理解的神不會。」

「他說我是神選的人、說神會引導我……我也一直那麼相信他，可是他卻對我做了那種事……」董宜玲臉色蒼白，淚水溢滿了雙眼。

黃介翰遞過來面紙。

「誰對你做了什麼事？」張晏耐心問著。

「彌賽亞……」

「彌……你說教主嗎？」黃介翰插嘴問道。

「對。」

「他怎麼了？」

「他……對我做了『那件事』……」董宜玲忍不住哭了起來。

「你說……性侵嗎？」張晏與黃介翰互看了一眼。

「我知道你很痛苦，但可以跟我們說說發生什麼事嗎？」張晏和緩地說道，又問：「還是我需要找一個女同事進來，你比較能安心？」

「你可以放心，我們會保護你的。」

「不用，」董宜玲連忙制止，又說：「……我不想讓更多人知道。」

「你放心，我們不會讓你再受到傷害。」張晏溫柔地保證，眼神誠懇。

第一次見面時，張晏也說過同樣的話，而這句話此時在董宜玲的心裡泛起漣漪，感覺到被溫暖的水給包覆著。

董宜玲深深吸了口氣，抬起淚眼，緩緩說出那個晚上發生的事。

「進來。」教主的聲音從門後傳來。

董宜玲輕輕推開大門，裡頭是個狹小的房間，周圍點著燭光、光線幽暗，橘黃色的火光在牆上跳躍著，約略可以看見擺設有桌子與衣架，以及白色的布幔懸掛在四周；房間的中央則是一張大地墊，地墊上印有一個與房門相同掌心有眼睛的手掌圖案。

「神選中的人，閉上你的眼睛。」熟悉的聲音再度出現。

董宜玲張望了一下，在幽微的火光中，沒有看見教主的身影。

「神選中的人，閉上你的眼睛。」

教主再次重複一樣的話，這回董宜玲順從地閉上了雙眼。接著耳邊傳來一陣窸窸窣窣的聲音，沒過多久，董宜玲感覺到眼睛被蓋上一層布紗，她發出驚呼，本能地想反抗。

「不要相信眼睛看到的，要用自己的心去感受，」教主制止了董宜玲，又這樣說：「跟隨著神、祂會指引你……」

待雙眼被蒙住之後，董宜玲被引導躺在地墊上，她感受到絨毛的觸感貼著自己的皮膚，同時也感受到有雙手在自己的身上游移，從臉龐、鎖骨、胸口，再到私處……

「教主，我不要……」董宜玲用手握住教主停在自己私密位置的手，想要制止。

「不要怕，讓神榮耀你。」教主動作沒有停止不斷說著：「神非常非常愛你……」

「教主……」即使蒙住眼睛，董宜玲仍緊閉著雙眼，由於害怕，不敢再發出更多聲音。她全身僵硬地躺著，只有在心裡不斷禱告著：「這是神的旨意，神是在幫助自己，不可以違背神……」

「在神面前我們都是赤裸的，神會在你左右，在你遭遇難題時，降臨在你身邊……」

董宜玲不斷聽著教主所說的話，感覺到上衣的鈕扣被解開、百褶裙被掀至腹部，內褲也被緩緩褪下……

「教主……手……好冰……」董宜玲身體蜷縮了一下，隨即用手摀住自己的嘴巴，阻止自己發出聲音。

「你要全心全意奉獻給神，神也會回應你……」

董宜玲的雙腿被掰開彎成弓形，她不斷顫抖著……接著，下體感受到一陣痛楚傳來。

「只要你純粹地愛著神，必定會感到無比的喜悅……」

教主不斷重複類似的話語，而即使被蒙住布紗，董宜玲依舊緊閉著雙眼不敢張開，全身由於恐懼而僵硬，她封閉自己的感覺、靈魂抽離自己的身體，像沒有知覺的洋娃娃。

不知道過了多久，最後伴隨著一聲低吼，教主才終於離開了董宜玲的身體。

教主離開後，董宜玲像是被掏空一樣，靜躺在原地，她緩緩扯掉眼上的布紗，面無表情地看著天花板。

叩叩——

又過幾分鐘，門口傳來敲門聲，董宜玲趕緊用地墊遮住自己的身體。

「神選中的人，請保持潔淨再離開。」進門的是梁嘉威，他手上捧著一條浴巾，指了房間的另一側，示意那裡有浴室。

進到浴室，白花花的日光燈刺痛董宜玲的眼睛，伴隨著水聲，終於忍不住哭了出來。

盥洗完畢再打開房門，梁嘉威已經等在門口，他沒有說話，只是領著董宜玲從原路出去，抵達教堂門口時，才開了口。

「這是你跟神之間的約定，不要告訴別人。平安。」梁嘉威說著，語畢便將門關上。

董宜玲站在盛夏的夜裡，身體卻感受到冰冷，身後教堂的陰影籠罩在她的身上。

聽完董宜玲的話，張晏與黃介翰都沉默了。

「媽的！」幾秒後，張晏先罵出了聲。

「宜玲，很謝謝你願意跟我們說這些，很有幫助。」黃介翰頓了頓，又問道：「除了剛剛說的，你還記得什麼事嗎？比較特別的事之類？」

「特別的事……教主整個人感覺有點怪怪的……」

「怎麼說？」

「就是感覺跟平時在台上看到的人不一樣……」董宜玲思考了一下，又說：「對了，教主的手一開始觸感有點奇怪，而且冰冰的……但後來就不冰了……」

「冰？」張晏與黃介翰同時露出疑惑的神情，「不是很能理解，你可以再仔細說一下嗎？」

「說不上來……」董宜玲先是搖了搖頭，接著才說：「他手碰在我身體上的觸感，跟我們一般人的感覺不太一樣……對不起，我真的不知道……」董宜玲眼眶再次紅了起來。

「謝謝你，我們先到這裡就好。之後你要是有想起什麼，再隨時跟我們說。」黃介翰趕緊安撫著。

「但……你有證據能夠證明你說的這些嗎？」張晏突然這樣問。
聞言，董宜玲盯著張晏看，沒說話。
「不是懷疑你，而是如果沒有證據，我們很難逮捕嫌犯。」黃介翰趕緊補充。
董宜玲沉默了幾秒，從背包裡拿出一支錄音筆。
「你有錄音？」張晏喜出望外。
「第二次時，我把錄音筆偷藏在背包夾層裡，他沒發現。」
「第二次？畜生！」張晏睜大眼。
「嗯……不只一次。」董宜玲頓了頓，接著又從背包裡拿出一件用塑膠袋裝的學生百褶裙說：「那天離開後，我發現裙子上沾到了……他的……那個……」
「哪個？」張晏愣愣地問，隨即才想到，驚呼出聲：「啊，你是說精液！」
「嗯。」董宜玲難為情地低下頭。
「天啊，你真的幫了大忙。」張晏喜出望外。
「我們一定會將他繩之以法。」黃介翰也面露興奮，又問：「有人知道這些證據？」
「沒有……」董宜玲搖了搖頭，不同於他們兩人的情緒，她顯得侷促不安。
「宜玲，我知道你現在情緒很低落，」按捺不住好奇，張晏又問道：「但我很想知道，為什麼你會突然改變心意來報案？」

「在第一次去小祭壇後，我覺得很奇怪，加上那些新聞報導……神怎麼會對我做這種事？我不斷地說服自己，因為我是神選的人，神才特別眷顧我……」董宜玲說著，眼眶再度紅了起來，接著又說：「後來我刻意找了一天在同樣的時間去教會等，結果發現還有其他女孩也會去……嗚……我不是神選的人嗎？我不是獨特的嗎？怎麼會？嗚……我才發現那些都是謊言，他是騙我的，我覺得自己好髒……」

「那你為什麼還要去第二次？」

「我不敢拒絕，我很害怕……嗚……我不想再去了……」

董宜玲的話，也說明了為什麼第二次再去時，她會刻意留下證據。

「你沒有錯。」黃介翰安慰著。

「我覺得自己好髒，我一直洗澡、一直洗，但是感覺都洗不乾淨，嗚……」董宜玲掩面哭泣。

「媽的！」張晏再次咒罵出聲。

不知道過了多久，待董宜玲情緒終於平復離開後，張晏抓起鑰匙立刻衝了出去。

「晏哥，你要去哪？」黃介翰追了出來。

「當然去教會啊，不然是哪？」張晏理直氣壯，鑽進警車裡。

「不行啦，我們沒有拘票，要先等檢察官……」黃介翰試圖制止。

「等等等，是要等多久？再等還要多少人受害？」張晏不搭理他，又說：「而且你知道教主的名字嗎？」

「不知道……」

「不知道怎麼開拘票，要不要上來？一句話。」張晏的話讓黃介翰無法反駁，只好順從地上了車。

一抵達望榮教會，便看見門口掛著一條紅布條，上面寫著：「傳遞幸福．榮耀神，望榮教會邀你一起幫助植物人」，教會裡外充斥著人潮，熱鬧無比。

「請問警官有什麼事嗎？」見到警察上門，梁嘉威安撫著眾人，趕緊上前詢問。

「我們來是想請你們的教主回警局協助釐清案件。」黃介翰率先說。

「什麼案件？」

「就是需要他的協助，總之跟我們回去就知道了。」

「別逼我們用硬的……」張晏試圖嚇唬梁嘉威。

「不會是週刊報導的那個案件吧？」梁嘉威眼冒怒氣回嗆，又說：「那是誣衊，我們已經對週刊提告了！」

「對，神是替這世界受苦的……」、「那是其他教會嫉妒彌賽亞……」周圍的信徒也開始紛紛鼓譟。

「先生，不要把事情搞複雜，要是鬧大會很難看……」

「有拘票嗎？沒有吧！等你拿拘票來再說。」梁嘉威再次嗆回去。

「如果真是假的，不是正好可以還你們教主清白嗎？請你們配合好嗎……」被戳到痛點，張晏姿態稍微放軟了一點。

「我去。」

此時，身後突然插入一個男聲，回頭一看是教主，依舊是一身的潔白與網狀面罩。

「教主，那是誣衊……」梁嘉威試圖阻止。

「大家不用擔心，只有神可以審判我。」教主語氣和緩，跟著張晏上了警車，梁嘉威也慌忙跟了上去。

聖三派出所偵訊室內。

「你叫什麼名字？」張晏問著對面的男子，室內只有他們兩個人，其餘人員都聚集在單向透視玻璃的另一頭。

「李榮傑。」李榮傑沉穩地說出自己的名字，語氣中沒有一絲恐懼。一身潔白的他，此時臉上依舊戴著面罩。

「李先生，你需要請律師嗎？若沒有我們可以……」
「不用。」李榮傑打斷話。
「好，我說李先生，可以麻煩你把面罩跟手套拿下嗎？」
李榮傑沉默了幾秒，最後緩緩摘下手套，他的左手腕上，清晰可見佈滿密密麻麻的自殘痕跡。
「啊！」眾人見狀發出一聲驚呼，張晏也愣了一下，故作鎮定。
接著，李榮傑將臉上的白色網狀面罩拿下，此時眾人才真正看清楚他的面容，在面罩下的是一張白皙俊美的臉孔，有著濃密的睫毛與黑白分明的雙眼，他用左手撥開了瀏海，露出右臉上淡淡的十字形胎記，在白色的日光燈照耀下，他竟散發出神祇般的光暈。
「好帥啊！」玻璃那頭的女警忍不住發出讚嘆。
「沒想到他臉上有十字架痕跡的傳言，竟然是真的，難怪被當作彌賽亞。」另一名員警也這樣說。
黃介翰更是一臉驚訝，愣在原地。
「你知道我們為什麼請你來警局嗎？」張晏一臉疑惑地看著眼前的男子，冷靜地繼續問著。
李榮傑搖了搖頭。

「不要相信眼睛看到的，要用自己的心去感受……跟隨著神、祂會指引你……」

「教主，不要……」

張晏開啟電腦，播放了一段錄音，然後靜靜地看著李榮傑的反應。

但李榮傑的表情卻沒有任何波動，眼神始終冷漠，仍然沉默著。

「這是你的聲音，沒錯吧？」於是張晏問道。

「對，怎麼了嗎？」

「這是證人提供的，她被性侵當晚的錄音，這你承認嗎？」張晏仔細觀察著李榮傑的表情，想要從裡頭發現一點蛛絲馬跡，但他始終異常淡定。

「這錄音是偽造的。」

「錄音是不是偽造我們會再檢查，所以你否認這件事？」

「我跟信徒沒有任何不恰當的關係。」

「這是你的回答？你要不要再仔細想一下？」

「我虔誠追隨著主。」

「這樣好了，如果你堅決否認，那你願不願意配合採驗ＤＮＡ？」

李榮傑安靜地看著張晏，沒有出聲。

「這樣不僅能還你清白，大家也都好辦事，是不是？」

幾秒後，李榮傑終於點頭答應。

「謝謝配合。」張晏隨即示意其他警員進來。

「麻煩張口。」警員拿著一支長長的棉花棒，在李榮傑的口腔內來回刮動數次。

「那等結果出來前，麻煩你在這裡待著。」待取樣完畢後，張晏這樣吩咐，接著轉身離開，留下李榮傑一人。

「張警官，我們有請律師的權利吧，你這樣是剝奪我們的權利。」一步出偵訊室，在門外焦急等待的梁嘉威便衝了上來，抓住張晏的衣服問道。

「你們教主自己說不需要的。」張晏拍開梁嘉威的手，語氣淡然。

「什麼？怎麼會？」梁嘉威神情錯愕，又說：「你是不是刑求他？是不是？」

「你說話小心點。」張晏狠狠瞪了他一眼。

「他沒有犯罪，他是彌賽亞……」梁嘉威情緒激動地喊著，其他警員擁上將他拉離。

「李榮傑好像在哪裡曾看過、有點眼熟，有他更多的資料嗎？」張晏轉頭詢問另外的同事。

「目前沒有查到更多資料，以前沒有犯罪紀錄。」

「好吧，那沒事了。」張晏點點頭。

十二個小時後。

「晏哥，報告出來了。」黃介翰從鑑識科趕回來，手上拿著熱騰騰的DNA鑑識資料。

「結果怎樣？DNA符合對不對？」張晏顯得信心十足。

「不符合。」黃介翰搖了搖頭。

「怎麼可能?!」張晏無法置信，抽出檢驗報告一看，鑑定結果顯示兩者相似程度小於百分之〇．一，他沮喪地癱在椅子上。

「我們只能放人了……」黃介翰說，神色有點木然。

「媽的！」張晏忍不住咒罵著。

李榮傑緩緩步出聖三派出所，門口聚集的信徒一擁而上，歡騰不已。

「神不會使清白被誣衊，當我們全心奉獻給神，祂就會回應我們。」李榮傑開口說話，同時舉著左手輕輕擺動著。

嘩——信徒發出更激烈的歡呼。

最後在梁嘉威的護送下，坐上汽車離開。

張晏指腹不斷搓揉著香菸，冷漠地看著門口吵鬧的情境，越過亂哄哄的人群，突然在不遠處看到一個熟悉的身影。

林忻予正揹著提包步向派出所，她抬起頭，也見到了張晏正朝著自己看。

08／你不用刻意笑沒關係

李榮傑站在辦公室內的全身鏡前。

他緩緩摘下面罩、脫下一身的潔白，看著自己幾近蒼白的削瘦臉龐與身軀，以及臉頰上那道十字胎記，眼神冷漠而平靜；接著李榮傑遲疑地伸出手，左手食指指腹輕輕撫摸著右臉頰上的淺褐色印痕。

突然間，李榮傑腦中閃過一些畫面，他感覺到右臉像有上萬隻火蟻在攀爬一般，灼熱了起來，俊美的臉龐因為痛苦而扭曲。

「我是潔白的、我是神聖的……我是潔白的、我是神聖的……」李榮傑不斷叨念著。

幾秒後，灼熱感終於消失，他再度恢復了平靜。

叩叩——

「教主，時間差不多了。」門外傳來梁嘉威的聲音。

「嗯。」李榮傑應了一聲，撿起地上的衣服穿上，打開房門。

「終於在二〇二四年見到你了，你老了不少，只有耳邊夾著一根菸沒變。」林忻予輕啜著熱茶笑說，杯內的香氣升起圍繞在她的周圍。

「操，」張晏咒罵了一聲，接著也笑回：「你倒是都沒變。」

「當然啊。」聞言林忻予笑了出來。

此時她與張晏兩人在一家咖啡廳內，裝潢布置都以白色為主，白色牆面、桌椅，就連地板都是淺淺的灰色，身處其中，有種置身在幻境的感覺。

「很少看到你笑。」張晏說。

「很多人這麼說。」林忻予倒也不否認。

「你不用刻意笑沒關係。」

「嗯？」張晏的話讓林忻予愣了一下，從來沒有人跟她說過這樣的話，因此有點不知所措，於是趕緊又問：「害你哥哥的兇手有找到嗎？」

「沒有。」張晏先是雙手一攤，隨即又說：「但我沒有放棄喔，我會繼續找的。」

「我也沒有放棄。」林忻予回。

聽到此話，張晏眼神黯淡了下來，好半晌後，才終於開口說——

你不用
刻意笑
沒關係

「對不起……」

「幹嘛跟我道歉。」林忻予覺得有點好笑。

「因為你姊姊的狀況……」張晏一臉愧疚。

林忻予靜靜地看著張晏，頓時明白了為什麼他沒有來找自己的原因。

「很謝謝你救了她。」林忻予平靜地這樣說。

「那你的傷好了嗎？」張晏指著頭部位置問道。

「托你的福，沒有大礙。」林忻予道謝，又問：「這些年來過得如何？我到聖三派出所找過你，但你不在那裡。」

「我在其他警局，現在是刑警了，不是一般警察。」張晏驕傲地秀出證件。

林忻予看著證件，理解為何張晏會改考刑警的原因。

「那你呢？後來一切都好嗎？」張晏又問。

「嗯，腦袋裡有些記憶跟之前不同了，有時候會分不清楚哪個是現在、哪個又是之前的？」

「例如什麼？」

「我姊姊遭遇意外的地點不一樣了……」

「原本是客廳，對吧？」張晏記得那時林忻予說的話。

「對，然後她的髮圈也不見了。那是我送她的髮圈，上頭有個太陽的圖案，那天晚上她明明綁著，但案發後就不見了。」

「凶器至今也都沒找到，凶手一併帶走的機率很高……」張晏說。

「有時候會想，我們改變了過去，到底是對還是錯，事情好像沒有變得更好……」林忻予嘆氣道。

兩人頓時都陷入沉默。

「對了，你怎麼會出現在聖三派出所？」見空氣有點凝重，林忻予又開口問道。

「過來支援一個專案。」

「難道是跟宗教性侵有關的那個？」林忻予追問著。

「你怎麼知道？」

「所以你跟黃介翰同一組？也太巧，他是我小時候的鄰居。」

「世界也太小了。」張晏驚訝不已。

「但剛剛怎麼沒看到他？」

「昨天好不容易拘提了他們教主，有錄音但ＤＮＡ卻不符，他很不甘心，說凶嫌一定在教會裡，所以要去教會監看。」張晏解釋著。

「可以讓我聽聽錄音嗎？」林忻予突然這樣問，又說：「或許身為一個社工，能夠聽出不一樣的東西。」

張晏原本想拒絕，但最後還是點了點頭答應。

「不要相信眼睛看到的，要用自己的心去感受……跟隨著神、祂會指引你……」

「教主，不要……」

林忻予戴著耳機，專心地聆聽手機裡的錄音內容。其實內容並不長，多數都只有喘息聲，就連對話也很少，但卻能感受到裡頭女子的壓抑與恐懼。

一遍、兩遍、三遍……林忻予重複聽著一樣的內容，偶爾還會重播某個片段，同時神情也跟著越來越凝重。不知道在反覆輪播過幾遍後，她終於取下耳機。

「怎麼樣？」張晏看著林忻予若有所思的神情，好奇地問道。

「怎麼說呢？有種不自然的感覺……」林忻予思考著，解說著：「人在講話的時候，通常會有連貫語氣或音調，例如我們社工在家訪時，也會特別注意家屬話裡的情緒，判斷真實的情緒狀況，當然還有互動的對話感……但錄音裡面卻沒有這樣的感覺……」

「我不是很懂你說的……」張晏不太明白林忻予的意思。

「等一下。」林忻予邊說邊拿出手機，搜尋著前陣子看到有關於望榮教會的新聞，接著播放出來，講台上的李榮傑正在講著道——

「不要相信眼睛看到的……要用自己的心去感受……」

「這句。」林忻予按下暫停。

「神是非常非常愛你……祂會指引你……」

「還有這句。」

「如果你也純粹地愛著神，必定會感到無比的喜悅……」

「這裡也是，你不覺得跟錄音裡的很像嗎？即使是同一個人，也不可能每次說話句子的語調都一模一樣。」林忻予露出疑惑的表情。

張晏聽著新聞台播放出來的聲音，迅速拿起自己的手機，將董宜玲的錄音跟著同步播放出來，眼睛也跟著越張越大。

「這是錄音檔。」半晌後，張晏終於震驚地說出這句話，接著咒罵出來：「媽的，我被董宜玲耍了！」

「我覺得不是。錄音裡女生的聲音情緒是真實的，恐懼無力的情緒很難偽裝出來……」林忻予又繼續補充說：「還有這句話，我一直覺得怪怪的。」

「教主，手……好冰……」

「可能是冷氣很冷？」

「但她沒有說身體很冷，是說『教主手好冰』。」林忻予露出疑惑的神情：「現在是夏天，手怎麼會很冰？」

「她也說過『手不太一樣』這樣的話。」張晏這才想起董宜玲說過的話，到底是什麼意思？那天偵訊李榮傑時，有請他將手套摘下，並沒有異常。

「如果這個錄音董宜玲沒有造假，那為什麼會這麼奇怪？」林忻予再次提出疑問。

「難道……」張晏靈光一閃，冒出這句話：「有人錄下了教主的聲音，重新剪輯過後使用，假冒了他？」

夜晚。

黃介翰偷偷藏匿在望榮教會前面巷子裡的一輛車內，他仔細地觀察著周遭的動靜，不過等了一個晚上，什麼都沒有發現。

喀——

突然側門傳來開門聲，有人從教堂裡走了出來。黃介翰稍微縮低了身子，抬起頭偷偷張望，穿過圍牆欄杆的縫隙，看見梁嘉威正在搬運一箱物品，似乎是準備丟棄，只見他把紙箱放置在垃圾回收區。

「幹！」疑似是被箱內的物品刮到手掌、削掉了一小塊皮肉，梁嘉威發出一聲咒罵。他白色的手套此時染上了一小片鮮紅血色，梁嘉威隨即將其脫下，仔細檢查著手掌，並就著一旁的水龍頭沖洗。

黃介翰拿出手機，偷偷錄了影像。

「有夠衰。」梁嘉威仍咒罵著，壓著手、用力踢了箱子一腳，忿忿然地離開。

梁嘉威走在夜色中，不時左右張望，透過後視鏡，黃介翰看見他最後走進一座停車場。

黃介翰小心翼翼跟了上去，還沒到門口，就看見一輛特斯拉從停車場內駛出，他趕緊躲到牆角，餘光瞥見駕駛座上的人就是梁嘉威。

「這傢伙開這麼好的車？」黃介翰疑惑著，一邊快速跑回車旁想要跟上。

準備打開車門時，他猛地記起那箱被丟棄的物品，念頭一轉，隨即進入教堂側門偷偷摸摸地翻開箱子，發現裡頭是白色布幔、地墊、蠟燭等尋常物品，同時在一支燭臺不規則的利邊上發現了一小片血跡。

鈴鈴——

突然電話響起，黃介翰受到驚嚇，手上的燭臺差點滑落，慌亂之餘他趕緊放下，快步離開望榮教會。

「喂，晏哥，什麼事？」黃介翰接起電話邊走回車上，打來電話的是張晏。
「有發現什麼嗎？」
「沒看到什麼特別的事情。」黃介翰回到車上。
「我這邊有一個新發現，我正在派出所。」張晏說道。
「我馬上回去。」黃介翰掛斷電話，低頭發現自己的手掌也沾染到梁嘉威的血跡，他邊抽出面紙擦拭邊咒罵著：「有夠倒霉。」接著發動車子迅速趕回派出所。

「不要相信眼睛看到的……要用自己的心去感受……」
喀。
「不要相信眼睛看到的……要用自己的心去感受……」
喀。
張晏坐在電腦前面，重複聽著董宜玲提供的錄音檔以及李榮傑傳道時的錄音，同時比對著聲紋，他不斷反覆檢驗，終於確定兩段錄音是一樣。
「媽的！」張晏摘下耳機咒罵了一聲。

如果不是李榮傑，那會是誰？梁嘉威有可能是凶嫌，但任何能夠取得錄音以及進出教會的人也都有嫌疑……如果沒有更多線索或證據的話，根本找不到目標對象。

張晏抓了抓頭髮，拿起手邊關於梁嘉威的資料，發現他做過很多工作：東畫紙廠、捷安貨運、永安精神護理之家……共同點都是擔任司機，怎麼現在會在教會工作？

「沒想到這傢伙還有美國籍。」張晏看著資料喃喃地說。

「晏哥，你說有什麼發現？」黃介翰匆忙趕回聖三派出所。

「你聽。」張晏遞上耳機。

「為……為什麼兩段錄音會一樣？」黃介翰聽後不解，但隨即意會過來：「有人錄製剪輯了李榮傑的聲音並假冒他？」

「對，媽的，現在看起來跟李榮傑最親近的梁嘉威很有問題。」張晏點點頭，隨即又補充說：「你記不記得，董宜玲那天有說了一些奇怪的話，什麼手很冷、觸感不太一樣之類的話？」

「我記得，又說後來就不冰了……等等，」黃介翰回想著那天的對話內容，突然意識到了什麼，於是急急地拿出手機播放剛剛才錄到的畫面說道：「晏哥，你看這個。」

畫面裡，只見梁嘉威正把紙箱擺放到地上，沒多久就咒罵了一聲，然後看了自己手套上的血漬，接著便脫下用水龍頭清洗手套與自己的手……

黃介翰重播這段影像，最後定格在梁嘉威洗手的畫面上，畫面有點昏暗、他放大手部的特寫仔細觀看，再調亮畫面……最後驚訝地發現——

梁嘉威的右手食指是假體！

張晏看到畫面滿臉驚訝，這下董宜玲的話全部都兜得起來了，真正性侵信徒的人其實是梁嘉威。

「我們還需要更多的證據，要想辦法拿到他的ＤＮＡ來比對……」張晏心中再次燃起了希望。

「這個可以嗎？」黃介翰問著，從口袋裡掏出方才擦拭血跡的衛生紙又說：「上面有梁嘉威的血跡。」

深夜的望榮教會。

李榮傑無聲地走在教會內，他不時左右張望著，確定已經沒有人在教堂裡面，接著走向位在走廊最後方的房間，在貓眼下有個手掌眼睛圖案的門扉前停住，然後伸出左手轉動門把。

門內狹小的空間此刻幾乎已經空無一物。

李榮傑只是安靜地看著，不發一語，眼神充滿著冷漠。

隔日。

「到底還要多久？」張晏焦急地問著。

「應該快好了，已經急件處理了。」黃介翰安撫著他。

張晏與黃介翰兩人此時正待在鑑識中心等待梁嘉威的DNA比對結果，要是這次結果仍然不符，那一切又要歸零重來。

喀——

「怎麼樣了？」DNA鑑識實驗室門一打開，張晏立刻湊上去詢問。

「恭喜，抓到了。」鑑識人員露出微笑道：「鑑識比對結果，相似度高達百分之九九．九。」

「他媽的，這下跑不掉了吧。」張晏開心地喊叫出來，又轉身對黃介翰說：「快向檢察官申請拘票。」

啪——

「梁嘉威，我們以你涉嫌性侵為由逮捕你。」張晏推開望榮教會的門，看見梁嘉威就站在前方正與信徒說話，於是大聲說出這句話。

「什麼……」梁嘉威愣愣地呆站在原地，一時反應不過來。

「拘票與搜索票在這裡。」張晏高高舉起手秀出令狀補充說道。

梁嘉威愣了幾秒，轉身拔腿就往後面跑。

「跑什麼跑，你這畜生！」張晏咒罵了一句，幾個同仁一起追了上去。

梁嘉威試圖翻倒桌椅來抵擋追趕，員警分頭包夾，最後張晏一腳踩上椅背飛撲了出去，將他撲倒在地；員警們隨即一擁而上，很快地，梁嘉威被銬上手銬架上警車。

「我是被陷害的，律師、我要找律師。」梁嘉威不停掙扎吼叫著。

同時間，員警也開始搜索教會的每個房間，最後在短廊盡頭發現了一間疑似董宜玲口中所說的小祭壇的房間，但裡頭已經空無一物，只有幾個空紙箱，以及角落有一扇不顯眼卻無法推開的門。

「這裡面有東西。」另一邊員警也在梁嘉威辦公室內的書櫃上仔細地檢查每本書，他拿起了一本貌似厚重的精裝書，卻發現它異常地輕盈。

員警用力搖晃了書，喀——書本像盒子一樣被打開，相片灑落一地，上面是許多年輕女性的裸照，她們全數都被蒙住眼睛；而在精裝書的內側，還鑲嵌著一張記憶卡。

叩叩——

另一方面，黃介翰也不斷以指節敲打著辦公室的牆面，不放過任何蛛絲馬跡。

「這裡，」最後，在一面〈天使報佳音〉的大幅畫作後方，發現了通往小祭壇的密門，黃介翰面露喜悅說道：「找到了。」這裡就是梁嘉威假冒李榮傑身分進出小祭壇的地方。

「前陣子爆出性侵疑雲的望榮教會，今天傳出重大突破。警方掌握到證據後，逮捕了教會的梁姓特助，並且在他的辦公室搜出大量疑似受性侵女子的相片，以及錄有影像的記憶卡……」

電視台播放著新聞，坐在床上的董宜玲，看著手機上的新聞畫面，痛哭了起來。

「你們立了大功了，太好了。」李耀對著剛向梁嘉威訊完、步出偵訊室的張晏與黃介翰說，滿臉喜悅，「罪證確鑿，證物那麼多，賴都賴不掉，請十個律師都沒用。」

「接下來要再檢驗是否還有其他共犯？」張晏說。

「然後我們也找到了帳本，發現梁嘉威偷偷將獻金匯入自己的帳戶，有不當獲取利益的嫌疑，還買了一輛最貴的特斯拉耶。」黃介翰補充說道。

「釣到大魚了，往下辦、往下辦，如果有，一個都不能逃掉。」李耀拍了拍張晏的肩膀又說：「該好好慶功一下，找個時間、找個時間。」

「謝謝組長。」

待李耀離開後，張晏回到座位上，桌上擺放著從梁嘉威辦公室搜索到的相關證物照片，他隨意翻閱，突然其中一張相片引起了他的注意。

「太陽髮圈……？」那是一個有著太陽裝飾的髮圈，張晏想起林忻予說過，林忻晴髮圈遺失的事，不禁疑惑著：「難道跟他也有關？」

張晏隨即翻閱梁嘉威的資料，發現案發當天他並不在台灣，所以這髮圈只是巧合？張晏陷入沉思中。

「晏哥！」突然一個男聲將張晏從思考中喚醒，一回頭看見了鑑識人員林明景正急匆匆地奔跑過來，臉上神情充滿緊張與喜悅。

「怎麼會過來？梁嘉威的鑑識結果已經拿到了……」張晏一臉疑惑，隨即又緊張地問：「不要跟我說是檢測結果有問題?!」

「不是，」林明景氣喘吁吁，隨即將手中的資料遞出，並說：「找到了。」

「什麼找到了？」

「關於你哥哥案件的真凶！」林明景語氣急促地說：「我今天再次比對了指紋，終於出現了相符的人。」

「是誰?!」張晏滿臉不可置信，文件上面寫著一個自己再熟悉不過的人名：梁嘉威。

同時，張晏腦中也閃過計程車司機曾說過的話——

「他先將手機拿在右手，接著再丟到左手上，然後開槍。」

原來一直以來他都誤會了，凶嫌並不是左撇子，而是因為右手有殘疾才無法順暢地使用手槍，所以這麼多年來，無論他怎麼努力查驗符合的資料，始終都沒有結果。

看著鑑定報告，張晏的雙手止不住微微在顫抖著。

「姊，上次不是跟你說，我遇到了介翰嗎？他負責的案子，前幾天偵破了，很厲害。」林忻予用濕毛巾擦拭著林忻晴的身體，一邊跟她說話。

林忻晴依舊面無表情。

「還有啊，我也跟張晏碰到面了……他對你很愧疚，你說是不是很好笑，又不是他的錯，他還跟我道歉咧……」林忻予熟稔地更換部位擦拭著，繼續說：「上週我跟同事去吃一間很好吃的韓國菜，它的辣蘿蔔好香又好脆，我記得你很喜歡辣蘿蔔，有機會真想帶你去吃……」

擦拭完畢，林忻予拿起梳子開始幫林忻晴梳頭髮。

「你以前最寶貝你的長髮了，我還送了你一個太陽髮圈你很喜歡，還記得嗎？你每天都綁著它，可惜不知道跑去哪了，不然我就可以幫你綁馬尾。」林忻予像自言自語般不斷說著。

林忻晴仍沉默著。

「我有時候會想起我們小時候，那時候好開心，對不對……你看這張相片，是我們去河邊玩水的相片……」林忻予拿起櫃子上一張十二年前的照片給她看，裡頭有她們姐妹還有黃介翰、黃介棠四個人笑容燦爛。

「姊，是不是我害了你變成這樣？」看著眼前毫無反應的林忻晴，林忻予突然感到一股無力的悲傷襲來，說著說著，眼淚掉了下來。

林忻晴只是睜大雙眼看著天花板，眼睛眨也不眨。

「你這混蛋！」張晏怒氣沖天地衝進偵訊室，一拳落在梁嘉威臉上，他應聲倒地。

「晏哥，不要這樣，怎麼了？」一旁員警趕緊上前制止。

「游玉雲是你殺的，對吧？」張晏眼裡盛滿怒氣，又想要上前踹梁嘉威，隨即被拉住，他不斷叨念著：「你這混蛋，我今天非要打死你不可！」

聽到游玉雲的名字，梁嘉威臉色瞬間蒼白，露出驚嚇的表情呆坐在地板。

「計程車案也是你吧？我要殺了你！」張晏怒吼著。

「我要自首。」見到暴怒的張晏，梁嘉威急急地吐出了這句話。

幾分鐘後。

在偵訊室另一頭的單向玻璃後方，張晏看著另一面的梁嘉威，拚命壓抑著想要再次過去揍他的衝動。

「張晏，不要激動。」李耀安撫著他。

「你承認游玉雲是你殺的？」坐在梁嘉威對面的刑警洪明凱問道。

「嗯。」梁嘉威遲疑了一下，最後還是點了點頭。

「你怎麼認識死者的？」

「工作認識的……」

梁嘉威如實陳述著，思緒回到了二十四年前。

二〇〇〇年十一月五日。

「陳哥，再寬限我幾天好不好？一週就好，我一定還錢。」梁嘉威坐在東畫紙廠的貨車上面講著電話，情緒有點激動，接著又說：「三天？好，就三天，謝謝陳哥。」語畢，終於露出鬆口氣的神情。

「小梁，你來啦。」此時傳來一個女聲，說話的是游玉雲。

「玉雲姐，你們叫的凝雪映畫紙送來了。」梁嘉威堆起笑臉，正準備從貨車上下來時，看到印刷廠外面停著一輛黑色的喜美轎車，上頭坐著張丞。「又要來借錢嗎？」梁嘉威忍不住這樣想，他見過幾次張丞向游玉雲借錢。

「謝謝，辛苦了，辦公室冰箱有飲料，等下喝杯涼的再走。」

「謝謝玉雲姐。」梁嘉威道著謝。

迅速卸完貨後，梁嘉威邊擦汗邊走到辦公室，發現裡頭沒有人，便走到冰箱前，拿起一罐麥茶大口灌了起來；同時間他的眼睛不斷轉著、賊頭賊腦地四處張望，再次確認四周無人後，就走到會計桌旁，偷偷打開抽屜觀看。

「你在做什麼？」身後突然傳來游玉雲的聲音。

「沒有，我只是好奇這是什麼紙而已。」梁嘉威迅速收起輕佻的神色，拿起桌曆這樣說道。

「你是想偷東西？還是偷錢？」顯然游玉雲並不相信，嚴肅地追問著。

「怎麼會呢？玉雲姐你這話可不能亂說……」梁嘉威假笑著。

「我有聽說你欠錢的事，不過就算是這樣也不能用偷的。」游玉雲走到桌子旁，檢查是否有東西丟失。

「那如果要跟你借，你會借我嗎？」梁嘉威陪著笑臉問道。

「不會，我才不會借錢給一個沒路用的賭鬼。」游玉雲果斷拒絕。

「當我沒問、當我沒問，玉雲姐不要生氣，生氣你這張漂亮的臉就不好看了……」被跟自己年紀相仿的女人嘲諷，梁嘉威感覺怒氣狂燒，但他努力壓抑住心中的怒氣，在臉上迅速堆起笑臉又說：「氣象預報說等下會下雨，注意紙別受潮了。」

「嗯，我會注意。」游玉雲隨口應了一聲，便埋首於工作裡。

「那我先走了，玉雲姐再見。」梁嘉威退出辦公室，一上貨車便咒罵了出來：「幹，賤人！哪天看我怎麼弄你！」

梁嘉威不斷咒罵著，當貨車駛出原彩印刷時，看到張丞依舊坐在門口附近的車內，又望了望即將下雨的天空，心中突然想起了那個策劃已久的計畫：「天時地利，現在還加上人和，就是今天了。」

傍晚近五點。

梁嘉威將貨車開回紙廠後，迅速跟同事借了輛同款黑色的轎車，刻意弄髒車牌後，再次來到原彩印刷，遠遠地，仍看見張丞的車還在原地。確認這件事後，他便將車輛停到另一頭的巷子裡，那是游玉雲回家的方向。

大概等了幾分鐘，待下班時間一到，果然就瞧見了游玉雲準時地騎著摩托車經過，這是她的慣性；沒過幾秒，也看見了張丞開車過去，梁嘉威立刻跟了上去。

轟——

幾分鐘後突然雷聲大作，張丞在不遠的前方路口即右轉離開，此時斗大的雨滴從天空落下，游玉雲趕緊將摩托車停在路旁遮蔽處躲雨，打開車廂才發現沒有帶雨衣。

「玉雲姐，雨突然好大，你要回家？要不要載你？」梁嘉威靠近她，搖下車窗問道。

「沒關係，雨應該一下就停了……」游玉雲遲疑了一下，還是拒絕。

「這雨看起來一時半刻不會停，氣象說的。」

「這……」游玉雲再次猶豫，但看著滂沱的大雨，在幾秒後終於說：「好，那謝謝你。」語畢便上了車。

「你怎麼會又過來這裡？」游玉雲邊拿著紙巾擦拭著臉上的雨滴邊問。

「剛好來找朋友，玉雲姐，喝水。」梁嘉威堆起笑臉又說：「剛剛很不好意思，我不該跟你借錢的，我也會戒賭，你放心。」

「我也是講話重了點，不好意思。」游玉雲神色變得和善，接過水喝了一口。

啪嗒——啪嗒——

大雨滂沱，不停地拍打著，車身也像是被推擠著一般，輕輕地搖晃著，而雨聲也彷彿催眠曲一樣不斷播放著……游玉雲突然感到一陣睡意襲來。

「雨真的好大……」梁嘉威不斷說著不著邊際的話，眼神不時瞄向游玉雲。

終於，幾分鐘後游玉雲昏睡了過去。

梁嘉威將車駛入偏僻的鄉間道路，最後停在路旁，拿起手機撥了電話。

「喂，小丞嗎？我是威哥啦，跟你報個好康，等下有人約打牌，聽說其他幾個是肉咖，贏面很大，要參一腳嗎？」電話那頭是張丞。

「好、好，我要去。」張丞興奮地回著。

「那我跟你說地址，七點見。」梁嘉威特地報了一個偏遠的位置，說完地址後，便將車輛駛往郊外去。

游玉雲再次睜開眼時，發現自己全身被膠帶捆綁，她奮力地扭動，試圖想要掙脫。

「醒啦？」此時車門被打開，外面雨暫歇，梁嘉威探出頭問。

「嗯……啊……」游玉雲見到來者，瘋狂地想喊叫，無奈嘴巴被封住，只能發出嗚咽的聲音，一臉驚恐。

「要跟我說什麼嗎？」梁嘉威笑笑的，撕下她嘴上的膠帶。

「嘉威，放我走，拜託，我不會跟別人說的，真的。」游玉雲眼淚直流。

「呦，現在就會叫得這麼親切了？不是說我是什麼……沒路用的賭鬼嗎？」

「對不起，我跟你道歉，求你放過我，還是你要錢，我會給你，要多少都可以。」

「錢是一定要拿到……」梁嘉威說著，臉上卻掛著陰邪的微笑。

「你要做什麼？……」看到梁嘉威的神情，游玉雲驚恐不已。

看著如同蟲蛹般扭曲的游玉雲，梁嘉威露出滿意的神情。

「啊——救命！救命啊！」游玉雲放聲尖叫了起來。

「不要叫，聽到沒！」梁嘉威摀住游玉雲的嘴，但她仍不斷掙扎試圖發出尖叫。

「啊——」游玉雲依舊尖叫著，她用力踹了梁嘉威的鼠蹊部，接著趁他疼痛倒地時，起身拔腿想跑。無奈雙腳也被膠帶綑綁住，游玉雲只能使盡全力跳躍，啪嗒——地面凹凸不平，她被石頭給絆倒在地。

游玉雲倒臥在泥濘中，掙扎地想起身，此時梁嘉威在她身後出現，露出一抹冷笑，然後抽出帽T上的抽繩，緊緊地繞住她的脖子。

梁嘉威的雙臂朝外用力地收緊，在夜色下，像是一對黑色的翅膀。

「啞——啞——」

幾分鐘後，游玉雲雙腳僵硬打直，停止了掙扎。

梁嘉威收起繩索，將屍體搬回後車廂，接著回到駕駛座上，他拿起手機再次撥電話給張丞，簡單說了句「牌局取消」便掛斷；之後重新發動引擎駛進道路，最後他將車停在一處沒有監視器的公共電話旁，用衣服包裹住話筒撥打電話給陳庭皓，然後返回住家。

深夜時分，大雨又下了。

一身黑的梁嘉威再度發動引擎，將車駛到甲水溪河畔，把已經斷氣的游玉雲推入高漲的溪流中，水流湍急，屍體被河水不斷拍打翻滾，最後吞沒。

最後，梁嘉威迅速駕車離開，消失在朦朧的雨夜。

聽著梁嘉威的自白，張晏不自覺紅了眼眶，他微微顫抖著、緊握著拳頭，指節因為過度用力而泛白。

「我不是故意殺她的、是她一直尖叫，我才失去理智。」梁嘉威焦急地解釋道。

「這點交由法官判定。」洪明凱對梁嘉威的話存疑。

「媽的，都露臉了，哪可能放人走，根本一開始就是計畫要殺游玉雲。」李耀在玻璃另一側這樣說。

「是因為屍體很快被發現，所以就沒有再繼續勒索了？」洪明凱接著又問。

「人都死了哪可能拿得到錢啊。」梁嘉威也誠實地說。

「那計程車司機呢？」

「他啊，就只是倒霉而已，誰叫剛好遇到了他。」梁嘉威臉上閃過不在乎的神情。

「所以你並不認識他？」

「不認識。」梁嘉威聳聳肩。

聞言，此時張晏終於壓抑不住自己的情緒，腦中浮現無數關於哥哥的回憶，趁人不注意時，快速衝出了偵訊室。

在樓梯間，張晏蹲坐在牆邊，眼淚不斷宣洩而出，他用力咬著自己的手臂，克制自己不發出聲音。淚水靜靜地順著他的臉龐與手肘滑落，像是攀下蜿蜒曲折的山崖。

人潮洶湧的台北車站。

「爸、媽，這裡。」見到父母出現在驗票閘口，黃介翰用力揮著手。

「介翰。」廖雅玉推著黃朝鈞步出閘口。

「路上都順利嗎？辛苦您了。」黃介翰接手推輪椅。

「高鐵很舒適，沒問題的。」廖雅玉笑道。

「呃嗚……介、介……」黃朝鈞想說些什麼、手指搖晃比劃著。

「真的找到了？」廖雅玉安撫著丈夫，這樣問道。

「嗯。」黃介翰點點頭。

「太好了、太好了……」廖雅玉寬慰地拭著淚。

上了計程車後，黃介翰向司機指示：

「請到望榮教會。」

寧靜的福田生命紀念園館裡。

張晏靜靜地站在張丞的塔位前，好半晌才終於吐出一句話：

「哥，對不起，雖然晚了一點，但我終於抓到凶手了。」

照慣例，張晏從口袋裡拿出一包七星香菸，撕開封口後，擺放於供桌上。

接著，他取下夾在耳際的香菸，點燃，插在菸盒上，白煙裊裊升起，在空中散開。

「你可以瞑目了。」張晏又這樣說，眼眶忍不住紅了起來。

黃介翰推開望榮教會的門，與父母一起進入教會，他推著父親緩緩前進。

軋軋——

輪椅發出細微的機械聲響，在安靜的教堂內顯得格外刺耳。

「啊……介、介……」

黃朝鈞仍試圖講話，廖雅玉則是略帶著期待與緊張的神情。

軋軋——

軋軋——

李榮傑聽到輪椅的機械聲響，順著聲音緩緩抬起頭，進門的身影像是模糊的影子，無法辨識；等到眼睛適應光線後，終於看清楚來者的臉龐。

「真的是介棠？」廖雅玉率先喊出聲，淚水隨即奪眶而出，即使在面罩的遮掩下，她仍認出眼前男子。

「介、介……」黃朝鈞眼神透露出光芒。

李榮傑呆站在原地，原本蒼白的臉孔，此時看來卻顯得虛弱無力。

「哥。」黃介翰輕叫出聲。

「啊——」李榮傑突然發出一聲吼叫，昏厥了過去。

林忻予住家樓下。

「你怎麼會過來？」林忻予打開門看見張晏，隨即又問：「你耳朵上的菸拿掉了？」

「呵，」張晏尷尬地笑了笑，接著說道：「我……抓到害我哥的凶手了。」

「真的嗎？太好了，是誰？」林忻予露出笑容由衷地說著。

「梁嘉威。」

「望榮教性侵案的凶嫌？同一個？」林忻予驚訝不已。

「我也覺得不可置信。」

「或許這是冥冥中注定的吧，你才會參與這個案子。」

「嗯，對了，有個東西想讓你確認一下，」張晏一邊說著，同時秀出手機裡的相片，「你認得這個髮圈嗎？」

「這是……」林忻予仔細端詳，幾秒後睜大眼睛急急地問：「我送姊姊的髮圈！在哪裡找到的？」

「梁嘉威的辦公室。」

「難道他也是傷害姊姊的凶手？」林忻予臉色蒼白。

「不是，我確認過了，案發期間他不在台灣。」

「那怎麼會在他辦公室?問梁嘉威他會知道吧?」

「偵訊過了,他否認這個髮圈是他的。」

「那DNA呢?驗出來就能知道凶手了?」林忻予語氣有點著急。

「驗過了,上面有你姊的頭髮,也有梁嘉威的頭髮……」

「這樣不就是罪證確鑿嗎?」

「但有一件事很奇怪,照理說,綁頭髮時難免會沾到皮屑什麼的,但卻驗不出其他DNA,髮圈似乎是事後整理過,我猜頭髮也是後來放上去的……」

「這是什麼意思?」林忻予被搞得一頭霧水。

「我推測,真凶故意栽贓梁嘉威。」

「為什麼要這麼做?」

「想脫罪吧,現在只要確認誰能夠進出梁嘉威的辦公室,就能縮小範圍了。」

好不容易姊姊的案件露出了一絲曙光,林忻予既開心卻又害怕再次失望。

「幹嘛那張臉啊?」

「我又忘了笑了嗎?」

「不是,是失落的表情,我會努力抓到凶手的,放心。我不也是抓到害我哥的凶手了嗎?」張晏笑回,抬頭看了林忻予的住家,又問:「你姊姊還好嗎?」

「嗯，眼睛可以睜開，但意識沒有恢復……」林忻予打起精神說：「我媽每天都有幫她按摩、跟她說話，我前幾天才拿我們小時候的相片給她看而已。」

張晏腦中浮現，在林家門口看見的十二年前林忻予、林忻晴及黃介翰的模樣。

「你要上來看看她嗎？畢竟你是她的救命恩人。」

「以後再說吧。」張晏為難地說。

「有時候會覺得，最殘忍也是希望。」林忻予點點頭，突然這樣感嘆。

「嗯？」張晏沉默著。

「沒事，你要看小時候的我們嗎？」林忻予試圖轉移氣氛，秀出手機裡的相片。

「好啊。」張晏回答，接過手機，裡頭相片是一張四個青少年在河邊的合照，他認出了其中三個，但有一個並不認得，於是問：「這個是誰？」

「他啊，黃介棠，是黃介翰的哥哥。」

「好像在哪看過他？……」張晏覺得相片中的少男有點眼熟，他不斷放大相片，想要仔細看清楚少年的臉龐……同時腦中也閃過一些畫面，好幾個影像出現又消失，半晌後脫口而出：「我認得他。」

「怎麼可能？就連我國中後也沒見過他了。」

「你還記得許家禎的案子嗎？」

「我記得，是我們第一次見面時的那個案子。」林忻予記憶還很清晰。

「當時因為你給的線索，我到太江橋去找屍體，結果卻意外救了一個跳水自殺的人，就是他，黃介棠。」

「會不會你記錯了？畢竟時間過這麼久了？」

「我沒記錯，」張晏再次放大相片說道：「你看，他的右臉上有道叉字形的胎記，我印象很深刻。」

「但介棠哥為什麼要自殺？」林忻予疑惑著。

「我也不知道。」

張晏繼續看著相片，覺得相片總有說不上來的奇異感，於是緩緩將相片轉了三十度，隨著角度轉移，原本的叉字形胎記，此時變成了十字圖案，他腦中浮現了前幾天在偵訊室的畫面，終於明白了為何當時覺得李榮傑有點眼熟。

「他也是李榮傑。」張晏又說道。

二〇一二年，八月二十八日。

十五歲蒼白削瘦的黃介棠坐在盛滿水的浴缸裡，蓮蓬頭的水花不斷撒下，將他的頭髮打濕，貼在他俊美的臉龐上，水滴不斷從身上滑落。

他伸出白皙的左手腕，上面布滿好幾道割痕，深深淺淺的紅像是一條條纏線。

「我是潔白的……」

「我沒有錯、我沒有錯……」

「你是個軟弱沒用的傢伙……」

「他會改的、他會改的……」

黃介棠腦中出現許多聲音，不斷地跟他說話，他感到頭痛欲裂，身體不斷顫抖著。接著他右手握著刀片，在手腕上劃下一條線，鮮血迅即湧出、滴落、暈開……

砰砰砰——

「介棠，你在裡面嗎？介棠有聽到嗎？你說話啊……」

不知道過了多久，門外傳來劇烈的敲門聲，伴隨著焦慮的喊叫；又過了幾分鐘門被打開，廖雅玉衝了進來哭喊著叫救護車。

門外的黃介翰看到這一幕，呆站著像是尊石化的雕像。

「哥，你醒了？」李榮傑睜開眼睛，聽到的第一句話是黃介翰的聲音，他又說：「你剛剛昏倒了，還好嗎？」

李榮傑記憶起剛剛的畫面，猛地坐起身，慌張地左右張望，發現自己躺在辦公室的沙發上，而室內只有他與黃介翰兩人而已。

「你在找爸媽嗎？我請他們先回我的公寓了，改天再來看你。」黃介翰解釋著。

李榮傑再次感到臉上有成千上萬的火蟻在攀爬著，面孔輕微扭曲。

「要不要去醫院？」黃介翰擔心地問著。

「我沒事。」李榮傑迅速冷靜下來，接著站起身，順了順身上的衣服，又說：「你怎麼會知道我在這裡？」

「我在警局看到你。」

「你是警察？」李榮傑挑著眉問道。

「刑事警察。」黃介翰補充說。

「你長大了，我幾乎認不出來你了……」李榮傑點點頭這樣說道，接著拿起打火機點燃香菸抽了起來。

「你抽菸了？你以前明明很害怕菸味，會想吐、頭痛。」黃介翰一臉驚訝，眼前這位男子無論是氣質與神韻，甚至就連講話的聲調，都跟記憶中的哥哥不一樣，像個陌生人。

「是嗎？不像是我會說的話。」

「為什麼你突然消失了？我們都很擔心你，爸現在也中風了……」黃介翰質問著。

「他罪有應得！」李榮傑突然打斷話，眼神兇狠。

「哥……」

「我現在是神的子民，沒有打算回去。」李榮傑再次插嘴道，又說：「隨時歡迎你以信徒的身分來教會。」語畢，便戴起面罩準備轉身離開。

「哥。」李榮傑正要打開門，又被叫住。

「我已經不姓黃了。」李榮傑語氣依舊冷漠。

「你去自首吧。」黃介翰緩緩說出這句話，接著又說：「我手上有證據。」

張晏站在房間內的偵探牆前，原本密密麻麻的牆面此時空了一半，只剩下跟林忻晴有關的資料。
張晏望著牆面發呆，他將李榮傑的相片釘了上去，同時不斷思索著，從林家住家的地緣、發現太陽髮圈的地方，以及能夠自由進出助理辦公室的人……這些線索的交集，最後都匯集到了李榮傑身上。
「李榮傑跟林忻晴的案子有關嗎？凶嫌要殺她的原因到底是什麼？」
所有案子的源頭都是「動機」，有了動機才能夠鎖定範圍，更容易找出證據，但至今仍不知道要殺害林忻晴的原因是什麼？還有凶器到底在哪？
張晏在腦海中再次重播命案那晚的所有細節：發現廚房的光影、追到後門、血泊中的林忻晴、昏暗的彎曲巷弄……還有案發那晚撞見的陌生男子……
「為什麼他要刻意報錯路線？」
張晏疑惑著，接著在偵探牆上的李榮傑相片旁，貼上一張新的便利貼寫上「陌生男子」，並在旁邊打上一個問號。

「我回來了。」

林忻予下班回到家推開大門，客廳又是一片漆黑，無人應答，只有姊姊的房間門縫露出一條光暈；她望了眼洗碗槽，裡頭也堆滿今天使用過的未清洗碗盤。

她想起還沒有改變過去時，雖然母親的身體欠佳，有時候也會過度擔心，但仍堅持在客廳等她回家的景象，不由得深深嘆了口氣。

「媽，你吃飯了嗎？」林忻予推開姊姊的房門，母親果然在裡面。

「我不餓，」王瑞芬正在替林忻晴按摩，頭也沒抬又問：「沒跟姊姊問好？」

「姊姊晚安。」林忻予無奈地問好，準備關上房門離開時，停下了腳步，幾秒後，又回過頭說：「媽，為什麼你從沒問我工作順不順利？今天過得好不好？」

「你是健康的人，什麼好不好的？」王瑞芬專注地按摩，依舊沒有看林忻予一眼。

「我也需要有人關心……」見狀，林忻予紅了眼眶，累積已久的委屈湧了出來。

「你是在跟姊姊計較？怎麼這麼不懂事。」王瑞芬的視線依舊沒有離開林忻晴。

「我也是你的女兒！」見到母親的態度，林忻予終於吼了出來。

「幹嘛突然這麼大聲，等下嚇到你姊姊。」王瑞芬終於抬起頭，口中滿是抱怨。

「我也是你女兒，不是只有姊姊才是。」

「你沒看到你姊姊這樣嗎？她需要人照顧，只有我能照顧她，如果我都不要她了，她就沒有人可以依靠了。」

「那我呢？我怎麼辦？我在家裡根本像是空氣一樣。」

「你姊姊很可憐，她現在都這樣了，只要凶手沒有抓到的一天，我就覺得對不起她……」王瑞芬說著說著也紅了眼眶。

「我也不想要她這樣啊，我那麼努力了，我還……」林忻予將話梗在喉嚨，沒往下說，改口道：「我也希望姊姊健健康康的啊。」

「我不就是為了讓她盡快康復才這樣嗎？」王瑞芬又反問：「難道你不希望你姊姊趕快好起來？」

「我……」母親的話語讓林忻予一時語塞，明明受委屈的是自己、明明知道這是情緒勒索，但卻無法反駁。她只能渾身顫抖、緊握著拳頭。

轉身回到房內，林忻予忍不住哭了起來，淚水不斷從眼眶溢出滴落在衣服上，像是永遠擰不乾的海綿。

深夜。

黃朝鈞已躺在床上酣睡，發出細微的打呼聲，胸腔規律地起伏著。

廖雅玉坐在床邊，看著自己的丈夫，她伸出雙手、手掌張開，緩緩接近黃朝鈞的脖子，試圖掐住。

她不斷顫抖著，幾秒後最終仍是放下。

「對不起，介棠、對不起……我是沒用的媽媽……嗚……」廖雅玉從皮包裡抽出一張相片，邊看著邊不斷哭泣，上頭是十五歲的黃介棠與十二歲的黃介翰，兩個人笑容燦爛。

聖三派出所。

張晏再次翻閱著從梁嘉威那裡搜取而來的證物，試圖查看裡頭是否有自己遺漏的東西，這次其中一項物品引起他的注意。

「面罩？」張晏拿起白色的網狀面罩，心生疑惑：「這不是李榮傑的嗎？怎麼會在梁嘉威這裡？」

他仔細端詳著，突然發現耳際之處似乎有異狀，再貼近一看，是一只小小的耳機隱藏在其中。

「為什麼會出現這個？」張晏疑惑著。

突然間，像是想到了什麼，張晏迅速調出李榮傑講道的影片，暫停、回放、再暫停、再回放……他不斷重播著影像，雙眼也慢慢跟著睜大，每回在李榮傑開口講話前，一旁的梁嘉威都會率先開口，而兩個人的嘴型幾乎一模一樣。

這個發現讓張晏驚訝不已，同時也想起曾在特別助理辦公室外聽到的爭吵：

「我不是任人擺弄的玩具，我是彌賽亞、是潔白的化身。」

「沒有我你什麼都不是。」

張晏突然驚覺到：其實梁嘉威才是望榮教會的幕後教主。

如果是這樣，那麼李榮傑就有了陷害梁嘉威的動機了，目的是為了奪回權力。

張晏不斷思考著，腦中再次閃現十二年前林忻晴出事的那個夜晚，當時所見到的凶手身形與輪廓，也與李榮傑相似度很高……

意識到可能的真相，張晏微微顫抖著，殺害林忻晴的凶手難道就是——

李榮傑?!

09／溫暖卻也微微刺痛

二〇一二年，十月十五日。

人本精神護理之家的翠綠草地上，散落著三三兩兩的院區住民，有的坐在公園椅上休憩，有的則是坐在輪椅上；秋日和煦的陽光灑下，將身上的陰霾都給蒸發掉。

十六歲的黃介棠一身白地站在頂樓的圍牆上，陽光灑在他的身上散發著白色的光暈，他面無表情地鳥瞰著地面人群，有如神祇。

「喂，你在幹嘛！快下來！」剛接送住民回來護理之家的梁嘉威，正偷偷躲在角落抽菸，不經意瞥見頂樓的白色人影，連忙熄掉菸喊著，一邊奔向大樓。

梁嘉威迅速衝上頂樓，圍牆上的黃介棠仍舊看著地面。

「你這沒用的傢伙，都是你害的……」

「不是我、不是我……」

「你活著也沒什麼意義……」

黃介棠不斷叨唸著，像是在跟自己對話一般，沒有搭理梁嘉威。

「那邊很危險，快下來。」梁嘉威緩緩靠近，不敢驚動他。

黃介棠這才注意到有人上來，他緩緩轉回頭，原本就蒼白的臉孔此時更是面無血色。

「你知道那邊很危險，對吧？」梁嘉威和緩地規勸著。

「我……」黃介棠雙眼溢滿淚水，透露著無助與傷心，像柔軟的小鹿。

「快下來。」梁嘉威伸出手。

「比這裡危險的地方很多……」黃介棠以喃喃自語的聲量說話。

「好、好、好，那你下來好不好？」梁嘉威雖然對於黃介棠的話感到疑惑，但仍不斷說服著。

「介棠，快下來！」此時醫護人員也衝了上樓，大聲喊著。

「嗯？」黃介棠抬頭看了一下，遲疑了幾秒後，緩緩地轉過身，一陣風吹來，他削瘦的身子晃了一下。

「啊——」眾人跟著發出一聲驚呼。

像是沒有重量一樣，黃介棠從圍牆上跳了下來，醫護人員連忙衝上前將他帶走。

隔幾日。

「抽菸嗎？」梁嘉威出現在黃介棠身後，吐出一口白煙後這樣問道。

咳咳——

一股噁心感湧上黃介棠的胃，他乾嘔著，露出驚恐的神情，縮起身體坐在公園椅上。

「你怕菸味？」梁嘉威問道，卻沒有將菸熄掉的打算，只是轉頭將煙吐往另一個方向，又問道：「你剛進來？以前沒看過你。」

「嗯。」黃介棠只是輕輕點點頭，又露出小鹿般的眼神。

「你很年輕吧？誰送你進來的？」梁嘉威又問道：「你爸？還是你媽？」

「啊——」聽到父母的名字，黃介棠感覺到疼痛衝上了他的大腦，他摀著頭發出低鳴。

「你怎麼了？要不要叫護理師？」梁嘉威問著，口中白煙噴散。

黃介棠搖搖頭，過了幾秒才終於舒緩，再抬起頭，神色已經跟之前不一樣，變得冷靜銳利。

「抽。」突然黃介棠這樣說，同時左手接過梁嘉威已點燃的香菸，立即抽了一口。

「你根本是老菸槍吧，還假裝害怕菸味。」梁嘉威笑了出來，取回香菸，又深深吸了一口說道：「我有聽到護理師們在討論你……」

「討論我的病？我就是腦子有問題，精神不穩定，怎樣？」黃介棠拉起左手袖口，秀出上面一道道自殘的痕跡，淡紅色的刀痕布滿他蒼白的手腕。

「這裡十個人有五個都有這個，沒什麼。」梁嘉威又問：「不過不是這些……你沒發現大家都會偷看你？」

「沒有。」黃介棠一臉無所謂。

「大家都說你又高又白、長得很漂亮，根本是明星……」梁嘉威突然握住黃介棠的下巴，將他的臉轉正、撥開他的瀏海盯著看，眼神輕佻地說：「果然是張好看的臉。」

「做什麼！放開你的髒手！」黃介棠神情大變，用力拍掉梁嘉威的手。

「放心，我沒有那種興趣。我喜歡女人，尤其是鳳眼長髮的年輕女人，她們太美了……還有錢，世界上只有這兩樣東西好。」梁嘉威雙手一攤無賴地說著，接著話鋒一轉又說：「你知道自己的臉上有個十字架的胎記吧？簡直是彌賽亞……」

「什麼彌賽亞？鬼才知道啦！」黃介棠一臉不悅。

「就是上帝指派來拯救世人的救世主，我是虔誠的基督徒，平安。」梁嘉威說著，邊做出雙手合十的動作，臉上依舊擺著輕浮的神情。

「關我屁事！」黃介棠嗆了回去，轉身就要離開。

「只有神的愛才是真的。」梁嘉威看著黃介棠的反應，接著在他身後喊道：「你的命是我救的，別忘了你欠我一條命，有天你要還我。」

「我那天沒有打算要跳樓，少自作多情。」黃介棠再次嗆了回去。

梁嘉威看著眼前少年，露出一抹若有所思的微笑。

那天之後，梁嘉威便會刻意接近黃介棠，向他講述聖經的內容。

時間一久，黃介棠也漸漸卸下心防，把梁嘉威當成朋友，最後在耳濡目染下，也成為了教徒，整天抱著聖經閱讀。

「我們來創一個教好不好？」某日，梁嘉威突然這樣說。

「為什麼？」黃介棠從聖經裡抬起頭，這樣問。

「現在的教都不夠好，對於聖經的教義闡述得很差，神是愛我們的，所以我們才需要將大家帶到祂的面前，受神的眷顧……」梁嘉威滔滔不絕地說著。

黃介棠愣愣地聽著梁嘉威說的話。

「那些虛妄的人無法引領他們走向正確的道路，如此就無法感受到神的光、神的愛。我們應該要用心去感受，這樣才能矯正庸俗世間的愛。父母的愛都是假，他們的那種愛會傷害你，讓你陷入萬劫之地，就像你，被他們送來這裡……」

黃介棠看著眼前貌不驚人的中年男子，身體不由自主地顫抖起來，深深被梁嘉威的話語所感染，心中彷彿被一股溫暖給充滿。

「你的臉、加上我的話，我們一定能夠帶領大家走上正途的。」梁嘉威說著此話時，充滿自信。

黃介棠輕輕點了點頭，小鹿般的眼神閃爍著光芒。

成年之後，黃介棠在梁嘉威協助下，離開了人本精神護理之家，同時中止了養父的收養，將自己的名字改回本名：李榮傑，接著兩人一同創立望榮教。

梁嘉威租了一間小公寓當作教會，兩人就住在後頭的房間，白天他們會到外面不斷發傳單與傳道，他們先是鎖定醫院、車站附近。

「失落的人最需要神的慰藉。」梁嘉威這樣說。

李榮傑以崇拜的眼神看著梁嘉威。

接著他們的陣地再慢慢擴散到街頭，梁嘉威負責傳教，多數時候李榮傑只是呆站在一旁，但他顯眼的外表一如預期得到了吸引目光的效果。

梁嘉威看著信徒仰望李榮傑的目光，眼神閃爍著貪婪，不斷思考著該如何運用以壯大教會。

一年後，望榮教已經有了一些固定的信徒，於是他們搬到更大的地方，信徒越來越多、捐贈的金額也日益龐大，規模發展了起來，多年後有了屬於自己的教堂。

「望著主的榮耀。」梁嘉威抽了一口菸這樣笑說，接著又道：「真巧，你的名字也有個『榮』字，你真的是彌賽亞的化身。」

此時李榮傑穿著一身的潔白，神色有點慌張，小鹿般的眼神閃爍著不安。

「我很害怕。」李榮傑聲音顫抖著。

「放心，有我在，你只要重複我說的話就好。」梁嘉威邊說邊遞出白色的網狀面罩。

「我……」

「我們都是為了傳遞神的愛，這是為神奉獻。」梁嘉威再次打強心針。

「好，我試看看。」李榮傑深深吸了口氣，右手接過面罩緩緩戴上，接著推開辦公室的門，步向講台。

「嘩——」台下信徒一陣歡呼。

李榮傑看著台下眾多的信徒，以及他們熱烈的回應，突然感受到巨大的愛與能量充滿自己的身體，他驚覺這就是神的力量，並且深信不已。

「阿傑，準備好了嗎？」梁嘉威透過麥克風傳來聲音。

李榮傑看著眼前的景象，沉浸在其中，明亮的聚光燈打在他的身上，像是淨化一般，此時他覺得自己已經脫胎換骨，變成是一個截然不同的人。

「阿傑，有聽到嗎？」耳機再度傳來聲音。

李榮傑的眼神漸漸轉變，從原本惶恐濕潤的小鹿眼神變成冷靜銳利，他無聲地舉起左手，信徒頓時全部安靜了下來。

接著他緩緩開口，語氣充滿自信地說——

「我是彌賽亞。」

叮咚——

「誰呀？」廖雅玉正拿著毛巾替黃朝鈞擦拭著手腳，門鈴突然響起，她連忙趕到對講機前，螢幕裡頭的人是李榮傑。

「介棠？我幫你開門，你快上來。」

「黃介翰的房間在哪？」一進門，李榮傑便這樣問，看到客廳裡坐在輪椅上的黃朝鈞沒多說什麼。

「介……介……」黃朝鈞試著發出聲音。

「在那，但他現在不在，你找他什麼事？」廖雅玉指了左側的房間。

李榮傑進入黃介翰房間，先是環視了一圈，接著翻箱倒櫃了起來。

「你在做什麼？」廖雅玉見狀嚇了一跳，衝上前去試圖制止，卻被一把推開。廖雅玉再度衝過去抓住李榮傑的手，這回被推跌坐在地板上。

李榮傑頭也沒抬，依舊翻找著東西，抽屜、衣櫥、置物櫃、床鋪……幾乎翻遍了房間的每個角落。

「介棠，我求求你不要這樣……」

在臥室尋找未果後，李榮傑改往書房去，同樣翻箱倒櫃了起來，依舊沒有尋到想找的東西。

「介棠……」廖雅玉看此景象嚇壞了。

「藏在哪？」李榮傑問著，眼神冷漠。

「什麼？我不知道？」

李榮傑沉默地看著廖雅玉，眼神沒有透露出任何情緒。

「介……介……」此時一旁的黃朝鈞再次發出聲音。

聞聲李榮傑舉步走到黃朝鈞的面前，看著坐在輪椅上瘦骨嶙峋的老人，他的頭髮幾乎已掉光，顴骨布滿老人斑，只有眼神仍然會透露出一絲銳利。

「介……介……」黃朝鈞吃力地想舉起手。

「你爸他幾年前中風了，雖然行動不便，但意識還很清楚。」廖雅玉趕緊說明，接著又問：「這幾年你去哪裡了？我們都很擔心你……」

李榮傑依舊沒有說話，他如同黃朝鈞一樣，緩緩地伸起手，接著左手用力地扣住了黃朝鈞的脖子，手上的青筋因為用力而凸起。

「啊——」廖雅玉發出尖叫。

「啞——啞——」黃朝鈞的喉嚨發不出聲音，眼睛微微凸起，神情看起來痛苦萬分。

「你在做什麼，快放手、快放手……」廖雅玉連忙上前想要掰開李榮傑的手，無奈力氣相差懸殊。

李榮傑依舊不為所動，專心看著眼前這位老人因痛苦而扭曲的臉龐。

「求你不要這樣，介棠，媽求求你……」廖雅玉跪坐在地上，聲淚俱下地懇求著，又說：「是媽的錯，媽跟你道歉，你原諒我們好不好？介棠，嗚……」

聞言李榮傑的雙眼閃過了一絲痛苦的神情。

「啞——啞——」

「當初我也是這樣求你的吧，結果呢？你卻把我送去精神病院！」李榮傑腦中閃過無數畫面，眼神變得深沉黑暗。

「那是因為你一直拿刀子割自己的手腕、還想要跳樓啊……」廖雅玉滿臉淚痕解釋著，「我是怕你有不測才送你去的……嗚……我是為你好……」

「我為什麼會自殺？你說啊、你說啊！」始終冷靜的李榮傑，突然吼了出來，滿臉漲紅。

「你在做什麼？！」此時，黃介翰正好進門，衝上前去一把拉開李榮傑的手。

李榮傑往後打了個踉蹌。

「咳、咳……」終於呼吸到空氣的黃朝鈞不斷乾咳著，廖雅玉連忙上前查看。

「哥，你在做什麼？！」黃介翰質問著，同時看了一眼混亂的屋內。

「我十幾年前就該這麼做了。」李榮傑恢復冷漠的神情，語畢便轉身離開。

「介棠，嗚……嗚……你原諒媽媽、原諒媽媽……嗚……」廖雅玉掩面哭了起來。

人本精神護理之家。

「他啊，我認得，他臉上有一個十字形的胎記很特別。」院長一眼就認出相片中的李榮傑。

「他是怎樣的人？」張晏反問，一邊在筆記本上紀錄著。

「印象中很沉默、不太愛說話，」院長搜索著腦中的記憶又說：「不過他有一種奇特的魅力，護理師都很迷他、說他長得很帥什麼的……真是的，都幾歲的人還說這種話。」

「還有什麼特別的事嗎？」

「嗯……那時候好像有個司機跟他特別要好，一般我們是禁止跟住民這樣接觸的，後來被我們制止了……」

「是他嗎？」張晏遞出梁嘉威的相片。

「對、對，就是他。」

「那他是怎樣的人？」

「很會說話、口才很好，但有點老油條……」

「還有呢？」

「還有……他是基督徒，狂熱的那種，時常會跟住民傳教，」院長突然想起什麼又補充說：「對了，黃介棠好像也因此成了信徒，很聽他的話，還說要一起創教會……」

「喔？」張晏聽了眼睛一亮。

「不過我們發現後也趕緊制止，並且將梁嘉威革職了。」院長趕緊強調。

「可以讓我看看李榮傑……我是說黃介棠的病歷資料嗎？」

新翠河濱公園。

已經接近傍晚，夕陽開始落下，將河面染上一層淡淡的橘黃色調，微風輕拂過水面而來，將夏日炙熱的溫度吹涼了一些。

林忻予緩步走向邊陲位置的樹林，當抵達祕密基地時，發現已經有個人在那裡。

「介翰？」林忻予看著熟悉的人影，笑著呼喊道。

「金魚？你也來啦？」正坐在樹蔭下的黃介翰笑回。

「這裡本來都只有我會來，現在有人跟我搶地盤了。」林忻予笑說。

「就跟小時候一樣，我們都比是誰先抵達這裡，先到的就是王。今天我是王。」

「國王好。」林忻予誇張地鞠著躬。

「大臣請起。」黃介翰也配合演出，接著看向眼前的風景又說：「希臘的夕陽很美，可以看到太陽降落在愛琴海上。」

「你有去過？」

「聽說的。」黃介翰笑著搖搖頭。

「說得跟親眼看過一樣。」林忻予笑著也隨之坐下，又問道：「教會那個案子破了，很開心吧？」

「你也看到新聞了？」

「嗯，很替你開心，再過不久就要回去原來的單位了？」

「怎樣？會想我？」黃介翰眼睛眨了眨。

「少臭美了你。」

「反正我們連在這裡都會遇見了，不用怕見不到面……至少，這次不會跟以前一樣不見了，對吧？」

「嗯。」林忻予微笑著點點頭，接著突然想起什麼，然後說道：「對了，你們小組裡有一個人我也認識：張晏。」

「晏哥？」黃介翰驚訝地反問，「怎麼會認識他？」

「因為我姊的案子，我去麻煩他幫我調查。」林忻予說著，雖然保留許多情節，但不算說謊。

「你可以找我幫忙啊。」

「你吃醋啦？」這次換林忻予眨眨眼。

「如果是呢？」黃介翰神情突然嚴肅，分不清是真是假。

「你別鬧了，」林忻予愣了下，接著趕緊說：「我遇見他在先嘛。」

「好啦，不跟你計較，結果有什麼發現嗎？」黃介翰問著。

「沒有，不過倒是在教會找到了我姊遺失的髮圈……」林忻予回著。

聞言黃介翰愣了一下，沒多說些什麼。

「終於露出一絲曙光了，希望這次能夠抓到凶手……」林忻予懷抱著希望。

「你還有回去小時候住的房子嗎？」回憶著從前，黃介翰突然這樣問。

「偶爾會經過，裡頭已經住了不認識的人了。」林忻予回道，又說：「但你家好像荒廢很久了，經過幾次都沒看到人、還長了草。」

「真想回到住在那裡的時候。」黃介翰喃喃自語，沉默幾秒後說：「我見到我哥了。」

「我知道。」

「嗯？」黃介翰意外地看了林忻予一眼，但沒再多問什麼，只是繼續說：「其實我哥並不是出國念書，而是被我媽送去精神護理之家，這也是我們搬家的原因……不過後來就失聯了，我一直在找他，到最近才找到他。」

這件事林忻予是第一次知道，略感驚訝。

「原本都好好的，我不知道為什麼我哥會想自殺？為什麼我家會變這樣，嗚……」黃介翰壓抑許久的情緒終於潰堤，「我好痛苦，覺得自己好像做錯了什麼事一樣……」

「我們都沒有做錯什麼……」林忻予輕輕擁抱了黃介翰。

是不是即使長大了，童年受的傷仍舊不會消失？它們會跟著自己一輩子，在沒注意的時候螫你一下，於是只能時時警惕、時時小心翼翼，生怕一不注意就被回憶再次劃出新傷口。

「謝謝你。」不知道過了多久，黃介翰終於平復心情，又問：「我們能夠原諒傷害自己的人嗎？」

「要看什麼事吧？怎麼了？」

「如果殺人呢？」

「什麼？」黃介翰的話讓林忻予嚇了一跳。

「沒事。」

「你今天怪怪的。」林忻予看著黃介翰欲言又止的神情，感到疑惑。

「我昨天看的一部電影啦，」黃介翰笑說，然後又道：「天色開始變暗了，這邊晚上沒有路燈，我們趕緊走吧。」接著起身拍了拍身上的泥土。

「好。」林忻予也跟著起身。

天空的顏色更沉了，遠處的大樓已經紛紛點起燈火，在塵埃中像是跳躍的火光。兩人並肩走出樹林，身後的樹葉被風吹得簌簌作響，像是有人在背後竊竊私語。

夜晚降臨。

李榮傑一身漆黑站在一棟老房子前面，這是他十五歲前住的地方，但此時已經殘破不堪，看得出來許久沒有人居住。破碎的窗戶，幾叢野草從裡面探了出來，就著夜色，像是在朝天空張牙舞爪。

李榮傑仰起頭看著房子，眼神閃過痛苦。

啪嚓——

夏日的天亮得早，十二歲的黃介翰被窗外的光亮給打醒，他迷迷糊糊地睜開眼，耳朵聽到了隔壁房間傳來細微的講話聲。

「要吃早餐了？」黃介翰揉了揉睡眼惺忪的雙眼這樣問著，打開房門，看見哥哥前往頂樓去的身影。

「哥？」

黃介翰踏出房門跟了上去，發現平常開啟的頂樓客房，此時卻闔上，他聽到裡面有窸窸窣窣的聲音，伸出手想要開門……

嘩——

黃介翰突然從夢中驚醒，全身冒著冷汗。

他大口喘著氣、胸口劇烈地起伏著，自從與哥哥再次見面後，他做惡夢的頻率越來越高，腦中會閃現兒時的畫面，那些自己遺忘的童年記憶、小時候住的房子，正一點一滴拼湊了回來，但還是缺少了什麼……

黃介翰轉頭看了外面漆黑的天色，他想起了傍晚在祕密基地跟林忻予的對話，微微笑了起來，接著拿起手機傳了訊息給她，之後便起身拿了鑰匙出門。

洗完澡的林忻予坐在書桌前，邊擦著頭髮邊看著兒時跟姊姊與黃氏兄弟的四人合照，想起黃介翰下午說的話，隱約覺得不安。

「我們能夠原諒傷害自己的人嗎？」

「如果是殺人呢？」

這句話是什麼意思呢？是誰傷害了他？還是其實是反過來，是他傷害了別人？甚至是，他準備要傷害誰？林忻予越想越覺得不對勁。

噹鈴——

訊息聲響起，剛好是黃介翰傳來的訊息。

「一切都結束後，我們去希臘看夕陽吧。」

雖然是邀約，但這個訊息卻讓林忻予莫名感到不安，忍不住擔心了起來，於是抓起電話撥給黃介翰。

「您撥的電話無人回應，請稍後再播。」

沒人接聽……林忻予思考了幾秒，再次撥打了電話。

嘟——嘟——

⁂

聖三派出所。

張晏在資料室翻閱著當年林忻晴案件的相關證物，一個個資料都用塑膠袋小心地保存起來，他仔細觀看所有物件，希望可以從裡頭找到更多蛛絲馬跡。

鈴——鈴——

突然電話聲大作，來電顯示是林忻予打來的電話。

「忻予？什麼事？」張晏迅速接起電話。

「張晏？介翰在警局嗎？我覺得他今天怪怪的，說什麼殺人之類的話，我擔心他可能會做出什麼事……但他的電話沒有接……」林忻予連珠砲似的說出一長串話，語氣焦急。

「他不在警局，我去他家看看。」

「我也一起去。」

「我過去接你。」思考一下後，張晏這樣回。

咔──

黃介翰來到舊家，他輕輕推了後門發現沒有上鎖，推開門，一股難聞的氣息伴著灰塵味迎面襲來，他趕緊摀住口鼻。

「咳──咳──」

黃介翰打開手機當照明，掃視屋內一圈，發現裡頭部分牆壁的水泥已經剝落，露出紅磚，地上散落著幾張傾倒的桌椅與酒瓶，角落則長了一些野草，看來已經荒蕪很久。接著他躡手躡腳地上樓，二樓原本是他們一家人各別的房間，現在都已殘破不堪。

黃介翰小心翼翼地走著，童年的回憶像電影一般閃過眼前，甚至看見了年幼的自己在走廊奔跑的模樣……他走進自己兒時的房間，裡頭已經空無一物，只有牆上幾張褪色的電影海報。

啪嚓——

黃介翰腦中瞬間閃現了方才夢境裡的畫面——

十二歲睡眼惺忪的他，以及往樓上走的黃介棠……他輕聲地跟著哥哥的步伐走上頂樓，神明廳與露台都沒有人，接著客房傳來窸窣的聲響，像是哭泣、也像是嗚咽……

「哥？」黃介翰猶豫地輕喊了一聲，緩緩打開房門。

他看見了……哥哥趴在窗戶前的書桌上，他的神色壓抑痛苦，雙腿張開、褲子被褪到腳踝；而在他身後則是父親，他邊抽著菸，同樣下身赤裸緊貼著哥哥，襯衫半遮掩著臀部，隨著不規律的擺動輕輕飄蕩著，啪嚓——啪嚓——

父親口中的菸氣不斷吐在哥哥臉頰的十字型胎記上，像是一隻故障的搖擺玩具。

啪嚓——啪嚓——

黃介翰驚慌地衝下樓，躲進棉被裡，用棉被將自己死死包裹住，不讓一絲光透進來；在黑暗的棉被裡，他摀著耳朵、身體蜷縮不斷顫抖著。

啪嚓——啪嚓——

「啊——」黃介翰發出一聲低吼，由於太過痛苦而壓抑的記憶，此刻都湧現了出來。

哥哥扭曲痛苦的臉、父親發狂侵略的神情……不斷在他眼前出現，黃介翰全身顫抖著、喉嚨乾涸，因為悲傷而感覺全身刺痛，跪坐在地上用力搗著頭。

啪嚓——啪嚓——

啪嚓——

聲音不斷迴盪著。

「你看見了？」此時，突然一個清晰的男聲從身後傳來，打斷了黃介翰的記憶。

黃介翰連忙回頭，發現李榮傑正站在樓梯口。

「哥，你怎麼會在這裡……」黃介翰滿臉淚痕，訝異地看著眼前的人。

「你都看見了？」李榮傑緩緩走近，眼神冷冽。

「對不起、對不起……」黃介翰不斷哭泣著。

「東西在哪？」李榮傑問。

「……東西？」黃介翰瞬間明白了李榮傑會出現在這裡的原因，「難道你是來找凶器的？還有上次去我家也是？」

「在哪？」

「你找不到的，我藏在一個很隱密的地方……」

「到底在哪？」李榮傑吼著。

「你去自首吧，不要再錯更多了！」黃介翰大聲說著。

「我沒有……」李榮傑突然表情扭曲，右臉上又出現灼熱感，他伸出手不斷搔抓，「我、我沒有做錯事，我沒有，不、不是我……」

「哥，你怎了？」李榮傑突如其來的反應，讓黃介翰不知所措。

「我、我不是壞人……我是潔白的！是不會被污染的……」李榮傑不斷重複說著類似的話。

黃介翰看著李榮傑，記起了自從再度重逢後，哥哥所有令人感到陌生的眼神及聲調，再仔細聆聽，發現雖然出自同一個人口中，但裡頭卻有兩個不一樣的聲調……

終於，黃介翰此刻才意識到：那天原本懼怕菸味的哥哥怎麼會突然抽起菸，而且是用左手點火，但哥哥並不是左撇子……

「你不是我哥，對吧？」黃介翰突然明白了什麼，又問道：「你是另一個人！」

「呵呵呵……」聞言李榮傑緩緩抬起頭，狠狠地看著黃介翰說：「黃介棠那個軟弱的骯髒東西，配不上潔白的我。」

「哥，你嚇到我了，你不要這樣……你看爸現在這樣，他已經有報應了……」

「他不是我爸、他不是我爸！」聽到黃朝鈞的名字，李榮傑情緒再次激動起來。

「哥……」

「我不是黃介棠，」李榮傑大吼著，語畢便直接衝向黃介翰，雙手用力掐住他的脖子，「我是李榮傑！」

「怎樣?黃介翰在家嗎？」林忻予從大樓急忙跑出來，一上車，張晏便問道。

「不在。」林忻予搖了搖頭，反問：「電話還是沒接？」

「沒有，半夜跑去哪裡了?這小子……」張晏思索著。

「老家！」林忻予想起了下午黃介翰說過的話，急急地說著：「他有問起老家的事，有可能是去那裡了。」

張晏點點頭，轉動方向盤將車駛上馬路。

「我今天有去了李榮傑待過的精神療養院……」汽車行駛在公路上，張晏突然這樣說，「發現了一件事……」

「什麼事？」

「我看了他的病歷表，上面寫著『解離性身分疾患』。」

「解離性身分……你是說雙重人格？」林忻予驚訝地反問著。

「嗯，我懷疑殺害你姊姊的真凶，可能就是李榮傑的另一個人格。」

「這……不可能，」林忻予震驚地睜大雙眼，拒絕接受這件事，又說：「介棠哥跟我姊是好朋友……不可能……」

「所有的線索都連到李榮傑身上，這是最合理的推測。」

「那太陽髮圈為何會出現在梁嘉威那裡？」

「我的推測是：李榮傑與梁嘉威早就在教會的權力上拉扯，剛好梁嘉威深陷性侵案被調查，於是李榮傑便利用了他前科累累的標籤，將林忻晴的案子嫁禍過去。如此不但可以拿回教會的權力，也可以讓自己擺脫這個案子。只是他不知道的是，林忻晴出事的時間梁嘉威並不在台灣。」

「但為什麼？介棠哥為什麼要殺我姊？我不懂？」林忻予仍是不可置信。

「我也一直找不到動機……」

「怎麼會？不可能、不可能……」

「或許黃介翰知道些什麼……」

汽車奔馳在夜色中，往城市的邊陲駛去，最後，他們停在一棟殘破的老房子前面。

「就是這間？」張晏問，看起來閒置已久。

「嗯，介翰的老家……」

啪嗒──

林忻予正說著話的同時，頂樓突然傳來一聲劇烈的碰撞聲。

兩人愣了一下、互看一眼，隨即快步衝上樓。

「東西在哪？」李榮傑左手掐住黃介翰的脖子，將他抵在牆面上。

「咳──咳──」黃介翰掙扎著，他使勁全力想要掰開李榮傑的手未果，最後改以拳頭攻擊他的腹部。

「啊！」李榮傑發出一聲慘叫，用力將黃介翰甩到角落，肩膀應聲撞擊在椅子上。

「哥，你去自首吧，」黃介翰扶著肩膀狼狽地起身，又說：「不要再錯更多了……」

「我是潔白的！我是潔白的！」李榮傑滿臉漲紅，眼裡充滿血絲，抓起一旁的椅子甩了出去。

啪嗒──

黃介翰退到露台閃過，椅子撞擊在牆面上，發出巨大聲響。
「我知道是你殺害了林忻晴，為什麼？」黃介翰看著李榮傑，吐出了這句話。
「沒有人看到、沒有人看到，沒有人！」李榮傑情緒激動，不斷說著：「誰叫她要自以為正義使者，要把那個骯髒的事告訴老師……她要把髒東西散播出去……不行！」李榮傑再次吼叫出來，抓起身旁的椅子又一次丟向黃介翰。
啪嗒——
黃介翰再一次迅速閃過，但另一張椅子也接連飛了過來，這回他來不及反應，本能地伸出手擋在頭部。
啪嗒——
椅子砸在身上，黃介翰發出一聲痛叫，跌坐在地。
再抬起頭時，黃介翰看見李榮傑已經衝向自己，明亮清冷的月光灑在他的身上，像是穿著盔甲的士兵；接著一根木頭從他頭上重重擊下，黃介翰感覺到頭部一陣劇烈的疼痛，一道溫熱濃稠的液體從他的臉上滑下。
「沒有人看見就沒有發生！」李榮傑喊著，再次以雙手掐住黃介翰的脖子，並將他壓在圍牆上，半個身體傾斜在外。
「咳——咳——」黃介翰快喘不過氣、頭暈目眩，由於受傷使不出力氣反擊，只能不斷拍打著李榮傑的手臂。

「只要你死了，就跟林忻晴一樣……就沒人看見了！」說這句話時，李榮傑帶著笑意，語氣卻冷冽，「凶器也沒人會知道在哪……我就是潔白的……」

砰——

「李榮傑，快放手！」衝上樓的張旻對空鳴槍，大聲喊道，同時緩緩靠近露台。

「介翰！」跟在後面上來的林忻予見狀發出驚叫。

李榮傑頓了一下，緩緩轉過頭看著張旻及林忻予，表情平靜、眼神卻充滿狂熱，雙手絲毫沒有鬆開的跡象。

「只要沒人看見，我就是潔白的……」李榮傑叨唸著這句話，緩緩露出一抹微笑。

「介棠哥！」察覺出李榮傑的意圖，林忻予驚慌地大喊著。

李榮傑更用力地掐住黃介翰的脖子。

「李榮傑，你不要衝動！」張旻再次出聲制止。

「你們什麼都不懂、要阻止髒東西擴散……我是潔白的……」

李榮傑身體微微前傾，將黃介翰的身子推出圍牆外。

「快住手！」

李榮傑的動作依舊沒有停止。

砰——

張晏再次開槍，這回子彈射中了李榮傑的肩膀，由於衝擊，他的身體先是晃了一下，然後鬆開了手。

一時間，黃介翰的身體失去支撐向後傾倒，眼看就要滑落圍牆，在即將下墜之際，林忻予奮力衝上前一把抱住他的身體，將其拉回。

「還好嗎？」看見滿臉鮮血的黃介翰，林忻予擔心地問著。

「嗯……」黃介翰虛弱地點點頭，他張開有點朦朧的眼睛，卻看見李榮傑拿著棍子再次衝了過來。

「小心！」黃介翰抱著林忻予使盡僅有的力氣轉身，木棍重重落在他的頭上，更多的鮮血流淌而下。

黃介翰身體緩緩傾倒，無聲地落在地板上。

「介翰——」林忻予發出尖叫。

張晏飛奔過來，將李榮傑撲倒在地。

二〇一二年，八月十九日。

一早幻日環就高掛在天際。

「哇，真的有三個太陽，好美喔。」林忻晴讚嘆不已，同時拿出手機不斷拍攝著。

林忻晴著迷地看著難得的天文景象，耳邊又聽到跟前幾天一樣的細小聲響。「又是黃介棠嗎？」她努力將頭伸出圍牆張望，透過黃家頂樓的落地窗，果然看到熟悉的人影。

窸窣——窸窣——

「今天有出現幻日環，他應該也很開心吧？」林忻晴這樣想著，用力揮了揮手想要吸引黃介棠的注意，但他卻沒有走出露台，反而往屋內的另一個房間走去，並在門口靜止不動了好幾秒的時間。

林忻晴疑惑著，就在黃介棠開啟房門的瞬間，她發現房間裡還有另一個人。房門闔上，林忻晴身體往右移了一點，透過房間的窗戶，她看見黃介棠的父親正趴在他的身上！

「啊——」林忻晴摀住嘴發出一聲驚叫，明白發生了什麼事。

午後。

「走路要專心。」出門買鮮奶正要回家的林忻晴被黃介棠叫住。

林忻晴想起了早上看到的事，不知道該如何反應，只是瞪了他一眼，快步往家裡去。

「喂，幹嘛不理人。」黃介棠在後面喊著。

回家放下鮮奶後，坐在沙發上的林忻晴滑著清晨拍攝到的幻日環相片，心裡益發地煩躁，想著是否該把事情告訴老師或是爸媽？

「你在看什麼？」林忻予黏了過來。

「不要偷看，很沒禮貌。」林忻晴迅速閃開。

林忻晴越想越煩，起身衝了出去。

「喂。」林忻晴走到馬路上，看見黃介棠還在灑水出聲喊道。

「幹嘛？現在願意理我了喔？」黃介棠笑說。

「我看到了早上發生的事，你爸他對你……」林忻晴吞吞吐吐地說著。

「你不要亂說！」聞言黃介棠隨即丟下手上的水管衝了過來。

「那是不對的事。」林忻晴義正詞嚴。

「我不知道你在說什麼……」黃介棠眼神閃躲著。

「我知道你說謊的樣子，別想騙我。」

「介棠，你在哪？」黃家內突然傳來母親的喊叫。

「我在這，等下進去。」黃介棠朝內喊了一聲，隨即又轉頭說：「晚上十一點半，我們後門見面再說。」語畢便快步走回家裡。

深夜十一點半。

黃介棠偷偷摸摸出門，他刻意繞小巷來到林家的後門。

喀——

沒多久，傳來一個細小的聲響，林忻晴打開了門。

「你……」林忻晴正要開口，立刻被摀住嘴。

「我們進去。」黃介棠說道，一進到廚房便急急地開口：「你可不可以不要跟別人說？拜託你……」

「他不可以這樣……」林忻晴輕聲回覆，兩人都刻意壓低聲量。

「我怕說出去了，我們就會被趕出去，我家就會沒了……」說著、說著，黃介棠小鹿般的眼睛頓時紅了起來。

「介棠……」

「我覺得自己好髒，嗚……」黃介棠低聲哭了出來，同時用力搓著自己的身體。

「你不要這樣。」

「拜託你不要說出去，拜託……」黃介棠再次乞求著。

「介棠……」林忻晴面露猶豫。

「他說他以後不會了，他說他會改，真的。」黃介棠握住林忻晴的手急急說著。

「不是第一次了，對吧？」林忻晴記起了前幾天清晨，也同樣看到黃介棠出現在頂樓的身影，低聲問道。

「他會改，真的，他都有跟我道歉，保證他下次不會了……」

「他是個壞人，他不會改的……」林忻晴看著黃介棠思考了幾秒，最後這樣說：「不行，我要告訴老師。」

「拜託你、不要講出去，拜託……」黃介棠再次抓住林忻晴的手求情，眼神無助。

「他是壞人，壞人就該受懲罰，而且還有介翰，萬一……」林忻晴眼神堅定。

「啊——」沒等林忻晴把話說完，黃介棠突然蜷縮在地抱著自己的頭，發出低吼。

「你怎麼了？頭痛？」林忻晴趕緊上前關心。

不知道過了多久，黃介棠終於才恢復平靜，他緩緩起身看著眼前的林忻晴，神情跟剛剛判若兩人。他的眼神變得冷靜，並且蘊含著一絲瘋狂。

「再給你一次機會，不要說出去。」黃介棠音調變得低沉。

「他應該要受到懲罰，不然他會……」雖然此時面前這個神色跟平常不同的黃介棠，讓林忻晴感到害怕，但她依然堅持著。

「我說了，不要說出去！」黃介棠抓住林忻晴的手。

「放開我。」林忻晴手被抓痛，用力甩開黃介棠，轉身就想離開。

「煩死了，就說了不要說，到底要我講幾次！」黃介棠伸出手拉住林忻晴的馬尾，將她拽了回來。

「啊——」林忻晴發出一聲痛叫。

接著，黃介棠用左手抓起了流理臺上的敲肉鎚，高舉著準備往下揮。

「喂！」此時大門處傳來一個男子的聲音，並伴隨著劇烈拍打鐵捲門的聲響。

砰砰砰——

黃介棠愣了一下，隨即用力朝著林忻晴的頭部重擊。

「這樣就沒有人看見、沒有人看見，髒東西就不在了，我是潔白的……」黃介棠邊揮打邊失神地叨念著，幾秒後轉身逃離。

黃介棠努力向前奔跑，等到回過神來，發現自己衣褲染了大片的血跡、手握著敲肉鎚，驚慌不已的他隨即將襯衫脫下將其包裹住，藏在路旁一棟廢棄的藍色矮房裡；再衝出藍色矮房時，迎面而來一個路人，黃介棠壓低著頭迅速走過。

回到家，黃介棠張開手，發現掌心還握著一只太陽髮圈。

板東醫院。

張晏與林忻予坐在手術室外的椅子上，不停地望著「手術中」的燈號，焦急不已。

「介翰在哪？我的介翰在哪……」接獲通知的廖雅玉獨自趕來醫院，眼眶已經泛淚。

「黃媽媽，我們先這邊坐……」林忻予趕緊上前攙扶。

「金魚，介翰怎麼了？發生什麼事了？好好的一個人怎麼會這樣？」廖雅玉抓著林忻予的手哭喊著。

「黃媽媽，我們在你們老家找到了介翰，發現介棠哥也在那裡，他們扭打成了一塊……」林忻予解釋著。

「介棠？那他好嗎？他在哪？」廖雅玉急急地問道。

「已經在恢復室，有警察看著……」張晏說道。

「嗚嗚……我的兩個孩子，怎麼會這樣……嗚……」廖雅玉聲淚俱下。

「那個……黃媽媽，您知道為什麼他們兩個會去舊家嗎？還是他們最近有什麼奇怪的舉動？」張晏問著。

「不知道，」廖雅玉搖了搖頭又說：「……不過介棠前幾天有回家一趟，不停地到處翻東西，把家裡搞得一團亂……」

「他在找什麼東西嗎？」

「我不知道，他變了，跟以前不一樣了……嗚……」

「那個……黃媽媽，他們在爭吵的時候，一直聽到李榮傑喊說：『沒有人看見就沒有發生』，您知道是什麼事嗎？」張晏又問。

「嗚……」聞言廖雅玉再度啜泣了起來。

「黃媽媽，您要是知道的話，告訴我們，這樣才能幫他們。」林忻予也勸說著。

廖雅玉身體不斷顫抖著，好半晌後，才終於說出了，李榮傑被自己的丈夫性侵，之後精神崩潰試圖自殺的事。

「我對不起他……我不想又變成一個人，我不能沒有丈夫、我會活不下去，嗚……」廖雅玉不斷哭著：「我是個很糟的母親……嗚……」

「黃媽媽……」這些話讓林忻予感到震驚，但也不知道該怎麼安慰。

張晏聽聞此話，似乎可以明白李榮傑為何會產生雙重人格，因為他必須長出另一個更強大的自己，才能夠對抗這些痛苦。

噔——

手術中的燈號熄滅，醫師走了出來，一行人全部擁了上去。

「血順利止住了，暫時無生命危險，」醫師接著又說：「但因為腦部受創嚴重，目前還無法知道復原的狀態。」

「這是什麼意思？有可能會醒不過來嗎？會死掉嗎？」廖雅玉焦急地問著。

「不排除這個可能。」

「啊……」聞言廖雅玉幾乎昏厥過去，林忻予趕緊扶住她。

「總之再觀察看看。」最後醫師這樣解釋道，便轉身離開。

「嗚……我可憐的孩子啊，嗚……」廖雅玉不斷哭嚎著。

「黃媽媽，我看你先回去，我會待在這邊，介翰醒來馬上告訴你。」林忻予勸著。

「我來叫車。」張晏立刻附和。

送走廖雅玉後，林忻予走到恢復室，隔著透明玻璃看著裹著紗布、插著管線躺在病床上的黃介翰。

「咖啡？水？」張晏從販賣機過來，手裡兩罐飲品。

「咖啡，謝謝。」林忻予接過。

「你要不要也先回去？」張晏問道。

「沒關係，」林忻予搖了搖頭，接著問道：「介翰會不會真的好不起來？」說著眼眶就紅了起來。

「不會的，他會好的，他那麼強壯，放心！」張晏看著滿臉傷痕的黃介翰安慰著。

「介棠哥他……真是凶手嗎？」林忻予又問。

「但我們還是沒有找到任何證據，凶器也一直沒有找到……」張晏說著，突然想起剛剛廖雅玉說的話，於是問：「剛剛黃媽媽不是說，李榮傑有回去找東西嗎？今晚又到老家去，這麼著急尋找，一定是很重要的東西吧，會不會是……」

「凶器！」林忻予接口說出這句話。

張晏記憶起，當年監視器拍到的畫面，李榮傑的確沒有將凶器帶在身上，而他事後去尋找也沒找到，那時以為是凶嫌折返取走了，但現在看來很有可能凶器其實一直不在凶嫌身上……但怎麼會這麼多年現在才要找？自己是不是疏忽什麼了？張晏不得其解。

「我出去一下。」張晏這樣說。

「你要去哪？」

「我想再回去現場看一下。」

「我也一起去，」林忻予眼神堅定。「說不定能幫上忙。」

張晏交代了其他警員留守醫院，隨即趕了出去。

踏出醫院，時間已經接近清晨五點，天色正逐漸轉亮，太陽也從東邊的雲層裡探出。

再次回到黃介翰老家，此時已經拉起封鎖線，張晏與林忻予在屋內巡視了一輪，屋內沒有特別可疑的地方。

「有發現什麼嗎？」張晏詢問現場搜索的刑警。

「沒有，都是一些廢棄物品。」刑警回。

「辛苦了。」

兩人踏出黃家，天色已經全亮，熱辣的氣溫開始升高。

「怎麼辦？」林忻予問。

「我想繞一下看看……」張晏回。

張晏熟稔地從林家側面的小巷穿過，來到後門，腦中同時回想發生命案那晚的畫面：凶嫌從後門衝出來，往前跑……張晏沿著當年走過的路線再走一次，試圖想要喚起更多回憶，尋找蛛絲馬跡。

繼續往前走，前方會來到一個小岔路，此時撞到了一個路人，他指路往右側的方向……張晏邊沉浸在思考當中邊模擬當晚狀況，由於過度專心，一個轉身不小心撞到默默一直跟在身後的林忻予，猶如十二年前一樣的情境。

「對不起。」林忻予道歉。

「你還好嗎……」張晏詢問，一瞬間腦海閃現了當晚的記憶，畫面像慢動作般定格播放……

「對不起。」戴著鴨舌帽的陌生男子隨口道著歉。

「你剛剛有看到一個瘦高的男生嗎？」抓住了他問。

「我有看到一個人往那邊跑……」陌生男子指了右方的岔路，臨走前，他稍微抬起頭看了張晏一眼。

當時張晏沒有記住的陌生男子臉孔，此時面像慢動作一樣清晰了起來……那個對他謊報道路的陌生男子竟是就在自己身邊的人，他是——黃介翰！

二〇二四年，八月十九日。

「今天又出現幻日環了。」黃介翰在聖三派出所樓下抽著菸，抬頭看著午後的天空說道。陽光炙熱，他壓低了鴨舌帽遮擋光線。

望榮教性侵案一直沒有實質進展，只有一些相片與影像，專案小組被上頭釘了好幾次，黃介翰煩躁地深深吸了一口菸。他環顧四周，看到了聖三派出所的舊大樓，想起幾天前又看到林忻予從裡面走出來。

「她到底是去做什麼？真的能跑到另一個時空？」黃介翰疑惑不已，他順手熄掉手上的菸，走向舊大樓。

進到大樓內，黃介翰記起之前曾經偷偷跟過林忻予一次，看著她走進電梯，接著電梯先是抵達五樓、接著三樓……出於好奇，他進了電梯，按下五樓的按鍵；抵達後，再壓下三樓的樓層按鍵。

叮——

電梯門緩緩開啟，一道黃昏的光線灑了進來，黃介翰走了出去，不可置信地看著前方的景象，一切看似熟悉卻又不太一樣，眼前的房子與招牌都更矮、更簡樸，再回頭看，原本已經搬空的派出所，此時也有員警來回穿梭。

「請問今天是幾月幾號？」黃介翰問著櫃檯警員。

「八月十九號。」員警回道。

「哪一年呢？」

「啊？」員警以為遇到瘋子，露出奇怪的表情說道：「二〇一二年啊。」
「真的到另一個時空了？」黃介翰驚訝不已。
步出派出所，夜色逐漸降臨，十二年前的世界，當時他才十二歲，記憶已經有點模糊，黃介翰走上街道，新奇地看著周遭的環境。小時候美好的氣味再度回來，面對這個讓人懷念的氛圍，黃介翰忘我地沉浸其中，不斷在街上遊走，忽略了漸暗的天色。
不知不覺中，黃介翰走到了老家附近，自從搬離之後，就再也沒有回來過。他在老家附近彎曲雜亂的巷弄中走著，到處都有童年的回憶，剎那間彷彿回到兒時。
「啊——」突然遠方傳來一聲尖叫。
黃介翰本能地警戒起來，他循著聲音來源往前跑，此時前面一間藍色牆面的破舊房子裡衝出了一名男子，擦身而過時，黃介翰定眼一看，發現是十五歲的黃介棠，而他的衣褲上沾染著鮮血……
黃介翰愣在原地，看著黃介棠消失在黑夜的身影，終於想起，今天是林忻晴被殺害的夜晚，難道……在意識到自己的哥哥可能是凶手的同時，黃介翰快步朝著林家奔去。
「對不起！」在途中黃介翰不小心撞到了人，他連忙道歉就要離去。
「你剛剛有看到一個瘦高的男生嗎？」但男子卻抓著他問。
黃介翰隨即意識到眼前這個男子是在找黃介棠，偷偷瞄了他一眼後，刻意指了另一個方向。

「我有看到一個人往那邊跑，不知道是不是……」黃介翰說。

「謝謝。」男子邊道謝邊朝右邊方向跑去。

男子離開後，黃介翰迅速抵達林家，發現林忻晴倒在血泊中，而她的父母正在努力幫她止血。

喔咿喔咿——

不久後，遠方傳來救護車的聲音，黃介翰趕緊轉身離開，他的心臟狂跳、腦中一片混亂。往回走的路上，再次經過剛才那間黃介棠跑出來的藍色房子，黃介翰停下腳步，打開手機照明往屋內探照，發現角落處藏有一件染血的襯衫。

黃介翰小心翻開襯衫，裡頭是一把鋁製敲肉鎚，鎚身上沾滿血跡。見到此物，黃介翰愣了幾秒，接著出於本能，他包起敲肉鎚藏在自己的衣服內，迅速消失在夜色中。

「這一切都合理了……」終於記憶起當晚細節的張晏，對著林忻予說：「凶器在黃介翰那裡！」

「你在說什麼？」林忻予一臉疑惑。

「黃介翰也曾經回到十二年前，他把凶器帶走了，李榮傑一直在找的東西就是它。」張晏解釋著，並說出自己的推測，接著又說：「問題是他會藏在哪？」

「黃介翰……凶器……」林忻予重複這些話，幾秒後才意會過來張晏的話，猛地腦中也閃過了黃介翰說過的話：

「這裡是我們小時候埋時光蛋的地方吧？」

「改天我們再來埋吧……」

「我大概知道會藏在哪裡……」林忻予愣愣地說著：「祕密基地。」

十分鐘後，兩人來到新翠河濱公園的樹林。

在一棵有著兩隻眼睛的樹幹下方，由樹根所盤繞出來的圓形土地裡面，找到了一個鐵盒，裡面有個透明塑膠袋，裡頭裝著一件染血的襯衫與敲肉鎚。

十二小時之後。

「晏哥，結果出來了。」洪明凱拿著紙袋衝進會議室。

張晏幾乎是從椅子上跳了起來，急急地抽出鑑定報告書。

鈴——鈴——

「喂，有結果了嗎？」電話聲響起，林忻予迅速接起電話，焦急地問著，此時她與母親正在替林忻晴按摩著四肢。

「DNA結果吻合。」電話那頭的張晏說。

「太好了，」聞言林忻予忍不住紅了眼眶，直說：「太好了、太好了……」

「你可以跟姊姊說，我們將凶手繩之以法了。」張晏眼角也微微泛紅，心中的大石頭此刻才真正放下。

「謝謝，謝謝你。」林忻予不斷道謝。

「怎麼了？」在一旁的王瑞芬察覺到林忻予的異樣，這樣問道。

「凶手抓到了。」林忻予微微顫抖地說。

「真的？」王瑞芬睜大雙眼不敢置信。

「真的。」林忻予肯定地點點頭。

「啊嗚……」王瑞芬隨即嚎啕大哭起來，壓抑已久的情緒終於宣洩出來。

「媽……」見到此狀，林忻予趕緊上前安慰。

「謝謝、謝謝，嗚……等了這麼久，終於可以對太陽交代了，我也可以鬆口氣了……」王瑞芬說著說著，突然一個轉身握住林忻予的手，眼淚不斷流著。

「媽，你怎麼了？」母親突如其來的舉動，嚇了林忻予一跳。

「金魚，辛苦你了、辛苦你了，」王瑞芬說：「對不起，我一直都知道你很努力，我真的都知道，那天你跟我說之後，我才發現，原來連我也讓你這麼辛苦，對不起……」

「媽……」母親的話讓林忻予的眼淚也奪眶而出，緊緊抱住母親。

「啊……」躺在床上的林忻晴眼皮突然眨了一下、手指輕輕地抖動，雙唇微微地張合試圖想要發出聲音。

板東醫院。

嘟——

生理監視器發出刺耳的聲響。

黃介翰的心跳停止跳動，醫師立刻施行心肺復甦術，口中重複數著：一、二、三、四……黃介翰的胸膛隨著醫師按壓的手勢規律地起伏著。

一、二、三、四……汗水不斷從醫師額頭上滴落。

「換我接手。」另一位醫師說道，同時觀察著生理監視器又說：「準備去顫器。」

護理師迅速地在黃介翰胸口貼上心電圖貼片，並在電擊板上塗上傳導膠交互摩擦。

「心室顫動，現在電擊，」醫師不斷觀察著生理監視器上的綠色波形線，接著喊道：

「充電至一百五十焦耳。」

「淨空。」醫師接過電擊板，同時喊著：「一、二，現在電擊！」

砰——

隨著電擊，黃介翰身體彈跳了一下。

嘟——

醫師再次施行心肺復甦術，然而生理監視器上的心跳仍是呈一直線。

「再一次，充電至兩百焦耳，淨空！」

砰——

不知道重複了幾回，但生理監視器上的綠色波形始終毫無波動。

嘟——嘟——

「前陣子爆出性騷醜聞的望榮教會，今天再爆醜聞。警方掌握了證據，教主李榮傑涉嫌傷害一名林姓國中生，而他也已經伏首認罪。這個案子要追溯至十二年前，甚至牽扯出性侵……」

電視台播報著新聞，畫面上正播放李榮傑戴著手銬走出警局的畫面，周遭的記者與信徒一擁而上，場面混亂。

張晏在派出所內看著電視心裡五味雜陳，他下意識地想要取下耳際上的菸搓揉，卻空無一物，有點不習慣。

「晏哥，又立大功了。」突然一名男聲傳來。

「哪有什麼功啦，這就表示有受害者，有什麼好的。」張晏頭抬都沒抬。

「怎麼，看到我不開心？」男聲又說。

聞言張晏終於抬起頭，眼前的男子是：李明材。

「你怎麼會來？」張晏開心地擁抱著。

「我調來這裡啦。」李明材笑說。

「晚上一起去吃飯？」張晏心情大好。

鈴——鈴——

「喂？」電話響起，張晏接起電話。

「請問是張警官嗎？」電話那頭說道。

「我是，你是？」張晏回。

「我這裡是板東醫院……」

張晏聽著電話，神情逐漸轉為嚴肅。

夕陽緩緩落下，照映在水面上，拉出一條長長的火紅色倒影。

林忻予緩步走向新翠河濱公園的樹林，熟悉地來到有著眼睛的大樹下，抬頭凝視因風擺動的枝葉一陣子後，蹲下身子，在泥地上挖掘著；不久後，褐色地上出現了一個凹坑。

接著她從提包裡拿出了一個水晶雪花球，裡頭有一棟棟白色藍屋頂的房子，是希臘的景色。林忻予輕輕轉動手中的雪花球，裡頭的白色雪花緩緩飄落，如夢一樣的畫面。

「一切結束後，我們去希臘看夕陽吧。」

林忻予想起了黃介翰曾傳來的訊息，眼眶開始泛紅，深深吸了一口氣後，她將雪花球擺進一個鐵盒裡，埋了起來。

微風吹拂過傍晚的河面，堤防邊的蘆葦隨之規律地晃動著，發出沙沙的聲響，像是有人在低語。

林忻予看著美麗的夕陽，眼淚不斷在打轉，眼前的畫面此時成了一張失焦的相片。

噔——

張晏打開房間內暈黃的桌燈，昏暗的空間隨即染上一抹明亮的橘色。

他站在偵探牆前看著上頭一張張與林忻晴有關的相片，眉頭深鎖，這是這十多年來支撐著他繼續堅持下去的原因，如今也已經告一段落了。害了哥哥的人、傷害林忻晴的兇手都已經落網，但心裡卻仍有股揮之不去的失落。

深深嘆了口氣之後，張晏伸出手將資料一一拆下，就像是因生長而剝落的樹皮，牆面恢復了原本的色彩。

待全都清除完畢後，張晏開了罐啤酒，眺望著城市的黃昏發呆。

初秋。

「媽，我們出門了。」林忻予朝屋內大聲喊著，推著坐在輪椅上的林忻晴就要出門。

「欸，等一下……」王瑞芬連忙從房間出來，一臉擔憂。

「不用擔心，我都照顧姊姊這麼久了，」林忻予說，又指了一旁的父親說：「今天爸也在啊，有我們兩個不用擔心啦。」

林忻晴眨著眼睛、牽動著嘴角，即使無法順利發出聲音，但仍試圖做出回應。

「醫師也說，帶太陽出去走走、看看外面是好事，早該這樣做了。」林世祥附和著。

「真的不用我一起去嗎？」

「你平常照顧得很夠了，今天就在家好好休息就好。」林忻予堅持，王瑞芬也只好勉強答應。

午後的天氣溫度稍低，日照開始縮短、天空的顏色也產生了變化，逐漸邁入適合散步的日子。

「姊，能夠出來走走不錯吧？」林忻予邊推著輪椅，邊對林忻晴說話：「你看，已經快入秋了，有些樹的葉子開始泛黃了。」

林忻晴眼睛轉動著，不斷左右觀看。

「你知道嗎？害你的凶手已經抓到了，真是太好了，」林忻予順了順林忻晴的頭髮又說：「如果你的身體也能越來越好就好了……」

「金魚，辛苦你了，爸爸沒有在身邊，你一個人照顧媽媽跟姊姊……」林世祥突然這樣說。

「爸，你也辛苦了。」林忻予看著頭髮日益蒼白的父親，她現在才真正能明白，姊姊的意外其實影響了全部的人，大家都有各自的辛苦，只是每個人都用自己的方式在面對而已。雖然她曾經埋怨過父親當時的離開，但此刻突然能多體諒了一些什麼。

「呦，我們金魚什麼時候變成大人了？」林世祥和藹地笑說。

「我都二十四歲了啦，」林忻予回著，接著又吞吞吐吐問道：「爸，你有想過，如果姊姊沒有發生那件事的話，是不是一切就會不同？」

「我當然不希望你姊姊出事，」林世祥思索著，最後這樣說：「怎麼說呢？但可能這些都是我們需要面對的吧，就算不是現在這樣，也可能有其他的事發生……總之，問題是永遠解決不完的。」

「是放棄治療的概念嗎？」林忻予笑回，又說：「我以前總會想，如果可以回到過去改變就好了。」

「現在不想了嗎？」

「我也不知道……」

「其實也不是放棄治療，」林世祥又說：「其實有時候現實之所以痛苦，是因為我們抗拒它。」

「爸……」

「學會接受，並不是表示就不會受傷，而是願意放下。」林世祥眼神有種釋然。

林忻予思考著父親的話，她抬起頭看著清澈的天空，今天萬里無雲，是幻日環出現的好日子。

那些受過的傷，就不會消失了，是嗎？我們能做的，是不是就是盡可能溫柔地對待它們？跟傷痛和解，也跟自己和解？

所有的理解、甘心或後悔，都是時間的結果，而多數時候，我們都只是在時間洪流中掙扎的人而已。

再回神時，發現張晏正從前方走過來。

林忻予有點驚訝，自從黃介翰出事後，他們就沒有再聯繫，心裡的自責彷彿是一把剪刀，剪斷了原有的交集。

「伯父好。剛去你家，你媽媽告訴我你們在公園，」張晏走近，搔了搔頭這樣說：「上次答應要來看你姊姊的。」

「你就是救了太陽跟金魚的那個警察，對吧？你是我家的大恩人……」

「應該的，但很抱歉，沒有早點趕到……」張晏看了林忻晴一眼，面露歉意。

「怎麼會，已經很感謝了。」

「不過，姊姊看起來氣色不錯。」張晏說。

「意識稍微恢復了，但還無法走路或是說話，也無法預期能夠恢復到什麼程度……不過醫師說這樣已經是奇蹟了。」林忻予回。

「你們聊，我帶太陽去前面走走。」語畢，林世祥便推著林忻晴到前方的水池邊看魚。

「那你呢？最近好嗎？」他們兩人隨意坐在公園椅上，張晏問道。

「嗯，」林忻予輕輕點點頭，看著父親與姊姊兩人漸遠的身影又說：「我有時會覺得一切是不是在做夢，好像假的喔……」

「我也會這樣覺得。」

「但每次我這樣想的時候，又會記起介翰發生的事……」林忻予低下頭說：「我是不是不應該回到過去？」

「我也不知道……但我可以確定的是，我們都是以為事情會變好才做的。」張晏如實回答。

「但這一切好像都是我害的，我是始作俑者；如果我沒有回到過去的話，你就不會救了介棠哥，我姊也就不會變成現在這樣、介翰更不會出事……我覺得自己做錯了。」林忻予說著，眼眶紅了起來。

「這不是你的錯。」張晏心裡也很難受，只能不斷安慰她，「我們都不知道會發生什麼事。」

「後來我也忍不住想，會不會我們想改變的那些，其實都已經是最好的安排了？」林忻予反問道，眼淚跟著掉了下來。

「我有時候也會這樣想，會不會一切在冥冥中都是註定好的？但我沒有答案。」

「是我太貪心嗎？」林忻予啜泣著，張晏將她拉近，低垂的頭頂在他的肩上。

「不是的，」張晏搖了搖頭，又安慰著：「不過，你知道嗎？我也會覺得，或許就是要這樣去經歷過一次，我們才能夠甘心接受所有發生的事情吧？」

「我很對不起介翰……」

「你很努力、我們都很努力想讓事情變好。」

那些我們所奮力的，以及所有如願以及未能如願的，只有等發生了才會揭曉。喜與悲時常是同一件事，而在其中，或許我們能做的只是去奮鬥，然後再用最大的努力去接受已經發生的。

「我根本就不應該開始這一切。」林忻予看著遠方姊姊的身影說。

「照顧好現在的自己，至少是我們能做到的。」張晏說。

午後的陽光灑在林忻晴的身上，像是在發光，她依然睜著眼睛看著前方一動也不動。

「學會接受，並不是表示就不會受傷，而是願意放下。」

林忻予想起父親剛才的話，她輕輕擦去淚水，再次抬起頭，父親已經推著姊姊回來。

「爸，我們也差不多該回去了。」林忻予說道。

「那我也要去忙了，下次再見吧。」張晏笑說。

「很開心今天看到你。」林忻予揮揮手。

「能再見到你真好。」張晏笑了笑，說了跟十二年前一樣的話，臉上浮現了初見面時的輕狂神情。

我們的現在，是過去的總和，傷痛是我們身上的一部分，但並不是我們最重要的一部分。所謂的圓滿，其實也包含了不圓滿在裡面。

或者是，那些所受的傷並沒有擁有了我們，而是被我們所擁有。

最終則是，我們都有能力能夠去度過。

時序已經入秋，天氣依舊有點炙熱，身上的肌膚像是被淺淺熨熱一般，感覺到溫暖卻也微微刺痛。就像是日子。

傍晚的天空，金黃色光線像是床發光的絨被，溫柔地鋪滿大地。

／終章

二〇二四年，七月十八日。

公車到站。

林忻予步下公車，前往聖三派出所，提包旁的金魚太陽吊飾隨著她的步伐反射著跳躍的光芒。

「怎麼都沒有人？」

派出所櫃檯此時空無一人，林忻予覺得有點疑惑，但沒再多思考便走向電梯。在伸手準備壓下電梯按鍵的時候，突然身後傳來了一個女聲。

「電梯壞了。」

林忻予覺得聲音非常耳熟，回頭看，發現在眼前的是一個樣貌與自己相似的女子，雖然髮型不同、年紀也明顯比自己大了許多，但確實像是另一版本的自己——中年版的自己。

「聖三派出所在另外一棟。」女子這樣說，面露微笑。
她身後的天空，陽光刺眼，幻日還高掛著。

我們會成為今天的模樣，
都是因為被前人愛著所留下的痕跡。
擁抱此刻，於是不辜負未來。

後記／溫暖卻也微微刺痛，就像是日子

「那些所受的傷並沒有擁有了我們，而是被我們所擁有。」

在《幻日之時》最後的篇章裡，女主角的父親說了這樣的話，這也是能夠代表這本書所想要傳達的精神的一句話。

人在悲傷的時候，常常會被那些傷痛給包圍住、深陷其中，日子灰暗而空蕩，就因為這樣，也容易會誤以為，自己只是傷心的附屬品而已。在悲傷的面前，我們都顯得渺小；也因此，慢慢會忽略掉自己。

但後來才慢慢發現，或許其實應該反過來才對，傷痛只是我們人生的一部分，它幫助我們深刻生命，卻不會是我們的日子。當能夠這樣去想了，在面對生命裡的無常與遺憾時，似乎就能多一點坦然，而這樣的坦然，最後也能夠幫助自己去將它們經過，迎來溫柔。

我很喜歡看推理懸疑類的影劇跟書，特別是採用真實事件去改編的故事，而在觀看那些優秀的作品後，心裡便浮現一個念頭：「我也想要寫一個融合台灣事件的故事。」這樣的想法斷斷續續在心中不時浮現，從來沒忘記過。而在往後幾年的時間，我像在蒐集許多細小零件似的，緩慢地組合著、描繪著，中間也先完成了其他作品，到現在終於轉化成《幻日之時》這本書。

因此，在《幻日之時》這本書，放進了許多發生在台灣的真實事件，甚至包含至今仍未解的懸案，它們成了本書極其重要的要件。開始下筆前，花了許多時間在搜尋與研究案件，而在閱讀相關資料的時候，心裡更是充滿許多的震驚與悲傷，所以當真的開始下筆時，便一直警惕自己必須抱持慎重認真的態度去書寫，期盼那些未解的案件能有真相大白的一天，同時也衷心期盼今後不會有人再遭遇類似的傷痛。

這是我第一次嘗試推理懸疑加療癒這樣類型的故事，也是第一次創作情節如此複雜的設定，所以花相當多的時間在思考橋段的設計安排，以及各角色之間的關係該如何串連，對自己來說是一個新的學習與挑戰。特別謝謝出版社的夥伴在看完初稿後，給予珍貴的回饋，讓我得以檢視自己不足與忽略的地方，然後修改得更完善。也謝謝支持這本書的你，以及身旁給予幫助的親友，希望你們能喜歡這本書。

《幻日之時》是一個帶著遺憾、不那麼圓滿的故事，但希望閱讀的你能夠感受到：即使日子如此不完美，只要你願意去凝視，人生仍有其美好與溫柔。

最後，想將書裡另一句自己很喜歡的話送給大家：「學會接受，並不是表示就不會受傷，而是願意放下。」這也是後來得到的體悟。我們都難免會受傷，你無法選擇不要讓傷心降臨，但卻可以決定，不要讓傷心成了自己以後的生活樣貌。

或許日子仍是微微刺痛著，但你會開始察覺到溫暖，也會開始相信自己有能力去安然度過傷心時刻。

國家圖書館出版品預行編目資料

幻日之時／肆一作 . -- 初版 . -- 臺北市：三采文化股份有限公司 , 2024.01
面； 公分 . --（iREAD；169）
ISBN 978-626-358-246-0（平裝）

863.57 112019413

內頁圖片：
alinakho - stock.adobe.com
max_776 - stock.adobe.com
sakedon - stock.adobe.com
paisan191 - stock.adobe.com

suncolor 三采文化

iREAD 169

幻日之時

作者｜肆一
編輯四部 總編輯｜王曉雯 主編｜黃迺淳 文字編輯｜游芮慈
美術主編｜藍秀婷 封面設計｜莊謹銘 內頁設計｜藍秀婷
行銷協理｜張育珊 行銷企劃主任｜呂秝萱
內頁編排｜中原造像股份有限公司 校對｜周貝桂

發行人｜張輝明 總編輯長｜曾雅青 發行所｜三采文化股份有限公司
地址｜台北市內湖區瑞光路 513 巷 33 號 8 樓
傳訊｜ TEL:（02）8797-1234 FAX:（02）8797-1688 網址｜ www.suncolor.com.tw
郵政劃撥｜帳號：14319060 戶名：三采文化股份有限公司
本版發行｜ 2024 年 1 月 26 日 定價｜ NT$420